UN DERNIER SOIR
AVANT LA FIN DU MONDE

DU MÊME AUTEUR

Aux Éditions Grasset

BOCANEGRA, *roman*, Grasset, 1984.
SCHMUTZ, *roman*, Grasset, 1987.
EN ATTENDANT GALLAGHER, *roman*, Grasset, 1995.

Aux Éditions Flammarion

LE BEL ARTURO, *roman*, Flammarion, 1989.
LE SOUFFLE DE SATAN, *roman*, Flammarion, 1991.

Aux Éditions Buchet/Chastel

LE SINGE HURLEUR, *roman*, 1978.
BLACKBIRD, *roman*, 1980.
OPÉRA, *roman*, 1981.

Aux Éditions Julliard

AMERICAN BOULEVARD, *récit de voyage*, Julliard, 1992.

TONY CARTANO

UN DERNIER SOIR AVANT LA FIN DU MONDE

roman

BERNARD GRASSET
PARIS

Tous droits de traduction, de reproduction et d'adaptation
réservés pour tous pays.

© *Éditions Grasset & Fasquelle, 1998.*

Toute ressemblance ou homonymie avec des personnages existants seraient accidentelles. Ceci est une œuvre de fiction. Hormis ce qui appartient à l'histoire de notre siècle, portraits et situations relèvent de l'invention romanesque.

T.C.

« N'avoir jamais que le désir de mourir et s'accrocher encore, cela seul est l'amour. »

FRANZ KAFKA, *Journal*.

« Je ne crois pas avoir commis de péché mortel, sauf peut-être dans mes rêves. »

JAN POTOCKI, *Manuscrit trouvé à Saragosse*.

Prologue

Il est difficile de dire avec exactitude quand et pourquoi Marc-André Jonas appuya, pour la première fois, le canon de son vieux revolver contre sa peau, entre menton et pomme d'Adam. Même moi, son ami, son confident, qui pouvais l'observer au quotidien, je trouverais hasardeux de me lancer aujourd'hui dans une interprétation de ce geste si souvent répété et – Dieu merci – toujours interrompu.

Le jour où j'en fus témoin, il ne pressa pas la détente non plus. Comme j'entrais dans son bureau, le surprenant dans cette position terrifiante, je faillis reculer, fermer les yeux, prétendre n'avoir rien remarqué. Le voir ainsi exposé dans son intimité la plus secrète constituait une agression d'une violence insupportable. Le trouble qui m'envahit m'empêchait sûrement de distinguer qui, de Marc-André ou de moi, était le véritable agresseur. Il ne broncha pas. Affalé dans son fauteuil, les pieds croisés à l'américaine sur une pile de dossiers posés devant lui, il paraissait somnoler, rituel d'après-midi ordinaire, par temps de chaleur, en ce début d'été austral. C'était, disait-il, sa manière à lui de traiter les dossiers délicats. Et, à vrai dire, quand nous nous retrouvions au bar du Pelao vers sept heures, il jubilait à l'idée de m'annoncer les « nouvelles du front », version Jonas. A défaut d'avoir réglé les affaires courantes qui, sur notre île du bout du monde, se réduisaient à de menus problèmes de touristes en détresse ou à de la paperasse d'import-export, il me lisait, en sirotant son scotch, des pages du roman qu'il était en train d'écrire. Au Quai d'Orsay, personne ne nourrissait plus d'illusions sur ses activités et, depuis longtemps, depuis le scandale de Canberra pour être plus précis, barouf médiatique où, tout en perdant du galon, il avait gagné en notoriété, on y avait choisi la politique du laisser-faire. Mieux valait un écrivain heureux et célèbre qu'un négociateur foireux ; après tout, Claudel et Gary obligent, c'était une tradition maison. Le bien-nommé chargé d'affaires – en l'occurrence moi – suppléerait...

La mèche grisonnante qui, d'habitude, lui barrait le front, pendait sur le côté gauche de sa tête renversée en arrière. Un instant, j'eus peur qu'il n'eût déjà tiré. Tout était calme. Seule la giration des pales du ventilateur agitait la touffeur de l'air d'un murmure lancinant. La main droite de Marc-André se crispait sur la crosse de l'arme de poing, signe qu'il était encore en vie, tandis que de l'autre, il caressait le barillet, simulant de l'index l'impulsion circulaire des adeptes de la roulette russe.

Prologue

Sa gorge noueuse et son poitrail velu se tendaient vers le plafond, défiant l'hélice dont le ronron soyeux imitait mal la menace de l'instrument de torture auquel, dans sa foucade, devait aspirer mon supplicié volontaire. Sans bouger, sans quitter sa posture devenue soudain tragi-comique, il abaissa son regard dans ma direction.

« Entre... Tu tombes à pic, Laster... Juste à l'instant où je désirais t'interroger. J'ai besoin de tes lumières. Un petit conseil... »

Et, histoire de pimenter sa provocation verbale, j'imagine, il détourna le canon du creux de son menton pour le braquer sur moi.

« Ma mère m'a écrit, dit-il. Une trop longue lettre... Je n'avais pas entendu parler d'elle depuis... quatre ans... Elle est très malade...

— Pose ce revolver, veux-tu, Marc-André !

— Son dernier cadeau... Le seul héritage qu'il me reste du père Jonas, le beau, l'extraordinaire, l'incomparable Serge Jonas ! Le plus grand chroniqueur gastronomique de son temps ! Si fine gueule, si monstrueux qu'il s'en fit crever la panse ! Boum ! De la chair à pâté, môssieu Jonas ! Le bide troué de partout ! Et pan, et pan, et pan, ça pétait par toutes les coutures de cette carcasse pourrie !

— Arrête de jouer au con !

— Tu sais bien qu'il n'est pas chargé... Quand le moment sera venu, je n'aurai pas le mauvais goût de te prévenir, mon petit Eric.

— Fais ce que je te dis quand même ! »

Un dernier soir avant la fin du monde

Il se redressa, reprenant une assise normale dans son fauteuil. Avec calme, il ouvrit un tiroir de son bureau pour y déposer l'arme, reboutonna le haut de sa chemisette à l'exception du col et se figea dans la digne désinvolture qui seyait si bien à son personnage et qui, dès l'abord, me l'avait rendu sympathique. Mon Jonas avait de la classe. Avant de rencontrer l'homme, j'avais découvert ses romans quand j'étudiais à Sciences Po. Je les abandonnais toujours avec regret, partagé entre l'admiration et le trouble. Ils me touchaient au profond, titillaient en moi des fibres nerveuses dont mon intelligence ne parvenait pas à saisir l'influx qui les excitait, et j'étais sans doute trop jeune et superficiel pour comprendre qu'une œuvre littéraire peut à la fois masquer et exacerber les drames d'une vie. Lorsque je fis la connaissance de Marc-André, j'avais trente et un ans et lui quarante-six. Cette année-là, un grand prix littéraire lui échappa d'un poil. Malgré la pression de son éditeur, il refusa de rentrer à Paris dans la semaine précédant la délibération. A la défaite annoncée – du moins dans son esprit –, il avait préféré les incertitudes d'une liaison naissante avec une métisse de l'archipel. Lui jetterai-je la pierre, moi qui, au moment des faits dont je parle, cinq ou six mois avant l'épisode du revolver, venais de lui prendre, oui, de lui voler, la diablesse Cora ? Me pardonnera-t-il ? Difficile de se défaire du souvenir d'une femme de feu et de lave. Un jour, nous devrons régler ce compte, n'est-ce

Prologue

pas, mon très cher Jonas ? Oh, toi, les démons qui t'attaquaient étaient autrement plus cruels...

Excuse-moi, vieux, je deviens fade et lyrique. Et ça, tu ne l'aurais pas admis. Aucune indulgence ! Sur ce chapitre aussi, tu devras me rendre des points à chaque mot, à chaque phrase que j'oserai énoncer. Accepte, je t'en prie, ce récit pour ce qu'il est : une ultime reconnaissance de dette...

Renouant avec cette langue étrange derrière laquelle il aimait à se dissimuler parfois, Marc-André se lança alors dans une immense confession. Je n'aurai pas l'outrecuidance de le singer. De cette soirée, j'ai cependant conservé une mémoire intacte. Fasciné, j'écoutai mon ami me livrer des facettes de son existence qu'il m'avait jusqu'alors cachées, malgré notre longue complicité et toutes les bagarres que nous avions menées ensemble. De plus, comme on le verra bientôt, Jonas avait tout prévu, tout organisé. Plus je progresserai dans cette relation d'une histoire que moi, pauvre Eric Laster, je n'aurais pu à moi seul imaginer, et plus s'imposera la voix de son véritable auteur : Marc-André Jonas. C'est ce qu'il voulait : que par les textes et documents qu'il me légua, je fusse son exécuteur testamentaire. Après son départ de l'île, il me fit transmettre plusieurs livraisons de son journal et de celui que son père avait lui-même tenu dans les années 50. A son retour, il allait me confier aussi la dramatique confession écrite par sa mère, accom-

Un dernier soir avant la fin du monde

pagnée du manuscrit du roman qu'il avait tissé autour, durant son séjour en Europe.

Le soir où il prit la décision de nous quitter, il m'avait donc dit :

« D'où m'est venue cette idée bêtasse de prétendre réunir le clan Jonas pour le réveillon, ici aux antipodes ? Comme si c'était possible ? Un rêve inaccessible, le début du gâtisme, n'est-ce pas ? A peine esquissée, cette proposition on ne peut plus " géniale ", comme dirait ma mère, s'éclipse devant la carence des mots utilisés pour la formuler.

— De quel clan parles-tu ?

— Tu vois ! Ça se complique déjà... Le clan ? Les éléments qui le composent, au gré de mes souvenirs ou de mes fantaisies, relèvent plutôt d'une disparate accablante. Un signe de bonne santé, à défaut de cohésion – sans doute...

— Si tu veux que je t'aide, et tu sais que tu peux compter sur moi, laisse-moi au moins une petite chance de comprendre ! »

Il regimba. Se perdit en conjectures en parlant de notre inutilité, du peu de poids de notre action en cette fin de siècle soumise à la globalisation, vocable détestable qui lui faisait l'effet, dit-il, d'un gros œuf pourri. « La vie, ajouta-t-il, est une suite de détails. Pas insignifiants, pas du tout... En chacun d'eux sommeillent le poids du passé, l'immaturité du présent et la loi inexorable du futur. » Et de protester quand je lui objectai que son destin à lui avait épousé une trajectoire indépendante, celle des hommes libres.

Prologue

« Tu t'imagines que Thérèse, ma mère, m'aurait accordé cette " chance ", comme tu dis si bien. Ah, Laster, je ne me lasserai jamais de ta vision optimiste : selon toi, pour que les gens s'entendent, il suffirait qu'ils le décident. Voilà pourquoi tu as toujours fait un meilleur diplomate que moi...

— Ta carrière...

— Quoi, ma carrière ! Une succession de malentendus exotiques, de compromis hexagonaux, de paradoxes planétaires ! Un seul but : me dérober à moi-même...

— Tu as eu la compensation de ton œuvre littéraire...

— Parfait ! Eric, j'adore ton sens inné de la médiation. Dans les situations les plus critiques, ton talent te conduit parfois à dénicher le mot juste, celui qui fait mal. Je me souviens, par exemple, de ta danse du scorpion avec les types de Greenpeace...

— Ne change pas de sujet ! J'en ai marre d'être réduit au rôle de spectateur, de te regarder te détruire. Si tu crois que je vais continuer à te servir de faire-valoir, tu te goures ! Merde, Marc-André, il y a d'autres Coras, et des plus jeunes, et des plus sensuelles encore, sur cette putain d'île !

— J'essayais de plaisanter... Ni Cora ni toi n'êtes pour rien dans cette affaire. Je vous souhaite d'être heureux ensemble... Ce matin, j'ai envoyé deux lettres. La première est pour le Quai. Ma démission. Acceptée d'avance, n'est-ce pas ? Je rentre. Et cette fois, pour de bon. Est-il nécessaire de te préciser que ma missive comporte un rapport mettant en exergue tes mérites et te recommandant chaudement pour ma succession ? Histoire d'entériner un état des lieux. Nous savions tous les deux que les choses finiraient de cette façon. A Paris, depuis quelque temps, on me laissait entendre que ce serait une bonne solution. Alors, tu prends ma place, Eric, et ça s'arrose ! »

Au bar du Pelao, cette nuit-là fut longue. Lorsque j'abandonnai Jonas devant la grille de la légation, nous nous embrassâmes en larmes. Serrés l'un contre l'autre, nous devions frémir, me dis-je plus tard, d'une haine commune à l'égard des fantômes qui avaient tournoyé au-dessus de nos solitudes ivres, à la façon de ces zopilotes de malheur dont l'ombre obsédante avait rythmé mes cauchemars lors de mon premier poste au Mexique. Je rejoignis la maison de Cora, près du port, alors que les premières lueurs de l'aube montaient, au-delà du débarcadère, des profondeurs de l'atoll.

La deuxième lettre à laquelle Marc-André avait fait allusion était destinée à Thérèse Avril-Jonas. Il me la récita, comme s'il avait pris soin de l'apprendre par cœur. Aveugle, d'une mauvaise foi frisant la provocation, il y prétendait ignorer le triste état de santé dans lequel se trouvait sa mère. Tout à son idée fixe, il lui expliquait que, pour rien au monde, elle ne devait tenter de le rejoindre. Ses soixante-dix-neuf ans n'étaient pas en cause, insistait-il,

Prologue

mais il nourrissait pour leurs retrouvailles un dessein plus immodeste encore dont il se gardait bien de dire en quoi il consistait. Il ne lui avouait pas, non plus, la raison officielle qui l'amenait à revenir en France. J'avais l'impression qu'il s'adressait à une étrangère. Une phrase me frappa à cet égard : « Je ne sais pas d'où je viens ni qui je suis. » Sous une autre plume que la sienne, on eût pu parler de cliché. Or le ton était celui du reproche, très dur. Et j'en savais assez de Jonas et de ses romans pour estimer qu'il ne plaisantait pas.

Il nous quitta la veille de Noël. Il n'emportait presque rien dans sa valise, puisqu'il me fit jurer de prendre soin de ses papiers, de sa bibliothèque et de son revolver. Un an, jour pour jour, allait s'écouler avant que je le revoie. Cette fois, muni de sa mémoire.

La voici.

1

JOURNAL DE MARC-ANDRÉ (1)

Aéroport de Sydney, 25 décembre 1998, en attendant le décollage pour Paris, via Singapour.

Maintes fois, j'ai eu l'impression d'être né ailleurs. Orphelin... Mais, c'est grotesque ! Aucun sens. Une façon de filer à l'anglaise, si j'ose dire, de trouver l'échappatoire. Les faits sont beaucoup plus clairs.

J'ai vu le jour à Londres, le 6 août 1945. Et quel jour ! Une lumière atroce. Des entrailles de la terre monta un mugissement extrême de bête à l'abattoir, tandis que du ciel fusaient les cris d'une cohorte d'anges criblés de métal incandescent. Et le silence vide des regards énucléés pesait sur l'univers furieux avec l'insistance d'un reproche qui allait durer une éternité. L'épaisse odeur de chair calcinée, la frigidité du temps arrêté, l'écartèlement des

Un dernier soir avant la fin du monde

jambes et des bras en prière, l'immédiate présence de l'obsession, la montée des gaz, l'envergure du souffle, la silhouette des sexes gravée à même les murs de chaux vive, les vomissements de doute infini, tout se liguait pour qu'en ce jour fussent associés la grâce et le malheur. Hiroshima ! Hiroshima atténuait mon crime. Ma grosse tête en pain de sucre avait menacé de déchirer le ventre de ma mère. Je me présentais mal. Thérèse fut à deux doigts d'y laisser la vie. Et la simultanéité des deux événements m'a toujours permis de penser que je n'étais responsable de rien. Je trouvai dans le massacre l'excuse de mon irruption fracassante. Même mon état d'enfant unique dont mon égoïsme précoce ne manqua pas de se réjouir me parut une bénédiction. Thérèse ne pourrait pas avoir d'autre enfant.

A m'entendre, on imaginerait aisément une ambiance de tragédie. Si je persistais dans ce sens, je serais, une fois encore, pris en flagrant délit d'omission. A vrai dire, je me moque du fameux pacte autobiographique comme de ma première chemise. Il n'y a rien de plus grotesque que ces auteurs qui jurent leurs grands dieux de dire la vérité, toute la vérité devant l'Eternel, et qui se mettent, illico, en position de se condamner ou de s'absoudre eux-mêmes. Comme si se raconter ne consistait pas, au contraire, à se faire du cinéma... Aujourd'hui, qu'il me suffise d'éviter quelques mensonges, et ça ira. Les résumés, les raccourcis histo-

Journal de Marc-André

riques ne posent en principe pas de problème ; c'est avec les détails que les choses se compliquent. Aussi, on pourrait poser comme principe qu'il faut admettre mon boniment, croire à la sincérité de mes grimaces et à la force de mes bobards, sinon que me servirait-il d'être écrivain ?

En cet été 45 de ma naissance, Londres émergeait à peine de la grisaille guerrière. Mais très vite, au fur et à mesure que s'éloignait le souvenir du sifflement des bombes et des V1, la vie quotidienne reprenait des couleurs. Ma mère était l'une des plus jolies filles de la France libre. Elle avait vingt-cinq ans, et mon père trois de plus. Elle était venue par l'Espagne en 43, après que les Allemands eurent occupé la zone sud, et lui, alors tout jeune licencié en philosophie, avait rejoint De Gaulle en Angleterre bien avant l'appel du 18 juin 40. Et c'est ainsi que Thérèse Avril fit, pour les besoins de la cause, ses premières armes de traductrice et que Serge Jonas attrapa le virus du journalisme en prêtant sa voix à Radio Londres.

Des héros, quoi ! Images sépia pour manuel scolaire, bandes annonces de document télévisé, ils avaient tout pour plaire. Et je les aimai et admirai sans faille, ces parents exemplaires. Le bonheur de ma petite enfance fut si parfait qu'aucun souvenir ne s'y rattache. Pas la moindre aspérité où déchirer l'écran de ma mémoire. Et cependant, sans que l'on me donnât l'occasion de le deviner, ma mère souffrait.

Un dernier soir avant la fin du monde

J'ignorais qui ils étaient vraiment ces petits-bourgeois réinstallés à Paris, en janvier 46, avec leur bébé de six mois. Le plus souvent seule dans l'appartement du boulevard Montparnasse, Thérèse traduisait en français des romans anglais et espagnols. Entre deux pages de Thomas Hardy ou de Perez Galdos, elle veillait sur moi avec la ferveur fanatique d'un cerbère. On eût dit qu'elle cherchait à me protéger d'un mal qui était en elle et qu'elle ne voulait pas me transmettre. Sa vigilance était de tous les instants. Elle se tenait sur ses gardes, contrôlant non pas mes gestes mais les siens, comme si c'était d'elle-même qu'elle se méfiait. Jamais elle ne me prenait dans ses bras. Toute son affection passait par le contrôle qu'elle exerçait sur mes activités. Elle m'avait à l'œil. Je lui tendais mes petits bras et appelais : « Maman ! » Elle se postait sur le seuil de ma chambre, croisait les bras sur sa poitrine et prenait des airs de sentinelle consciencieuse. Ou alors, au printemps, elle arpentait le balcon de long en large, fumant une ou deux cigarettes à bout doré – des Craven –, avant de rejoindre son bureau dont elle laissait toujours la porte de communication ouverte...

Serge Jonas, lui, n'était presque jamais à la maison. Grâce au réseau des amis résistants, il avait sans difficulté obtenu un emploi dans un journal du soir. Ecrivant d'abord sur la politique étrangère, il glissa peu à peu vers les informations générales et les billets mondains. Au bout de trois ans, sa contri-

Journal de Marc-André

bution la plus notoire, celle qui fit sa véritable renommée, se résumait à une colonne quotidienne d'une chronique gastronomique qu'il signait simplement « Jonas ». Maman trouvait ça obscène, ces émois lyriques sur le Tournedos Rossini, ces émerveillements sensuels à l'évocation d'une sauce Nantua, ou ces prédictions hédonistes quant à l'extraordinaire qualité du millésime 47, alors que le pays subissait encore les restrictions et venait de vivre une période de grèves intenses.

Là, j'interprète, évidemment. Mais c'est le mot dont je me souviens – « obscène », oui, obscène – qu'elle lança un soir à la face de son mari et qu'elle se murmurait à elle-même, murée dans sa solitude, comme pour écoper le vide qu'elle avait creusé en elle. A tout bout de champ, le terme s'échappait de ses lèvres glacées. Au lieu d'en avoir peur, de craindre le pire, je me laissais bercer par cette litanie qui ponctuait mes journées. Tandis que je jouais avec mes cubes illustrés de dessins exotiques ou avec mes soldats de plomb, je l'entendais triturer ces maudites syllabes, exhalant un « o » de surprise, exacerbant les sifflantes jusqu'au cri perçant, bégayant le « ne » final, comme pour ne pas y croire. A quatre ou cinq ans, on ne sait rien des folies engendrées par le chagrin. Je me félicitais que Maman parlât tellement d'amour. Pour moi, le leitmotiv appartenait au vocabulaire des sentiments tendres. Une manifestation souterraine de paroles contenues – des choses si gentilles qu'on était

Un dernier soir avant la fin du monde

obligé de se cacher pour les dire. En latin, *obscenus* signifie « de mauvais présage ». Serge et Thérèse se sont séparés en 1952. J'avais sept ans.

Mon père était un personnage pas très catholique. En fait, un vrai dégueulasse, ai-je cru longtemps. Et pour ma mère, cette séparation fut, en réalité, une bénédiction. Je pense même que, depuis un certain temps, elle devait l'appeler de ses vœux. Je commençai à en prendre conscience vers l'âge de quinze ans quand, par bribes, elle entreprit de lever le voile sur une partie de sa vie secrète. Car il en est une autre, j'en suis sûr, qu'il me reste encore aujourd'hui à découvrir. Tel est le sens de mon voyage à Paris. Cette fois, j'irai jusqu'au bout. Il est peut-être déjà trop tard. Pourquoi me fierais-je à la mémoire vacillante d'une vieille femme qui veut mourir en emportant ses mystères dans la tombe ? Peu importe : il n'y aura ni compromis ni trêve. Pas de quartier, dut-elle en crever ! J'en aurai le cœur net.

Un père qui meurt à trente-huit ans ne laisse presque pas de traces. Entre sept et douze ans, je ne dus revoir Serge Jonas qu'à trois ou quatre reprises. A chacune de ces rencontres éphémères, mon seul motif d'étonnement fut de ne pas le reconnaître. J'avais l'impression de ne jamais avoir affaire au même homme. Ce type que je devais appeler « Papa » se métamorphosait si vite qu'il me demeurait étranger. C'était commode, après tout. Nos retrouvailles en paraissaient plus anodines. Ça m'enlevait un poids. En dépit de mes angoisses, ali-

Journal de Marc-André

mentées par les soupirs et les recommandations de ma mère, je n'arrivais pas à redouter mon père. D'une année sur l'autre, il engraissait. Sa tache de vin que, naguère, je trouvais énorme, monstrueuse, rapetissait, perdue au milieu des plis du double menton. Le front se dégarnissait. A sa main gauche, l'alliance dorée étranglait l'annulaire boudiné. Et sa tête, sa belle tête enflait, se déformait, dégoulinait sur les bajoues, ondulait jusqu'au cou encore puissant, se craquelait comme une pomme rouge cuite au four. Il devait bien s'apercevoir que mes yeux ronds le dévisageaient. Mais il faisait mine de ne pas remarquer mes regards ahuris. Un jour, il se contenta de me dire : « Quand j'avais ton âge, Marc-André, et que je me demandais sous quelle forme j'aimerais me réincarner après ma mort, je choisissais le caméléon. » Je n'osai pas lui dire que ce mot m'était inconnu. Dès que je rentrai boulevard du Montparnasse, je me précipitai sur le Larousse encyclopédique tout neuf que Maman venait de m'offrir pour fêter mon entrée en sixième au lycée Montaigne. L'évocation du reptile saurien à crête dorsale m'intrigua moins que la définition du personnage changeant de conduite au gré de son intérêt. Mais ce qui me fascina, me plongeant dans des abîmes d'introspection ambiguë, vint – une fois de plus – de l'étymologie : en grec ancien, *khamaieleôn* désignait littéralement le « lion qui se traîne à terre ». Or, comme moi, mon père était du signe du Lion.

Un dernier soir avant la fin du monde

Est-il besoin de préciser que pareille coïncidence aiguisa chez le jeune élève Jonas le goût des langues ? Calquant ses exploits scolaires sur ceux d'Ulysse et d'Enée, il se lança à l'assaut de continents perdus et de terres promises. La sensualité de Calypso l'émoustillait mais, songeant à la pauvre Pénélope, il se mettait à pleurer. La mort de la reine Didon, abandonnée par le Troyen, le plongeait dans des transes d'où son imagination sortait exaltée, prête à inventer des mondes. Pour la première fois de sa vie, il composa alors de méchants poèmes épiques et attaqua la rédaction d'un roman d'aventures dont les multiples épisodes alambiqués l'occupèrent jusqu'à la fin de la classe de seconde.

C'est à ce moment-là que se produisit l'événement le plus important de ma jeune existence. Jusqu'ici, les blessures avaient été superficielles, puisque ni le départ ni la mort de mon père n'avaient réussi à me voler mon enfance. Je m'étais fait à l'idée de parents aussi absents l'un que l'autre, bien que de manière fort différente. C'était en quelque sorte la garantie de mon intégrité personnelle. Bien à l'abri derrière ma camisole de rêves, me croyant protégé à jamais par l'immobilité, je me tenais coi. Malgré tout, l'univers était un, indivisible. J'ignorais la fêlure, le désaveu.

Les voyages m'étaient familiers, mais pas encore l'exil. J'avais admis, sans faille ni soupçon, d'être séparé de ma mère pour de brèves périodes. Ne comptaient presque pas, à cet égard, les face-à-face

Journal de Marc-André

égarés avec mon père, en territoire neutre, sur une plage du Calvados ou dans une auberge de Sologne où je n'avais jamais le sentiment d'être seul avec lui. Il s'arrangeait pour que ces retrouvailles se déroulent en présence d'hommes et de femmes qui lui ressemblaient. Ça riait, ça jacassait. On me laissait en paix, je ne les dérangeais pas. Pas une fois Jonas ne me proposa de venir dans la maison de Sceaux où il s'était installé. A l'aune de mon indifférence, ces quelques kilomètres entre nous constituaient une ligne de démarcation. Maman – c'était clair – s'opposait à ce que je la franchisse. Jonas, lui, prétendait être en perpétuel déplacement et ne pouvoir m'y accueillir. Moi, je finirais par oublier l'existence même de cette banlieue qui me paraîtrait et me paraît encore plus excentrique que les plus lointaines destinations de la planète...

D'un autre côté, il y avait les petites vacances chez les grands-parents du Sud, un couple de vieux irréel dont le seul souci semblait se réduire à écouter le souffle du mistral dans les oliveraies et à prier pour que la récolte fût bonne. Mon arrivée au mas ne troublait guère leur train-train domestique. Quand ils me voyaient, j'avais l'impression qu'ils souriaient davantage, c'est tout. Oh, ils me gâtaient à leur façon ! Rien n'était trop beau pour le Parisien, encore que l'on se fît un devoir de lui enseigner les usages de la vraie vie, celle d'autrefois, à l'époque où un garçon de mon âge débutait son apprentissage chez un patron. « Eh, grognait le Pépé,

Un dernier soir avant la fin du monde

c'était pas une partie de rigolade ! On en a sacrifié des choses pour élever ta mère, lui permettre d'aller aux écoles ! » Quoi qu'il en soit, l'amour sincère qu'ils me prodiguaient avec maladresse ne me fut pas imposé longtemps puisque les pauvres moururent, l'un de congestion cérébrale, l'autre de chagrin, à six mois d'intervalle, l'année de mes douze ans, presque en même temps que Papa. L'été suivant, je passai les vacances au mas en compagnie de Maman qui travailla sur ses livres. Quelques mois plus tard, elle vendit la propriété. Et vint alors pour moi le temps des séjours estivaux en Angleterre chez d'anciens compagnons de guerre des Jonas. Des gens sans saveur, guindés dans leurs principes et leurs souvenirs, mais qui, à défaut de représenter un quelconque intérêt pour mon éducation affective, me parlaient un bel anglais. J'aurais voulu aussi pratiquer mon espagnol dont je savais bien que c'était la langue de prédilection de Thérèse Avril-Jonas. Sur la page de titre de ses traductions figurait ce double nom. Pour elle, l'Espagne était domaine interdit. A mes questions sur ce sujet, elle répondait toujours de manière excessive. J'avais droit à de tranchantes fins de non-recevoir, à d'intransigeantes condamnations ou, quand elle était en veine d'intimité, à des brouillons de récits évoquant des rencontres si fulgurantes, des péripéties si tumultueuses que j'avais peine à en suivre le fil. Toute tentative de ma part pour obtenir des éclaircissements se heur-

Journal de Marc-André

tait à des formules au couteau du genre « tant que Franco sera là, je ne remettrai pas les pieds dans ce pays ». Maman ne se cachait pas de ses nombreux amis espagnols qu'elle comptait à Paris et ailleurs. Et je n'ignorais pas non plus que beaucoup de ses déplacements en France et à l'étranger étaient liés à sa fréquentation des cercles de réfugiés politiques. Un jour qu'elle partait pour Toulouse, j'avais osé cette remarque : « Ces types doivent être bigrement intéressants ! » Le sous-entendu n'avait pas échappé à Thérèse. « Je serai de retour après-demain, dit-elle. Maria viendra faire le ménage et s'occuper de tes repas... Rassure-toi, mon chéri, il n'y a pas un homme plus fascinant que toi sur terre... Si j'avais rencontré quelqu'un, tu serais le premier à le savoir. Mais non, il n'y a personne... personne ! Cette conférence va me rapporter de quoi nous offrir un week-end à la mer. Tu veux bien qu'on aille, tous les deux, au bord de la mer, la semaine prochaine ? Ce n'est pas pratique, ces absences, c'est vrai. Il faudra que je trouve une solution par la suite... » Au lieu de m'apaiser, cette allusion me blessa au profond. J'étais hébété, sonné comme un boxeur innocent qui n'a pas pu deviner d'où viendrait le coup qui le mettrait KO... J'envisageai le pire. Et le pire arriva.

Maman quittait Paris. Peu m'importait qu'elle allât s'installer à Genève ou à Vienne, puisque de toute façon, je ne la suivrais pas. L'idée « géniale » – elle avait déjà ce tic de langage à cette époque –

Un dernier soir avant la fin du monde

lui était venue de m'envoyer continuer mes études à Londres. « Génial ! », répétai-je, par réflexe ironique. J'avais dit oui. L'annonce avait été froide, brutale. Mon acceptation aussi. J'encaissai sans broncher. Thérèse fit mine de ne pas vaciller dans sa détermination. Certes, il y avait eu des petites fêtes préparatoires et de plus grandes festivités réparatrices du mal que nous nous faisions l'un à l'autre. Or nul ne se dissimulait qu'avaient été prononcés le schisme et le bannissement.

Plus rien ne serait comme avant. Une force tirerait chacun de nous vers des horizons extrêmes, creusant peu à peu le fossé des malentendus, dénouant un à un les fils artificiellement tissés par une enfance et un veuvage solitaires. En un sens, malgré la complexité de nos émotions et de nos partis pris, au-delà du chantage permanent qui allait nous opposer et de la haine de soi dont nous parerions nos silences et nos écarts de langage, nous étions – oui, elle et moi – nous étions pleins de reconnaissance mutuelle pour la liberté que nous nous accordions d'exister de manière autonome. Enfin, si l'on veut, car depuis trente ans, ma mère et moi n'avons cessé de nous comporter comme deux satellites placés par erreur sur une orbite commune, cherchant à se rattraper, à se dépasser – pousse-toi de là que je m'y mette –, singeant les manœuvres de l'adversaire, s'arrêtant un instant pour observer s'il n'est pas tombé en piqué dans le néant, reprenant leur course déboussolée dans l'idée que les champs ma-

Journal de Marc-André

gnétiques les placeront sur une meilleure trajectoire, convaincus d'être toujours à la bonne place l'un et l'autre comme s'ils pouvaient échapper, par obstination, par orgueil, à la règle de la gravitation universelle, à la loi de la vie et de la mort.

Nous nous sommes condamnés à la comédie de l'immortalité. Thérèse croyait à la puissance du passé, à l'inaltérable survie des passions enfuies. Elle s'inventait une personnalité plus vieille et plus laide qu'en réalité. Désormais, me disais-je, elle ne sortira plus de sa coquille. Ne te fie pas aux apparences. Elle prétend s'accomplir dans l'exercice de sa profession, atteindre à la maîtrise de son art, jouer avec les mots au point que le texte traduit est un véritable double de l'original. Elle affirme avoir retrouvé l'équilibre et le bonheur. Foutaises ! Je n'en crois pas un mot. Thérèse Avril est une femme finie. Oui, dans les deux sens du terme... C'était ma façon à moi de me fabriquer un destin. Il m'a fallu du temps et de l'expérience pour prendre la mesure de mon inconscience et de ma prétention. Couper le cordon ombilical me donnait raison de notre éloignement. J'y trouvai même, dans les années qui suivirent, la justification des deux directions où j'allais m'engager : l'écriture et la diplomatie.

Je sentais bien que quelque chose clochait dans le scénario. Ainsi, si j'avais pu passer mes grands-parents maternels aux profits et pertes, au même titre que Jonas et maintenant ma mère, l'absence d'aïeux du côté paternel n'avait pas effleuré mon

Un dernier soir avant la fin du monde

esprit d'enfant. Des victimes de guerre ! Parmi tant d'autres ! On n'avait que ça à la bouche, « victime de guerre » – un raccourci pratique, une formule magique efface-tout. Oui, j'étais un drôle de gosse. Et, pendant longtemps, tout cela me sembla naturel. J'étais fin prêt à pousser la porte du rêve et de l'irréalité. Façon comme une autre de me préparer une carrière, car Dieu sait si la diplomatie fricote avec le virtuel ! On déplace des frontières, on parie sur la faiblesse ou la résistance du corps humain face à la souffrance, on joue à un jeu de l'oie où les cases sont des nations et les dés des individus... Mon excuse – en matière de roman ou d'affaires internationales –, c'est de n'avoir été qu'un intermédiaire, un *go-between*. Je me suis contenté de transmettre, dans un sens et dans l'autre. J'étais un commerçant en quelque sorte. A ce détail près – et il est considérable –, que la politique permet, le cas échéant, de conclure un traité, pas la littérature.

Avec ma mère, à notre séparation, j'eus d'abord la conviction qu'elle avait capitulé. J'étais le seul vainqueur de cette opération de chirurgie lourde et je me prosternai, candide, devant ma propre image de Christ en majesté. Jonas et Thérèse ne partageaient probablement que ça, mais à des degrés divers, ils professaient tous deux un agnostisme de bon aloi. Je n'avais donc pas été élevé dans une religion, mais en savais assez pour traverser à cette époque une période mystique qui, je l'avoue, me permit de tenir le coup, de me construire un rempart

Journal de Marc-André

rédempteur. Plus tard, s'imposa l'évidence que Maman n'avait signé aucun acte de reddition, bien au contraire. Il fallut négocier, toujours. Et parvenir à un pacte de non-agression n'était pas facile. Les traités ont été trahis, dénoncés, déchirés si souvent que, pendant près de trente ans, nous nous sommes, elle et moi, efforcés de respecter un simulacre de paix. Aujourd'hui, en rentrant à Paris, c'est moi qui déterre la hache de guerre !

L'éloignement auquel ma mère m'avait forcé, en m'exilant à Londres, n'aurait été rien s'il n'avait été précédé d'un épisode foudroyant. Afin de ne me laisser aucune chance (c'est ce que je pensai), afin de se dédouaner (c'est plutôt ce qu'elle devait rechercher), elle me confia le manuscrit que Jonas lui avait légué à sa mort. Ce geste acheva de sceller nos capitulations respectives. Sur le moment, je la détestai d'avoir été si cruelle à mon égard. Pourquoi désirait-elle me faire mal à ce point ? Jonas avait été ignoble. Etait-ce une raison pour essayer de le salir encore davantage ? A quoi servait-il de me mettre sous le nez l'histoire de leur désamour ? Thérèse voulait sans doute que ce journal impudique exerçât une influence bénéfique sur moi. A défaut d'un exorcisme, l'explication crue et nue des circonstances qui l'avaient conduite à être abandonnée par son mari... En effet, le texte écrit de sa main par mon père racontait pourquoi et comment il avait, en vain, passé sa vie à rechercher l'âme sœur, la femme idéale. C'eût pu être un plaidoyer

Un dernier soir avant la fin du monde

prodomo, un hymne à la gloire des plus grands coureurs de jupons de la terre. En réalité, la lecture de ces pages atroces me fit découvrir un être insoupçonné dont j'avais peine à croire qu'il avait été l'homme pâteux, le père ridicule que j'avais connus. Sans pour autant réhabiliter Jonas, cela me persuada que Thérèse avait tout faux.

Quand j'imagine qu'il pouvait s'adresser à elle dans ces termes !

« *Thérèse, ce carnet est pour toi.*

Cynique ? A voir ! Cruel ? Peut-être. Surtout pour moi.

Cette quête est ridicule. Cupidon, où est ta victoire ? Je m'accroche aujourd'hui à une œillade volée, à une peau effleurée. Un doigt glissé sous l'échancrure d'un calicot me tient lieu de romance. La texture inédite d'un tissu vite froissé me fait oublier l'odeur des chiennes de passage. Je ne me suis jamais senti aussi las.

Et toi, désormais, tu es un mur. Une tombe à secrets. Une clôture sous haute tension.

Je ne demande pas le pardon. Dès le début, tu m'avais condamné. Après la naissance de Marc-André, c'était comme si je n'avais pas existé. Ou si peu. Pourquoi ? Tu t'exécutais, froide, patiente. Mais les tressaillements de ton corps chagrin me faisaient penser à des actes de contrition. Tu ne m'aimais que par procuration. Seul ton fils méritait tes prières.

Ecoute-moi ! Une bonne fois pour toutes. Sache

Journal de Marc-André

que je ne te reproche rien. Tu vaux mieux, Thérèse, que mes fantaisies. Si j'ai juré, pesté, si je t'ai maudite, il ne m'est à aucun moment venu à l'idée de te rendre responsable de mes frasques. J'ai voulu ce qui arrive. Jusqu'à plus soif.

Je n'éprouve ni remords ni tristesse. Juste du mépris. La haine de soi est une belle façon de se tuer. Je me déteste autant que le stupre. Le paradoxe est mortel. Parfois, je rêve qu'un jour on inventera une maladie qui taxera les trapézistes du cul. »

Il écrivait cela le 1er avril 1953. Ajoutant aussitôt : « *Et toc ! Poisson d'avril !* » A force de les ressasser, ces mots se sont enkystés dans ma mémoire.

Un autre jour, mon père pouvait raconter comment, tandis que les foules en délire acclamaient la nouvelle reine sur le parcours de Westminster à Buckingham Palace, lui séduisait une petite Elizabeth dans un pub de Chelsea. La fille arrosait le couronnement au gin-tonic. Et, tout en se plaignant de n'avoir pas réussi à la ramener à son hôtel, Papa reconnaissait avoir passé un bon moment. « *Il pleuvait dehors. On était bien au chaud* », disait-il.

Et pourtant, mes yeux d'enfant avaient retenu l'image d'un homme à principes. Selon Serge Jonas, la vie ne semblait avoir de prix que soutenue par des valeurs. Honneur, courage, dignité ponctuaient ses discours. Il adorait faire des sermons. Interminables... et dont l'issue demeurait incertaine, puisque nul ne pouvait prévoir qui capitulerait le

Un dernier soir avant la fin du monde

premier, de lui sombrant dans l'ivresse extatique de son propre délire, bredouillant, à court d'arguments, ou de l'auditoire las, désarmé, prêt à une capitulation sans condition.

Je devrais lui ressembler, si l'on se fie aux apparences. En réalité, je tiens de ma mère. Fermé comme une huître, car j'aime trop le mystère. Mon père était trop cynique. Sous ses grands airs, il masquait un appétit d'ogre. Aucune proie ne lui était indifférente. Il suffisait qu'une femme apparaisse sur son territoire, se profile dans son champ de tir pour qu'il affûte ses griffes et se prépare à bondir. Peu importait la situation ou la réaction de la dame. Je suppose que souvent il échoua. Mon père allait plus loin, plus bas qu'un simple don juan chasseur de corps : il se contentait de l'idée préalable. Il fonctionnait au postulat, comme un moteur à explosion se nourrit d'essence. C'était une attitude, une manière d'être au monde...

Il avait son style à lui, même dans l'ignominie.

« Depuis que je t'ai quittée, Thérèse, ce monde me paraît encore plus plat. Chlorophyllé, mastiqué comme le chewing-gum des G.I's – fade. Sous l'apparence du neuf, tout est vieillerie. Guerre froide télévisée ou péplums en cinémascope ne me survivront pas, j'en suis sûr. Peut-on en dire autant de la barbue à la Bercy dans son court-bouillon de vin blanc et d'échalote agrémenté d'une pointe de poivre de Cayenne ? »

(31 décembre 1953)

Journal de Marc-André

Maudit carnet que, toute ma vie, j'ai trimbalé en sautoir de mes propres errements. Quant à ma mère, je l'ai toujours soupçonnée du pire. Sans raison.

Je l'aime trop, probablement.

2

LE ROMAN PARALLÈLE (1)

Dans l'avion qui le conduit de Sydney à Singapour, Marc-André rencontre Victoria. Dès que la jeune femme a pris place sur le siège voisin, il n'a pu réprimer un frémissement de toute sa peau. Il sait que, par nature, il n'y a rien à attendre de ce genre de situation. Pourtant, il piaffe à l'idée de lier conversation. Après une simple remarque sur l'inconfort de ce voyage, il se présente. Elle hésite. Il lui demande si elle est australienne. Elle répond par l'affirmative, en précisant qu'aujourd'hui, elle vit à Hobart en Tasmanie.

Il marque une pause et se dit que, du côté de l'Australie, il a déjà beaucoup donné. Il se souvient, se replie, d'instinct, dans sa coquille...

Canberra ne ressemblait plus à Canberra, cette année-là. La ville de nulle part s'était trouvée un

Un dernier soir avant la fin du monde

centre. Tous les regards convergeaient vers nous, se dit-il. Cette fois, nous avions l'impression d'avoir, pour de bon, la tête à l'envers.

Ils ne nous lâcheraient pas. Enfermés dans l'ambassade transformée en Fort-Chabrol, nous étions pris au piège. Brandissant des banderoles hostiles à la France, les manifestants campaient le long de Perth Avenue. Et notre quartier de Yarralumla, d'ordinaire si tranquille et si dépeuplé, prenait des allures de jungle grouillante d'ennemis. En dépit de nos précautions, même le parc de la résidence de l'ambassadeur ne paraissait pas en sécurité. L'oiseau-lyre, dont Son Excellence était si fier et qu'il ne manquait pas de faire admirer à ses visiteurs, ne venait plus danser sa pavane sous nos fenêtres. Et, plongé dans un silence réprobateur, le matin ne s'éveillait plus aux cris du volatile imitant la voix de notre supérieur hiérarchique. Les derniers essais nucléaires français du Pacifique présentaient au moins l'intérêt de nous donner le sentiment d'exister. Nous allions enfin servir à quelque chose. Il n'en fallait pas plus pour m'inciter à me dégonfler. C'est ce que les autres me reprochèrent en tout cas. Je parlerais plutôt de choc intérieur, d'un trouble incontrôlable qui me fit douter, non de la nature de notre mission, mais de la réalité de ma présence en ces lieux. Rien ne me faisait peur, sinon. J'avais connu, sous d'autres latitudes, des circonstances plus dramatiques – ici, seuls les lazzis et les insultes fusaient, pas les balles d'armes automa-

Le roman parallèle

tiques. Au fond, le problème de Mururoa m'était relativement indifférent. Les arguments scientifiques du nouveau Président me semblaient aussi rationnels ou aussi spécieux – selon les jours – que ceux de l'ancien dont j'avais représenté le gouvernement avec un zèle égal. Le débat pourrissait. La cause était entendue. Aucun ergot patriotique ne me poussait au-dessus des pieds plats grâce auxquels, autrefois, j'avais échappé au service militaire. Ma seule certitude : le roi était nu, et le mal déjà fait. J'aurais dû me le tenir pour dit. Quelle mouche du bush me piqua d'aller encombrer les colonnes du *Monde* d'une « tribune libre » où, abrité derrière mon autorité morale d'écrivain, j'entrepris de départager les deux camps ? Mais ce n'était pas le plus grave. Sans attendre les grincements de dents que ma docte sérénité ne manquerait pas de provoquer, je pris la fuite. Tout simplement la fuite. Je laissai tomber la foire d'empoigne pour me réfugier dans le désert. Oh, ce n'était pas la première fois que je m'éclipsais ainsi ! On était habitué à mes incartades, à mes soudaines disparitions qui, la plupart du temps, passaient aux profits et pertes de mes fantaisies d'homme de lettres. Bien que ne relevant pas de la bienséance diplomatique, jouer les pistards dans le Grand Nord ou galoper en compagnie des gauchos de la Pampa n'avait jamais été assimilé à un abandon de poste. Selon moi, ce départ vers les profondeurs du bush ne me compromettrait pas davantage. Loin d'imaginer que je me

Un dernier soir avant la fin du monde

défilais, je ne pensais qu'au livre auquel j'avais décidé de me consacrer.

Lors du vernissage à la National Gallery de Canberra d'une exposition consacrée à la peinture aborigène, j'avais rencontré trois mois auparavant une jeune femme spécialiste des écorces peintes. Ses explications m'avaient fasciné. Au-delà des signes et symboles, elle avait fait revivre, de sa voix chaude et colorée, les mythes du *dreamtime*, le langage poétique et sensuel du *temps du rêve* à l'origine de toutes choses. Elizabeth – c'était son nom – devint ma maîtresse pour quelque temps. En matière de raffinement érotique, sûrement l'une des plus douées que j'aie connues! Comment va se comporter ma voisine d'aujourd'hui, à cet égard? Elle est belle. Trente, trente-cinq ans, disons. Des taches de rousseur partout, sur les bras, la gorge et ailleurs, j'imagine. Très british. J'aime... Elizabeth, elle, devait compter, dans sa lointaine ascendance coloniale, une brute de forçat qui avait dû fricoter avec les négresses locales. Tel était son secret, son pedigree. De là à fantasmer, désirer remonter à la source, vivre l'expérience du désert, vouloir m'immerger dans les légendes originelles et retrouver, intactes, vierges, les sensations vécues avec cette maîtresse, il n'y eut qu'un pas franchi avec allégresse et candeur. Jusqu'ici, rien de trop grave. Le poison instillé par le corps de cette femme, dont je rêvai longtemps après que nous nous fûmes séparés d'un commun accord, devait entretenir avec mes

Le roman parallèle

propres humeurs de mystérieuses alchimies car, en pleine bataille des tirs atomiques, je me retrouvai, sans savoir pourquoi, à ses côtés dans une manifestation écologiste.

De la rive du lac Burley-Griffin, le défilé s'étirait sur l'esplanade menant au sinistre Mémorial de la Guerre dédié aux victimes australiennes des deux grands conflits mondiaux. Je me tenais là en observateur, à titre officieux, bien entendu. A l'écart des marches imposantes, planqué derrière un rideau d'eucalyptus, j'aurais pu passer pour un espion en service commandé. Soudain, on m'interpella : « Marc-André ! » Au lieu de battre en retraite, je m'avançai vers les groupes de marcheurs d'où Elizabeth – c'était elle – me faisait signe de la rejoindre. Pris en flagrant délit, je n'avais pas le choix. D'ailleurs, la question ne me traversa pas l'esprit. J'étais comme happé, capté, englouti. Il ne me restait plus qu'à suivre le train... Et c'est ainsi que je figurai sur une photographie publiée dans la presse, déposant un bouquet de *warathas*, les fleurs rouges emblématiques de la Nouvelle-Galles du Sud, au pied de la stèle du monument aux morts.

Les raisons de décamper ne manquaient pas, donc. Ce que je fis, dès le lendemain... Les semaines passées dans l'intérieur du pays, je les ai racontées dans mon livre *La piste de l'au-delà*. Ah, l'intensité humaine et sexuelle de ce séjour purificateur ! Je ne soupçonnais pas l'existence d'odeurs aussi troublantes, de formes aussi divines, de ca-

Un dernier soir avant la fin du monde

resses de vent et de poussière aussi enivrantes. Il y avait là de quoi nourrir des dieux. La plénitude et le vide, la courbure de l'espace, le miel de la solitude... Si je pouvais, je le dirais à cette Victoria qui, maintenant, s'est clôturée à côté de moi dans la lecture d'un magazine. Essayez de voir et d'entendre ! Cet épisode du désert, c'était comme si votre main glissait sur mon ventre, se saisissait de mon sexe bandant, et je me prosternerais. J'oublierais enfin Cora et ses lourds doigts bagués, je serais humble avant de pénétrer les étoiles...

A mon retour, la sanction est tombée. Une île du bout du monde : de quoi calmer mes ardeurs ! Et puis, il y a eu Laster et Cora, mon purgatoire. Ce garçon m'a redonné l'envie de me battre. Il me renvoyait une image de moi-même insolente de santé et d'énergie. Et elle, Cora, avec son corps de diablesse, avec son statut de métisse friquée, reine portuaire, déesse du commerce maritime, représentait un enfer bien convenable, un refuge acceptable... du moins les premiers temps...

Qui peut prétendre que le sexe et l'argent n'expliquent pas tout ? *Sex, money,* cul, *dœ,* picaillons, thune, libido, oseille, *dineros, tiempo para gastarlos,* virilité, machisme, banqueroutes orgasmiques, trésors exotiques cachés dans les plis du refoulé, sous la dentelle du slip, entre les lobes du string... Ou sur le mode tendre : il m'est arrivé de pleurer de désir. Et toujours, ce sont les souvenirs qui coûtent le plus dans cette histoire. Le sexe et

Le roman parallèle

l'argent sont à coup sûr les denrées humaines les plus volatiles, celles que le temps balaye sans hésiter. Mais elles nous épuisent, nous vident de nous-mêmes. Le point d'overdose, le jour où l'on se jure que l'on n'y retournera plus, n'est pas facile à atteindre. Plutôt parler d'amertume, de bouche pâteuse, de bourse plate, de gueule de bois, de chèque sans provision...

Qu'importe, jetons-nous à l'eau pour de bon.

« Mademoiselle ?
— Oui ?
— Permettez que je vous raconte une histoire... Pour éviter tout malentendu...
— Je ne vois pas de quoi vous voulez parler, mais allez-y...
— Eh bien, il s'agit d'un type qui, entre Londres et Paris, quarante-cinq minutes de vol, a réussi à draguer sa voisine. Un romancier-poète dont je tairai le nom, qui écrit des histoires alambiquées où la sexualité joue à cache-cache avec la politique. Un anglais... Vous devez le connaître... Nous l'attendions pour une conférence et le voilà qui débarque avec sa jeune conquête.
— Classique !
— D.M. – appelons-le D.M. – frôlait la soixantaine, bien plus vieux que moi entre parenthèses, et la fille ne dépassait pas les trente-cinq ans. Comme vous, n'est-ce pas ?
— J'ai trente-trois ans.

Un dernier soir avant la fin du monde

— Mais vous, vous êtes belle, séduisante. L'autre, celle du fameux D.M., était moche, très vulgaire. Bref, D.M. n'a rien voulu savoir : il ne prononcerait pas un mot sur le thème de la soirée – " Erotisme et puritanisme dans le roman contemporain " – tant qu'on ne l'aurait pas assuré d'une réservation hôtelière en chambre double ! Il fit son exposé, sommaire mais percutant, presque intégralement consacré à une comparaison de son œuvre personnelle avec celle de D.H. Lawrence, l'auteur de...

— Oui, merci, je sais... *L'amant de Lady Chatterley, Le serpent à plumes, Femmes amoureuses...*

— ... qu'il assassina à force de louanges perfides, avant de déclarer tout net qu'il avait promis à sa dulcinée de dîner avec elle dans un restaurant du quartier des Halles. N'étant à Paris que pour vingt-quatre heures, il était désolé de nous fausser compagnie. Devoir oblige !

— Encore un qui ne voulait pas vieillir...

— Vous dites, Victoria ?

— Je dis que votre D.M. se donnait l'illusion d'être immortel.

— Touché ! Vous avez raison. C'est exactement l'expression que je cherchais.

— Et vous êtes d'accord avec ça, monsieur Jonas ?

— Appelez-moi Marc-André... Vous me plaisez beaucoup, Victoria.

Le roman parallèle

— Vous ne me connaissez pas...
— Physiquement...
— Vous vous imaginez sans doute qu'un voyage comme le nôtre est plus propice encore pour une rencontre.
— Pardonnez-moi. Je ne suis pas en train de vous faire le coup fourré de l'écrivain...
— Vous êtes dans la littérature ?
— Oui, je suis romancier.
— Est-ce que le mot "chasteté" appartient à votre vocabulaire, Marc-André ?
— Pourquoi me posez-vous cette question ?
— Eh bien, autant que vous le sachiez tout de suite : moi, le sexe ne m'intéresse pas. »

Tandis que l'hôtesse de bord leur sert des boissons, Marc-André tente d'expliquer à Victoria que, deux jours plus tôt, avant de quitter son archipel, il songeait encore à se tirer une balle dans la tête.

« Vous pensez que je frime ? »

Elle se raidit, fait mine de s'abstraire à nouveau dans son magazine. Elle aussi se rend à Paris pour des raisons qu'elle n'a pas envie de partager avec son voisin. Elle a besoin de repos. Mais il insiste.

« Le temps d'écrire un livre, je suis encore capable de supposer que les voies de l'existence obéissent à une espèce de plan général. Le jour où j'ai commencé à me demander s'il existe bien un ordre des choses, ce jour-là, eh bien, on peut dire qu'enfin, j'ai atteint une certaine forme de maturité. Je vous ennuie ?

Un dernier soir avant la fin du monde

— Hum... Je ne me sens pas en veine de confidences, c'est tout... Pourtant, je dois vous faire un aveu...
— Je vous en prie.
— Je vous ai menti tout à l'heure.
— Vraiment ?
— Vous rencontrer comme ça, par hasard, c'est un signe... un choc... Je vous connais, monsieur Jonas. Enfin, j'ai lu plusieurs de vos livres et je n'osais pas vous le dire. Ils m'ont enseigné la fragilité des sentiments, vous savez ?
— On ne peut vivre sans amour, Victoria.
— L'amour a gâché ma vie, à moi... Lorsque j'ai connu Philippe, mon mari, j'avais vingt-deux ans et boursière, j'étais venue en France pour étudier votre belle langue... Voilà ! Je me mets à vous raconter ma vie !
— Vous n'avez pas confiance ?
— Non.
— Oubliez tout ce que j'ai écrit. Foutaises ! La vie est toujours plus intéressante que la fiction.
— Ce n'est pas mon avis... S'appeler Victoria Laidlaw, être la fille d'un pasteur et d'une institutrice du Queensland, ça n'a rien de drôle, croyez-moi !
— Vous n'êtes pas obligée de me raconter...
— Si, si, je vais vous dire... Avec Philippe, ce fut le coup de foudre. Mutuel. Le mariage un an plus tard à Bordeaux. Il avait cinq ans de plus que moi et entamait une carrière de médecin. J'ai arrêté mes

Le roman parallèle

études. Il y a eu les enfants... le déménagement dans la région parisienne... l'attente... la solitude... les vœux pieux... la fidélité sans faille, de part et d'autre... les serments sans parole... la fuite en avant... Jusqu'à ce que le désir nu me rattrape. Affolée, fragile et fiévreuse, je me suis retrouvée la maîtresse de Jean-Pierre, le meilleur ami de mon mari, évidemment – un homme qui, entre deux voyages à l'étranger, déboulait dans ma vie comme une tornade pour disparaître sans laisser de traces après avoir, inconscient, fier de lui, semé le désastre. Je l'aimais, lui aussi, tout autant que Philippe. J'étais comblée, rassurée.

— Deux preux chevaliers étaient prêts à se battre en duel pour vous !

— Un jour où j'étais particulièrement heureuse, j'ai décidé de les quitter tous les deux.

— En abandonnant les enfants ?

— Oui...

— Vous tremblez ? Vous avez froid ?

— Non.

— Il nous faut un remontant. Je vais faire un signe à l'hôtesse. Je prends un scotch, et vous ?

— Bloody Mary.

— Vous vous êtes fixée au pays ?

— Pas exactement. Mes parents vivent à Charleville, une bourgade de l'*outback*, trois mille habitants, un million de moutons... et le poids des secrets de famille, la loi du sang et du silence...

— Vous avez vécu à Sydney, non ?

Un dernier soir avant la fin du monde

— J'y ai travaillé comme serveuse dans un bar proche d'Oxford Street, le quartier gay, branché. A côté de la fête, derrière la nuit opulente, la maladie était là, enracinée. Parmi les clients, les amis homosexuels, la liste des morts vivants s'allongeait chaque semaine. L'un d'eux, Peter, m'a aidée à tenir le coup. Cette grande folle adorait se déguiser en reine Victoria. Il disait que, moi, j'étais une usurpatrice ! Je me souviendrai toujours de notre éclat de rire quand, la première fois, il m'accusa d'être une voleuse. Appuyé contre le comptoir, Peter pavanait son immense carcasse de géant musclé. Il pointa un index accusateur dans ma direction, gonflant son biceps veineux de manière ostentatoire. Je m'apprêtais à l'envoyer balader, mais il se mit à rigoler très fort. Puis à pleurer. En voyant les larmes qui coulaient le long de ses joues ravinées, j'ai ri à mon tour. Nous avons fini embrassés. Ce soir-là, ivre et shooté, il m'a emmenée dans son studio de King's Cross pour me montrer sa tenue de reine. Il s'est maquillé, habillé, tandis que je buvais une bière en fumant une de ces cigarettes qu'il haïssait. Plus personne ou presque ne fumait à Sydney. Moi, c'est une habitude que j'ai attrapée avec Jean-Pierre, en France. Et si Peter acceptait mon " vice ", comme il disait, c'était uniquement parce que je lui avais raconté ma sale histoire... Jurant qu'il ne laisserait pas une jeune femme errer seule dans ce maudit coin de King's Cross, envahi par le stupre et la débauche touristiques, il a insisté pour m'accompa-

Le roman parallèle

gner jusqu'à une station de taxi. Bien sûr qu'il allait sortir dans cet accoutrement de grand-mère puritaine ! Qu'on s'avise de l'apostropher !
— C'était un dur ?
— Oui, le meilleur dans toutes les bagarres ! Personne ne le valait non plus dans l'amitié tendre. Un jour, en apprenant que je gagnais de quoi terminer mes études, il m'a mis dans la main un paquet de dollars. J'ai voulu refuser. A son regard, à la force avec laquelle il me serrait le poignet, j'ai compris qu'il n'en était pas question. Ses économies, dit-il, lui pesaient sur l'estomac. Du fric mal gagné. Il fallait qu'il serve à quelque chose d'utile. Une fois qu'il a été sûr que je garderais son argent, il m'a révélé que, depuis deux ans, il se battait contre un sida déclaré. Il n'avait plus d'espoir. Je n'oublierai jamais Peter... Dans les bras l'un de l'autre, nous nous sommes dit des mots d'amour, nous avons longtemps, pour effacer la souffrance qui nous étreignait, évoqué un rêve où nous aurions pu devenir un couple d'amants magnifiques.
— La chasteté dont vous parliez tout à l'heure, Victoria ?
— Oui... J'ai réussi à obtenir le diplôme qui allait me donner le droit d'enseigner le français. Huit jours après, Peter est mort. Un poste m'a été offert, loin de Sydney, sur l'île de Tasmanie, à Hobart. C'est là que je vis aujourd'hui...
— Seule ?
— Oui, seule. »

Un dernier soir avant la fin du monde

C'est au tour de Marc-André de faire marche arrière. La confidence de cette trop jolie femme l'a surpris. Pour quelqu'un qui cherchait à lui échapper, elle n'a pas ménagé ses effets ! Et quant à lui, il repense à la peau de Cora, à ses coups de hanche, à son sexe huileux et gourmand. La nostalgie de l'île et de la vie qu'il vient de quitter le mine déjà. Afin de donner le change, il se lance, pour Victoria, dans une évocation de Hobart où il s'est rendu quelques années plus tôt à l'occasion d'un congrès. Il évoque le charme britannique de ce port des antipodes. Ses cottages fleuris, sa baie brumeuse, ses ruelles coloniales, les vieux entrepôts du quartier de Salamanca, ainsi nommé en souvenir de Wellington. Il étale sa culture, sa connaissance du monde.

« En cette fin d'hiver, les eucalyptus nouaient leurs troncs argentés comme pour mieux résister au vent qui balayait la pente rocheuse du mont dominant les rives de la Derwent.

— Chez nous, on les appelle " arbres-fantômes ", car la nuit, leurs silhouettes semblent danser sous les rayons de la lune... Vous étiez là-bas avec une femme, Marc-André ?

— Non. Pourquoi me demandez-vous ça ?

— Nous avons chacun notre île, n'est-ce pas ?

— L'abandon et l'exil, peut-être... Mais l'important, c'est la suite de l'histoire.

— Votre prochain roman ?

— Un livre chasse l'autre, en effet. Celui-là, j'ai l'impression que ce sera le dernier.

Le roman parallèle

— Vous cherchez quoi ? A me culpabiliser ?
— Ma chère Victoria, vous n'y êtes pour rien !
— Ah ?
— Pour tout dire, j'aimerais beaucoup que l'intrigue dépende de vous.
— Vous n'abandonnez pas, vous ne lâchez pas le morceau facilement, hein ?
— Ne vous méprenez pas... Cet avenir incertain dont je parle est entre les mains de ma mère.
— De votre mère ?
— Ce serait long à vous expliquer... A l'escale de Singapour, peut-être... Je passerai la nuit au Hilton de l'aéroport. Et vous ?
— Moi aussi... Nous pourrions y avoir une aventure. Ce serait possible. Mais je ne coucherai pas avec vous.
— Puisque vous avez lu mes livres, je comprends votre méfiance.
— Ne faites pas l'idiot. Je vous trouve séduisant, Marc-André, beaucoup trop séduisant.
— Un vieux roublard, c'est ça ?
— Laissez-moi en paix, maintenant.
— Vous voulez que je me taise ?
— Au contraire, parlez, parlez, je vous en supplie. Ne m'abandonnez pas. »

3

JOURNAL DE MARC-ANDRÉ (2)

Paris, dimanche 27 décembre 1998.

En déclarant d'emblée qu'elle ne coucherait pas avec moi, Victoria m'a préservé de la peur. Nous avons parlé. Beaucoup. Trop, sans doute. Sa vie ressemble à une noyade. J'avais beau lutter pour ne pas sombrer avec elle, me lancer une fois encore dans mes pitreries de séducteur, je me sentais enchaîné à elle. Avant d'affronter Paris, je me voulais guéri. Définitivement. Or, Victoria m'apportait la preuve du contraire. Si j'étais demeuré pelotonné sur moi-même, lové dans mes miasmes, enfoui sous le compost de mes débris d'illusions, j'aurais eu une chance d'affronter sans résistance les épreuves auxquelles je m'étais préparé. Alors, le retour à l'enfance, le face-à-face avec ma mère me paraîtraient simples. Victoria m'a fait prendre conscien-

Un dernier soir avant la fin du monde

ce de la vanité de mon exil intérieur. On n'est jamais à l'abri, surtout si l'on s'imagine investi d'une mission de survivant. Cette femme m'a remis dans le circuit de la vie.

A Singapour, je lui ai arraché un baiser sur ses lèvres crispées. Comme j'insistais, sa langue est venue happer la mienne. Puis elle a rejeté la tête en arrière avant de repousser mes bras qui entouraient sa taille. Elle m'a quitté en promettant que nous allions nous revoir à Paris.

J'essaye de l'imaginer dans le gros pavillon en meulière où résident son mari et ses enfants. Elle regarde la télévision, le film du dimanche soir, yeux mi-clos, éreintée par le voyage et le décalage horaire, mais tellement avide de faire bonne figure, de laisser penser à ses gosses qu'elle est heureuse de les avoir retrouvés, de donner à son mari abandonné l'image d'une mère sereine.

A la place de ce type, est-ce que je ne demanderais pas le divorce ?

Et si Victoria m'avait menti ? Sur toute la ligne. A cette heure, s'il se trouve, elle se morfond dans une chambre d'hôtel de banlieue en attendant le verdict. Demain, sous certaines conditions, il lui sera possible d'avoir son fils et sa fille pour la journée – au parc, au restaurant, à la fête foraine, dans une pâtisserie, dans les grands magasins encore flamboyants des illuminations de Noël... Car la nuit de Noël, qu'elle le veuille ou non, elle était avec moi, à Singapour. Bizarre, non, pour une mère ?

Journal de Marc-André

Ce matin, à l'aéroport, j'ai pris un taxi jusqu'à Montparnasse. Il y avait peu de circulation sur l'autoroute et dans Paris. J'ai demandé au chauffeur de foncer. Il fallait que je voie Maman tout de suite. Le cœur au bord des lèvres, l'estomac et la gorge noués, j'ai, malgré le froid, fumé un cigarillo sur le trottoir du boulevard avant de pousser la lourde porte de l'immeuble où j'avais passé mon enfance. Cela faisait plus de quinze ans que je n'y avais pas remis les pieds. Le temps d'une dernière visite convenue, indigeste. Entre deux avions, deux affectations. Je venais alors de quitter le consulat de New York pour rejoindre l'Institut français de Stockholm, expédiant au passage une relation qui s'éternisait avec une étudiante de Columbia University. J'avais trente-huit ans. Un retour en catastrophe, quoi ! J'en profitai pour mettre en vente mon appartement du Marais. L'entrevue avec Thérèse n'en fut que plus bâclée. Auparavant et ensuite, nos rencontres se sont toujours déroulées, si je puis dire, en terrain neutre, ailleurs qu'au boulevard du Montparnasse... Désormais, à chacun de mes passages à Paris, j'allais séjourner à l'hôtel. Le seul commentaire de Maman fut : « Tu es lâche ! »

Cette fois-ci, j'ai décidé que je logerais chez elle, que je resterais là, quoi qu'il arrive. Elle doit s'y attendre puisque ma lettre n'a laissé aucun doute à ce sujet. Et puis, c'est l'adresse et le numéro de téléphone que j'ai donnés à Victoria pour qu'elle puisse me dire où et quand elle me retrouvera. Oui,

Un dernier soir avant la fin du monde

nous nous sommes promis de dîner ensemble entre Noël et le Jour de l'An...

J'espérais que Thérèse aurait préparé mon ancienne chambre qui, depuis longtemps, avait été transformée en débarras. Seul mon lit d'adolescent est encore en place, sous une housse de protection et encombré de cartons de livres. J'ai dû déblayer tout ça avant de m'y installer. Car je n'ai pas osé prendre le lit de Maman... O surprise – dois-je dire agréable ? –, l'appartement est inoccupé. Dieu merci, malgré le repos dominical, la concierge – une nouvelle que je ne connaissais pas – a consenti à m'ouvrir sa porte. Elle s'est lancée dans un discours charriant un incroyable mélange de français et d'espagnol. Saisissant l'occasion, je lui ai répondu dans sa langue maternelle. Après un regard mi-inquisiteur mi-attendri, elle a néanmoins insisté et de ses invectives bâtardes, je n'ai retenu qu'une seule expression : « *muy malada* » (sic). Puis, elle m'a tendu un trousseau de clés enveloppé dans une feuille de papier où était griffonnée l'adresse d'une maison de santé. Quelle qu'ait pu être la gravité de son état, Maman avait pensé à tout. Le message est clair : je suis accepté. Le retour du fils prodigue ! Alléluia !

Des émotions contradictoires n'ont cessé de m'assaillir depuis que j'ai franchi le seuil de cet appartement. Trop de souvenirs d'un coup... et, à certains moments, une vacuité flasque, une simple lassitude, des bouffées de nostalgie sans objet, impossibles à retenir, fuyantes, délétères... Je ne me

Journal de Marc-André

sens pas très bien, à vrai dire. Mais la chose la plus troublante, c'est que je ne sais pas pourquoi. J'ai commencé par me fixer des objectifs, élaborer un programme. N'est-ce pas le meilleur moyen de lutter contre l'angoisse ? Chaque pas dans le salon ou dans le couloir menant à la bibliothèque-bureau et aux chambres est guidé par une idée préconçue. J'essaye de me persuader qu'un catalogue, un inventaire minutieux me sauveraient de la débâcle. Or, je n'ai rien reconnu. Meubles et bibelots me paraissent étrangers. Les tableaux aux murs, ridicules. Avec une mauvaise foi évidente que je feins d'ignorer, j'ai décrété que Maman avait tout changé, qu'au fil des ans, elle avait mis en œuvre son projet de « grande lessive ». Lorsqu'elle avait quitté la France pour me larguer en Angleterre où m'attendait la perspective aveugle d'un périple quasi planétaire qu'à ce jour, je n'ai pas encore terminé, l'appartement s'était successivement retrouvé occupé par plusieurs locataires, et son contenu dispersé dans les salles de vente, à l'exception de quelques biens consignés dans un garde-meubles – « les livres, surtout », m'avait-elle écrit dans une lettre postée de Vienne. Pour l'essentiel, jamais je n'ai su ce qu'elle fabriqua en Autriche, en Suisse et ensuite en Espagne, jusqu'à son retour à Paris, onze ans plus tard. Pas une fois, cependant, il n'a été question de vendre le cinq-pièces, et à aucun moment, il ne m'est venu à l'esprit de réclamer ma part d'héritage Jonas.

Un dernier soir avant la fin du monde

Je me suis mis à pleurer, tout à l'heure. Bien que j'eusse remis les radiateurs en marche, l'atmosphère de l'appartement demeurait glacée. Au lieu d'exécuter mon programme, je me terrais dans ma petite chambre, une couverture sur les épaules, incapable d'aller au-delà des ébauches de pensées qui me bringuebalaient de bonheurs déchirants en lamentos dépités. J'ai mis du temps avant de m'apercevoir que j'étais encore en tenue estivale. Pulls et pantalons de flanelle étaient au fond de ma grosse valise, restée échouée au milieu du vestibule. Grelottant, je me suis déshabillé. Au cours de ma tournée d'inspection initiale, j'avais, d'un geste machinal, allumé l'interrupteur du ballon d'eau, dans la salle de bains où mon regard avait d'abord été attiré par l'émail vif d'une baignoire moderne qui avait pris la place de l'ancienne à pieds griffus. De là, j'étais passé dans le bureau de Thérèse : les livres, les dictionnaires, les feuilles de papier disséminées, les boîtes à musique, les poupées anciennes, l'arsenal de crayons et de gommes, et même les paquets de cigarettes vides entassés, tout était là, comme autrefois. J'ai caressé du bout des doigts la poussière recouvrant les étagères, j'ai fait tourner le vieux globe terrestre sur son axe grinçant et, soudain, l'envie de carnage que j'avais sentie monter en moi, quelques instants plus tôt, s'est apaisée... Sous la douche, mon corps transi s'est réveillé. Les yeux fermés, immobile, je me suis laissé éclabousser par des images d'enfance chaudes et

Journal de Marc-André

douces. Puis, avec soin, je me suis savonné, shampouiné, récuré, frotté comme si je désirais changer de peau, retrouver les parfums et les sensations de jadis... jusqu'à ce que l'eau, redevenue froide, me surprenne dans une attitude oubliée, celle que le jeune élève Jonas adoptait trop souvent en pareille circonstance. Jambes écartées, je me suis vu en train de branler avec frénésie mon sexe durci.

Dégoulinant, je me suis précipité vers le sac plastique de l'aéroport de Singapour contenant mes achats détaxés. Au goulot, j'ai bu une rasade brûlante de whisky. Et, nu, crucifié sur un canapé, immergé dans l'obscurité du salon dont je m'étais bien gardé de tirer les rideaux, j'ai allumé un cigarillo. Après quelques bouffées, le calme est revenu en moi, et avec lui la nécessité d'être simple. J'avais faim. Cette fringale-là n'avait que faire de la mémoire et de la résurrection. Elle déchirait mon estomac vide avec une évidence beaucoup moins contestable que celle que ma boulimie de sensations juvéniles semblait avoir créée de toutes pièces auparavant. Je me suis levé pour entrouvrir les tentures d'une fenêtre donnant sur le boulevard. Au-dessus des frondaisons du cimetière Montparnasse, le ciel luisait d'un éclat métallique, et dans la rue, de rares passants fuyaient un crachin de neige fonduc. J'ai pensé à ce brave Eric, mon ami qui m'avait sauvé de l'ennui, j'ai revu la mer laquée, les coraux pourpres, j'ai rêvé à l'odeur du safran et

Un dernier soir avant la fin du monde

au balancement des tamariniers sous les alizés, à la caresse du soleil sur les seins huilés de Cora... Alors je me suis consolé en me récitant ces lignes écrites par Gauguin dans ses carnets des îles : « Celui qui satisfait à l'intime nécessité de son être est libre, parce qu'il sent qu'il s'appartient, parce que tous ses actes correspondent à sa nature, à ses réelles exigences, tandis que celui qui obéit à une nécessité extérieure au lieu d'obéir à sa nécessité intérieure subit une contrainte. »

Propre, rasé de près, ayant changé de sous-vêtements, habillé d'un jeans et d'un pull à col roulé noirs par-dessus lesquels j'enfilai le MacDouglas que, durant le voyage aérien, j'avais traîné sur mon bras, j'ai quitté l'appartement de Thérèse pour aller déjeuner à la brasserie de la Rotonde. Nous, les diplomates, sommes gens de vagabondage. Notre présent se conjugue sur le mode relatif. Hommes de nulle part, gymnastes de la chronologie, accros de la bougeotte, nous savons seulement qu'il vaut mieux ne pas s'abandonner en cours de route. Ne jamais céder au charme accablant des changements d'hémisphère, ne tenir aucun compte des décalages horaires, telle est la règle. Alors, en piste, sans plus tarder ! Salade de crottin chaud, steak tartare, arrosés d'un Brouilly jeune mais fruité, rond en bouche. Le tout suivi d'un double espresso – un authentique ! – accompagné d'un Armagnac de vingt ans d'âge.

Il n'en fallait pas plus pour que je me décide à rendre visite à Thérèse sur-le-champ.

Journal de Marc-André

Ici, les mots me font défaut. J'aurais beau puiser dans mes réserves les plus secrètes, dans ma caverne d'Ali Baba de voleur de langage, au cœur du feu sacré de mes plus belles trouvailles stylistiques, dans l'Amazonie des glossaires de l'extrême, parmi les confessions arrachées par la pire des inquisitions romanesques, le récit que je pourrais faire de cette rencontre ne paraîtrait pas naturel. Eussé-je enregistré la conversation au magnétophone, sa retranscription brute aurait peut-être une chance de laisser percer des accents de vérité. Encore que je n'en sois pas sûr, car quelle signification donner à des silences et à du non-dit qui ignoreraient les regards croisés, les crispations du visage, les mouvements de recul, les modulations de l'étonnement, les rougeurs de la honte, la confusion des embrassades, la douche écossaise de la sollicitude et de la pitié, l'errance un peu vertigineuse des émotions... Les paroles échangées se brouillent dans ma tête; les dialogues se court-circuitent. Pour seule excuse, cette réflexion : en y réfléchissant, comment ne pas remarquer l'absence totale de ma mère dans mon œuvre d'écrivain? Le père Jonas, même si je me suis gardé de l'aborder de front, hante ici ou là certaines pages sous le truchement de personnages secondaires, enfoirés mondains, paillards du Brésil ou entremetteuses thaïlandaises. Thérèse, jamais.

L'entretien préalable avec la directrice de la maison de santé, lui, résonne encore à mes oreilles avec une netteté étourdissante.

Un dernier soir avant la fin du monde

« Votre mère a eu une attaque qui aurait pu être fatale. Son bras et sa jambe gauches sont paralysés à quatre-vingts pour cent. Avec une lente et patiente rééducation, il n'est pas exclu qu'elle retrouve une partie de sa motricité...
— Quel pronostic... ? ai-je bredouillé.
— Pour la marche ? 50-50... Pour le reste, les médicaments peuvent lui assurer des années de vie.
— De survie, vous voulez dire...
— Cher monsieur, dans ce genre d'accident cérébral, une récidive est toujours possible ! », s'exclama la jeune femme, en me fusillant de ses yeux accusateurs comme si elle avait affaire à un matricide convaincu.

En recevant la lettre de Maman, une quinzaine de jours plus tôt, je m'étais dit qu'elle exagérait sûrement. Nos relations se trouvaient depuis trop longtemps placées sous le signe de l'hyperbole et de la dérobade pour que j'accordasse à ses appels au secours plus de crédit qu'ils n'en méritaient. De mon point de vue, il s'agissait d'une nouvelle tentative de corruption. Ah, regagner un brin de ma considération ! Par tous les moyens, tirer le loup solitaire hors de sa tanière ! Oh, ça lui suffirait même de me flanquer la peur au ventre ! Une chair de poule la contenterait ! A tous les coups, elle avait dû s'imaginer que je sauterais sur l'occasion, qu'enfin elle me ramènerait au bercail. Ou plutôt, non, la vraie victoire à laquelle elle avait songé – j'en aurais donné ma main à couper –, ne visait que les

Journal de Marc-André

fêtes de Noël dont elle ne me pardonnait pas de les considérer comme des périodes insignifiantes, qui ne justifiaient aucune faveur particulière. Combien de fois lui avais-je répondu qu'il n'y avait pas de raison de se fabriquer de fausses obligations, de part et d'autre, alors qu'au jeu des sentiments, nos tête-à-tête se fracassaient en général sur une maldonne cruelle ? Dans sa lettre à l'écriture moins assurée qu'à l'ordinaire, j'avais reconnu des accents de détermination qui ne me laissèrent aucun doute sur ses intentions. Thérèse s'était juré de réveillonner avec moi. A ce jeu-là, elle n'aurait pas le choix des cartes. C'est pourquoi j'avais pensé, dans un premier temps, l'inviter à me rejoindre sur mon île du Pacifique. Elle n'était pas du genre à se laisser impressionner par semblable provocation. A n'en pas douter, elle s'empresserait d'accepter. Mais c'est moi qui ai tourné casaque. C'est moi, et moi seul, qui me suis résolu à entreprendre la grande traversée...

« Est-ce qu'elle peut écrire ? ai-je demandé ensuite.

— Naturellement... de la main droite, monsieur », s'est à nouveau offusquée la dame en blanc avant d'ajouter : « Et elle a toute sa tête !

— Mais c'est tragique ! me suis-je exclamé, terrassé pour de bon cette fois.

— A chacun de balayer devant sa porte. Nous, nous sommes là pour faire notre boulot ! »

Sans me laisser le temps de m'interroger sur les implications de ce qu'elle venait de m'assener, la

Un dernier soir avant la fin du monde

Directrice s'est levée et, d'un geste de la main, m'a invité à la suivre hors de son bureau. Nous avons traversé la salle commune.

Disparaissant dans des canapés disposés en arc de cercle autour d'un immense écran de télévision qui diffusait un match de rugby, des vieux entretenaient leurs rêves. Absents, ils ne prêtaient aucune attention aux images sportives qui défilaient. Une femme au corps décharné triturait l'extrémité de son jupon sous sa robe. Une autre, si petite que ses pieds ne touchaient pas le sol, fouillait son sac à main, à la recherche du souvenir d'un poudrier devenu inutile. Un vieillard élégant, costume trois pièces et vernis étincelants, s'arc-boutait sur une canne de laquelle, à intervalle régulier, il frappait le parquet, en signe d'un agacement incommunicable, j'imagine, ou comme pour défier l'horloge détraquée de ses propres pulsations cardiaques. Moins âgée, une obèse – avait-elle dépassé la cinquantaine ? – se balançait d'avant en arrière, marmonnant des injures à l'adresse de tous les autres...

Dans le couloir menant à la chambre 202 qu'occupait Mme Avril-Jonas, la Directrice marqua un temps d'arrêt, s'approcha de moi et, sur le ton de la confidence complice, me glissa à l'oreille :

« Votre mère refuse de descendre. Vous l'avez constaté : nos pensionnaires sont confortablement installés. Une atmosphère familiale... Peut-être pourriez-vous la convaincre de quitter sa chambre. Ça lui ferait du bien, un peu de compagnie ! »

Journal de Marc-André

Une seule chose est sûre : je n'ai pas tenu le choc plus de vingt minutes. Je ne sais pas encore comment je dois réagir par rapport à cette histoire. J'ai cependant promis de revenir dans quatre jours, le 31 décembre. Thérèse n'a rien réclamé. Faute de mieux, avant de partir, les mots se sont imposés à moi. Il me fallait une excuse pour masquer mon trouble. Jamais je n'aurais imaginé la retrouver dans cet état.

Quand j'ai pénétré dans la pièce, je l'ai vue de dos, assise dans son fauteuil roulant. Ses épaules voûtées recouvertes d'un châle, sa chevelure d'argent que son traditionnel chignon ne retenait plus, n'ont pas bougé d'un millimètre à mon approche. Je suppose que son regard se fixait, au-delà de la fenêtre qui lui faisait face, vers le mur de l'immeuble voisin où montait une vigne vierge. Parvenu à sa hauteur, j'ai cru discerner un frémissement convulsif lui crispant les veines du cou. Sans un mot, je l'ai embrassée sur le front. Elle a levé vers moi des yeux d'un bleu triste et humide. Elle avait dû pleurer, quelques instants auparavant. Aussitôt – à moins que je ne me méprenne –, son regard s'est allumé d'une étincelle mordante comme si elle désirait donner le change, me convaincre de ne pas me fier aux apparences. Son « tu es là » ne contenait aucune exclamation – un simple constat, très « *matter of fact* » – une autre de ses expressions favorites. J'ai cru y percevoir, pour ma part, une nuance de reproche. Je lui ai serré la

Un dernier soir avant la fin du monde

main droite. Elle s'est accrochée à la mienne, trois ou quatre secondes, pas plus, assez pour me planter ses ongles, toujours limés avec soin, dans le gras de la paume. Et doucement, elle m'a repoussé. Je me suis écroulé sur une chaise à deux mètres d'elle. Nous nous regardions de biais. Le spectacle de son handicap, sa jambe et son bras raides, sa maigreur m'étaient intolérables. Mon allure de touriste planétaire, mon bronzage, mes tempes argentées, ma silhouette de quinquagénaire aisé devaient lui être tout aussi insupportables. Dans ma mauvaise conscience, j'oubliais qu'en dépit de nos motifs de discorde, malgré notre éloignement, Maman n'avait jamais rechigné à exprimer sa fierté à l'égard des exploits et des succès de son rejeton. Il serait culotté de prétendre aujourd'hui qu'elle n'a pas pris ma défense, en de nombreuses circonstances, même lorsque, par ailleurs, elle manifestait sans retenue sa désapprobation. Le paradoxe Jonas, en effet ! Par exemple, il y a trente ans, quand je m'étais mis en tête d'épouser à Washington la première fille avec qui j'avais couché, Thérèse m'annonça que si je persistais dans ce projet imbécile, il ne faudrait pas compter sur elle pour la cérémonie. Sa lettre contenait des arguments-chocs : cette Marion Parker ne me méritait pas, elle ne m'arrivait pas à la cheville, j'aurais vite fait de regretter mon imprudence. Dont acte. Trois semaines plus tard, je renonçais à la « bécasse yankee »... Suivit, quelques jours après, une seconde lettre de Maman. Elle venait d'acheter

Journal de Marc-André

mon premier roman dans une librairie de Genève, disait-elle. D'ordinaire, rien ne l'agaçait autant que les livres de jeunes prétentieux. Le mien lui avait semblé, à la lecture, particulièrement « éloquent ». Et elle me conseillait enfin de continuer à prendre des risques : « Peu importe que tu te casses la figure, l'important c'est d'agir. »

Au terme d'un trop long silence, tout à l'heure, dans sa chambre de torture, je lui ai dit :

« Que puis-je faire pour toi ? »

Sa bouche s'est figée sur un rictus.

J'ai insisté :

« Tu as besoin de quelque chose ? »

Je l'ai laissée parler, sans l'interrompre, jusqu'à ce que sa tête dodelinante s'affaissât sur sa gorge décharnée.

« Je ne veux pas vivre comme ça... Marc-André, tu es revenu... Tu es la seule personne au monde à qui je peux demander le respect... Un geste, je t'en prie... Définitif... Aide-moi à mourir... Serre-moi, étouffe-moi dans tes bras. Je ne crierai pas. Je ne résisterai pas. Si tu m'aimes, tue-moi ! Ah, tu ne peux pas, hein ? Oui, je sais qu'il te faudrait être en paix avec toi-même pour accomplir un tel acte. Et nous sommes loin du compte ! Pour ma part, ce signe du sort m'autorise à penser que j'ai fait le tour de la question. Mais comment pourrais-tu le soupçonner, toi qui me connais si mal ? »

Et ainsi de suite, à n'en plus finir de manœuvres de culpabilisation. Je le jure, oui, j'aurais voulu être

Un dernier soir avant la fin du monde

capable d'exécuter son noir dessein sur-le-champ. A certaines de ses invectives, j'ai failli répondre en me dressant pour l'agresser sauvagement. Poings fermés, je me voyais la tabassant à mort.

De ma vie, je n'ai supporté une dose aussi radicale de malheur. Et Dieu sait si, dans mon parcours du combattant, je me suis shooté à l'infortune jusqu'à l'overdose ! Mais là, j'ai touché le fond de l'horreur.

Il me serait impossible d'admettre l'idée que je vais abandonner Maman, là, livrée à une interminable agonie, si elle n'avait conclu son réquisitoire par toute une série de commandements qu'il me faudra appliquer à la lettre. En exigeant de moi le courage d'aller déterrer les vieux cadavres qui encombrent notre vie commune, elle signe consciemment son propre recours en grâce. Tant que je n'aurai pas mené mon enquête sur son passé, tant que je n'aurai pas défriché les territoires inexplorés, tant que je n'aurai pas dépouillé les grimoires de nos existences, elle tiendra la coup. Oui, elle survivra. Pour l'heure, la balle est dans mon camp. Après, nous aurons à choisir ensemble le dénouement qu'il convient de donner aux choses. Voilà le témoignage d'amour qu'elle m'a livré.

« Marc-André, dans mon bureau, sous le gros *Don Quijote*, tu trouveras un carnet.

Un : je veux que tu lises ce que j'y ai écrit.

Deux : tu reliras le manuscrit de ton père à la lumière de mes confessions.

Journal de Marc-André

Puis, ce sera à toi de savoir si tu dois reprendre ton bâton de pèlerin et suivre, pas à pas, ma piste vagabonde.

Le moment venu, ce que tu ignoreras encore, je serai là pour te l'apprendre. Alors, et alors seulement, seras-tu en mesure de me juger. Sois ferme, le jour de la sentence. N'hésite pas, épargne-moi ta pitié !

Et si le cœur t'en dit, frappe ! »

En rentrant boulevard du Montparnasse, je n'ai pas eu la force de commencer à lui obéir. De la maison de santé, j'avais fait appeler un taxi. Au lieu d'indiquer ma destination au chauffeur, je lui ai demandé de faire un détour par Bagneux et Cachan. D'instinct, je choisissais la fuite. La perspective d'une soirée solitaire m'était insoutenable. Mon corps et mon esprit tétanisés se dérobaient sous moi. Peut-être, en circulant dans ces parages, aurais-je la chance d'apercevoir Victoria qui, dans son récit, avait à un moment, me semblait-il, mentionné ces banlieues... ? Elle me manquait. Lui parler m'aurait permis de me libérer du poids qui m'accablait. Nous avions besoin l'un de l'autre, tentais-je de me persuader. Sur le moment, la complexité de mes motivations m'a échappé. Ce n'est qu'en longeant le mur du Cimetière Parisien de Bagneux que la coïncidence m'est apparue. Serge Jonas, mon père, y était enterré. Je n'étais pas allé me recueillir sur sa tombe depuis mon départ en Amérique, en octobre 1967. Je n'avais que vingt-deux

Un dernier soir avant la fin du monde

ans, pas de haine et la vie devant moi... J'ai failli faire arrêter le taxi, mais au dernier moment, j'ai changé d'avis. « A la Closerie des Lilas ! », lui ai-je lancé.

C'est là que j'écris.

Je n'ai pas vu passer le temps. J'en suis à mon quatrième double whisky. La limite.

Je suis crevé.

Il est temps de rentrer. Je vais m'écrouler et dormir. Demain, la journée sera dure. De Serge, de Thérèse ou de Victoria, lequel sera le plus fort ?

4

HISTOIRE DE THÉRÈSE (1)

J'étais une jeune fille romantique. A cette époque, il n'y avait pas de mal à ça. Tout le monde, ou presque, parlait d'espoir, de bouleversement. Jamais un seul mot – « *possible* » – n'avait incarné autant de force et de joie réunies. Ce que, plus tard, les nostalgiques ou les chagrins travestiraient d'une belle et amère métaphore : « L'illusion lyrique. » Eh bien, oui, que ça plaise ou non, les « circonstances angoissantes » invoquées par Léon Blum pour mieux assurer son pouvoir ne l'étaient que pour la bourgeoisie la plus conservatrice ! Les grévistes de Mai défilaient en chantant que le monde allait changer de bases. Même dans ma province, les ouvriers de Gardanne occupaient leurs fabriques et la mine. Et mon père fraternisait avec eux. A l'inverse de beaucoup de propriétaires terriens qui tremblaient à la perspective du Grand Soir, lui avait compris que

Un dernier soir avant la fin du monde

le maigre bénéfice qu'il tirait de son huile d'olive n'était guère menacé par la semaine de 40 heures et les congés payés. Depuis toujours, m'avait-il semblé, je lui avais entendu professer des convictions socialistes. On vivotait à la maison. Entre nous. Et on trimait dur à la ferme, Papa, Maman et moi, aidés à la saison de la cueillette et du pressage par deux amis de mon père qui arrondissaient leurs fins de mois difficiles en nous donnant la main après leurs heures d'usine. Homme-orchestre, Papa s'occupait de tout. Deux fois par semaine, Maman allait écouler, sur sa table à tréteaux installée dès six heures du matin, une partie de notre petite production sur les marchés d'Aubagne et d'Aix-en-Provence.

C'était beau, ce qui se passait. Je suis encore si heureuse de l'avoir vécu. La suite de ma vie, pour gratifiante et riche qu'elle fût, ne retire rien aux bonheurs simples de ce temps-là. A seize ans, j'avais enfin de quoi rêver. Je savais que la continuation de mes études secondaires n'allait pas de soi. Papa avait eu beau affirmer : « Tu iras au bachot », je m'en voulais un peu d'être une charge si lourde pour mes parents. Sa détermination ne faisait pas de doute. Farouche, intransigeant, il aurait été capable de sacrifices illimités plutôt que de se dédire. La vérité m'oblige à reconnaître, d'ailleurs, que son adhésion au Front populaire fut renforcée par le vote de la loi sur l'aménagement de la dette des agriculteurs. Nous travaillions surtout pour rembourser. Oh, jamais je n'ai eu l'impression de

Histoire de Thérèse

manquer, d'être une vraie pauvre. J'entendais tellement Papa disserter sur la misère des autres et Maman se lamenter sur ce qu'elle avait connu, elle, dans sa jeunesse, avec sa mère domestique chez un médecin d'Aix et son père mort dans la fleur de l'âge à la bataille de Verdun en 1916.

Comme tout cela paraît loin, désuet, alors que nous sommes à la veille du nouveau millénaire ! Aujourd'hui, à soixante-dix-huit ans, le regard que je peux porter sur ma jeunesse me fait encore l'effet d'un viol. Si un jour tu lis ces lignes, toi seul, Marc-André, tu comprendras à quel point je dois souffrir à l'évocation d'une part de mon mystère. Je ne voudrais pas que des yeux étrangers vinssent souiller les plates-bandes d'un jardin qui n'a rien de secret puisque, vois-tu, mon expérience fut le lot commun de millions de gens. Toi, le romancier contemporain, tu es bien placé pour savoir que, de nos jours, l'appétit des lecteurs se nourrit soit à coups d'exceptionnel et d'esbroufe, soit à raison de platitudes au kilomètre. Entre les deux, pas de salut ! Où crois-tu, mon cher fils, que se situe mon histoire ?

Je t'imagine piaffant d'impatience. Que ta mère se mette à évoquer de sublimes souvenirs d'adolescence doit te sembler suspect. Par quelle aberration, te dis-tu – un peu mal à l'aise, non ? –, me joue-t-elle l'air des grands sentiments ? Mais sache que ma fébrilité à moi est vertigineuse.

Si, à dix-sept ans, tu as cru que je te livrais à toi-

Un dernier soir avant la fin du monde

même, c'est parce que, à cet âge-là, je me suis trouvée seule. Bien sûr, pour l'instant, pareille déclaration doit te sembler odieuse. Elle l'est un peu, à commencer pour moi. Mais comment te dire ? Où puiser la force, la témérité de l'aveu ? Eh bien, désolée d'y revenir, car en y réfléchissant, c'est là que ma vie a basculé.

Avant ces fameuses grèves de 36, j'étais une petite fille modèle. Sans histoire. Très bonne élève, confiante, éprise de justice, sage, élevée avec amour, sainte-nitouche, propre et réservée – bref, choisis l'ordre qui te convient... En plein chambardement, un soir, Papa est rentré de la ville, éméché. Il était allé régler quelques affaires de traites en retard. Les discussions agitées et arrosées avec les camarades n'étaient pas au programme, en principe. De fil en aiguille, il s'était retrouvé dans un bar à taper le carton pour de l'argent. Plus il perdait, plus il buvait. Version officielle, en tout cas, qu'il avait vociférée, titubant comme je ne l'avais jamais vu faire, menaçant Maman de calamités pires encore si elle continuait à arborer cette mine de chien déterré. A ses yeux pleins de larmes, lorsqu'il me regarda, perdu, en me soulevant le menton de sa lourde patte calleuse, je vis, moi, à quel point il regrettait. Il devait avoir de grosses bêtises sur la conscience, des choses inavouables que ma naïveté n'osait questionner, lui qui n'avait engrossé sa femme qu'une seule fois à une époque où les familles de cinq ou six enfants étaient communes... Son arrivée

Histoire de Thérèse

sous l'allée de platanes menant à notre bastide plaidait coupable : le vieux cabriolet bringuebalait d'un côté du chemin à l'autre, Papa cravachait la jument en chantant « Dansons la carmagnole ». Sa façon à lui de se tromper de révolution – il ne manquait jamais une occasion d'affirmer qu'il descendait d'un jacobin, et dans les moments d'exaltation, son ancêtre finissait par figurer parmi les compagnons de Rouget de Lisle entonnant *La Marseillaise* sur la route de Paris. Fallait pas plaisanter avec ça. Sacré. C'était même ce qui, selon lui, lui conférait le droit de « l'ouvrir » à propos des événements, de délivrer conseils ou remontrances aux « gars du Front Popu ». J'en avais honte. Moi, je dévorais *L'Huma*, et toutes les feuilles syndicalistes, trotskystes ou anarchistes qui me tombaient sous la main. Je connaissais tous les couplets de *L'Internationale* par cœur... Afin de couvrir l'horrible « vive-le-son-du-canon » de mon père, je me souviens d'avoir scandé dans ma tête, ce soir-là : « *Mais si les corbeaux, les vautours / Un de ces matins disparaissent / Le soleil brillera toujours.* » J'étais en train d'achever ma Première dans mon lycée de jeunes filles à Aix, et par bonheur, je n'étais pas à la maison tous les jours. Comment me trouvais-je là, la nuit de la beuverie, je ne sais. Une fin de semaine, sans doute. Encore que, dans ce cas, j'aurais dû attendre Papa pour rentrer avec lui. Peut-être que Maman m'avait récupérée, à la fin du marché, dans sa fourgonnette. Mais non, le samedi, elle se rendait à

Un dernier soir avant la fin du monde

Aubagne, sur le cours Beaumond. Etais-je déjà en vacances ? Tu vois, les détails m'échappent. Mettons ça sur le compte du gâtisme. Mon cher, à presque quatre-vingts ans, on coince un peu côté précision, ou alors on veut tellement en rajouter que ça fait tarte ! J'ai attendu trop longtemps, soit. Auparavant, je n'aurais pas pu. Il me fallait être sûre de ma fin prochaine pour en arriver là... Je l'entends encore, oui, je l'entends me dire, ivre et tremblant, le regard embué : « Ma fille... maintenant... je veux... je veux que tu ailles aux grandes études. » Ces mots-là, non, je ne les ai pas oubliés.

Quelques jours plus tard, alors que plus personne n'osait penser à l'équipée de Papa, il me prit à part d'un air sérieux.

« Hier, en Espagne, il s'est passé quelque chose de grave... Ne dis rien à ta mère... Des généraux nationalistes se sont soulevés contre la République...

— Oui, je sais, le *Pronunciamiento*.

— Ah, tu es courant ?

— La TSF, Papa... J'ai écouté, cette nuit, en sourdine...

— Je me suis levé et je t'ai vue. J'ai rien dit...

— Franco, Goded, Sanjurjo, Mola... tous des fascistes !

— Ne crie pas comme ça, Thérèse !

— Et si Blum ne bouge pas... ?

— On verra... Euh, un autocar spécial va à Marseille, cet après-midi... On manifestera... Tu veux venir avec moi ?

Histoire de Thérèse

— Papa !
— Pas un mot à ta mère ! Elle serait capable de se monter la tête !
— Nous allons acheter du matériel, c'est ça ? Et tu veux que j'apprenne à m'occuper de l'exploitation, hein ? A propos, Papa, pour après le bachot, j'ai décidé. Je ferai de l'espagnol... »

Il me serra dans ses bras. S'il avait pu deviner où tout cela me conduirait, il aurait peut-être serré plus fort encore, jusqu'à m'étouffer, jusqu'à être sûr que je serais toujours là, près de lui, aussi indéracinable que l'un de ses oliviers centenaires.

A Marseille, mon cœur vibra à l'unisson de celui de Papa. Ça me faisait tout chaud dedans, cette foule bigarrée sous le soleil de juillet, ce chant unique sorti de mille poumons, clamant sa solidarité avec le peuple espagnol. Et j'en tremblais en même temps. « Le fascisme ne passera pas ! » On connaît la suite, n'est-ce pas ? Mais nous étions là, vigilants, rageurs. Un échec du Front de l'autre côté des Pyrénées aurait pu entraîner un regain de virulence de la part de la droite française et une menace contre nos acquis sociaux – l'anéantissement de l'espoir pour tous. On n'allait pas rester les bras croisés et on y comptait bien que notre gouvernement enverrait avions et bombes aux *compañeros* pour arrêter l'offensive des rebelles – car, oui, c'était bien de rebelles contre un pouvoir élu démocratiquement qu'il s'agissait, sous couvert de défenseurs de l'Ordre répressif, de l'Eglise obscuran-

Un dernier soir avant la fin du monde

tiste et des privilèges. D'ailleurs, les réactionnaires du PPF de Doriot ne s'y sont pas trompés : ils nous attendaient, en haut de la Canebière, muscles endimanchés, cannes cloutées et mines entruandées. Ils nous ont traités de « sales juifs ! » avant de fondre sur nous. Un copain de mon père a crié : « Il y a tous les anciens des Croix-de-Feu ! » L'homme qui se trouvait dans le rang devant moi a trébuché. En tombant, il a réussi à articuler : « Vi-ve-la-Répub... ! » Puis, ce fut la débandade. On courait dans tous les sens et les coups pleuvaient de part et d'autre. Papa m'avait attrapée par le cou et entraînée vers le trottoir où il pensait que nous serions à l'abri. A cet instant, un type à chapeau melon s'est planté devant moi et m'a giflée en me crachant au visage : « Petite pute de Moscou ! » Il levait un bras menaçant, prêt à me tabasser quand mon père lui envoya son poing dans la figure. Le chapeau sauta, le nez aussi, pissant le sang. Mon agresseur répétait comme une litanie, parmi le tumulte : « Va te faire mettre par les cocos ! » Là, je crus que Papa allait le tuer. Il le frappa à nouveau, cette fois au ventre, avec une puissance inouïe qui souleva le fasciste du sol et le renversa cul par-dessus tête, tandis que Papa l'attaquait à coups de pied en grondant, mâchoires crispées : « Relève-toi, ordure, que je t'achève ! » Je luttais contre la peur. J'avais trop mal, au fond, pour pleurer. Ma première réaction avait été de tenter de retenir mon père par le bras, de l'empêcher de taper sur le facho. Mais, soudain,

Histoire de Thérèse

j'eus envie qu'il le batte, qu'il le batte à lui défigurer sa face de rat, à lui exploser sa cervelle d'abruti. Je marmonnais : « Tue-le, tue-le ! » L'aurait-il fait si ses copains de Gardanne n'étaient pas intervenus pour nous embarquer tous les deux dans une course effrénée par les rues adjacentes ? Papa n'avait jamais été un homme violent. A l'inverse, je ne l'avais jamais entendu proférer que des paroles en faveur de la méthode douce. Si, c'était déjà arrivé une seule et unique fois : dans un bar d'Aubagne où, après un marché d'été caniculaire, nous nous rafraîchissions lui, ma mère et moi, avant de rentrer à la maison. Je devais avoir onze ou douze ans, juste après l'avènement de la République en Espagne. Nous étions assis, au frais, à l'intérieur. Au comptoir, un consommateur de Pastis n'arrêtait pas de pourfendre ces « petits culs de matadors, ces branleurs de castagnettes et que même, boundiou, ça rimait avec tapette ». Calme, Papa s'est levé, s'est approché du type et lui a demandé de « changer de disque ». L'autre lui a dit : « Pourquoi ? T'en es ? » Mon père a souri : « Non, mais j'ai là ma femme et ma fille, et j'aimerais que tu parles mieux. » L'homme a rigolé, reprenant illico son chapelet d'insultes contre les « *caracoles* rouges ». Papa lui a tapoté sur l'épaule : « Tu vois, ma femme, là-bas. Elle est d'origine espagnole. Son père est arrivé ici comme ouvrier agricole en 1900, juste à temps pour se faire naturaliser Français et aller se faire casser la pipe dans les tranchées de la

Un dernier soir avant la fin du monde

Grande Guerre. Alors... » Le type au Pastis s'enivrait tant de ses propres paroles qu'il n'écoutait pas ce que Papa essayait de lui expliquer. Court, sec, le « taquet », comme on disait chez nous, heurta le braillard à la pointe du menton. Un craquement horrible d'os brisés me fit me boucher les oreilles et fermer les yeux. Terrorisée, je ne parvenais même pas à hurler. Ma mère non plus...

En 37, je le passai donc ce fameux baccalauréat. L'année suivante, inscrite à la faculté des Lettres d'Aix, j'entamai ma licence d'espagnol. Entre-temps, la France avait abandonné l'Espagne à son sort. Coincé par ses alliés gouvernementaux, soumis à la pression internationale, Léon Blum s'était résolu à la non-intervention. La majorité des Français, y compris à gauche, approuvaient. Papa, le premier. Personne ne voulait prendre de risques. Des réactionnaires de l'*Action française* aux pacifistes du *Canard enchaîné*, tous n'avaient qu'un mot d'ordre : « Non à la guerre. » Moi aussi, bien sûr, j'étais contre. Contre la misère, la souffrance, les massacres, la mort prématurée de toute une génération de jeunes hommes. Mais j'abhorrais plus encore l'injustice, la lâcheté et le mépris. Avec Mussolini et Hitler qui aboyaient à nos portes, jamais on ne me ferait adhérer au slogan à la mode : « Mieux vaut la servitude que la guerre ! »

Et en Catalogne, à Madrid, sur le front d'Aragon et ailleurs, le peuple et les miliciens entraient en révolution. Il ne s'agissait pas uniquement de

Histoire de Thérèse

repousser, avec les moyens du bord – vieilles escopettes et beaucoup de « *cojones* » –, l'avance des militaires nationalistes. Les nouvelles que je pouvais lire sur la colonne Durruti ou la collectivisation des terres effaçaient les infamies répandues par les thuriféraires de l'ultradroite qui prétendaient, entre autres saloperies, que « toute révolution cause une régression générale de l'intelligence et des mœurs » – un truc qui n'a pas cessé de servir depuis, n'est-ce pas ? Y compris toi, Marc-André, tu es tombé dans le piège quand, dans les années 80, tu t'es mis à bêler à l'unisson de la quasi-totalité des « intellectuels » (sic) de ta génération : le Goulag et la Shoah, c'était la même chose, toute forme d'extrémisme niait nécessairement les valeurs humanistes, et la Terreur de Robespierre assombrissait le son-et-lumière du bicentenaire de la Révolution française... Je te fais grâce du reste. Aurais-tu été jusqu'à écrire, comme le dénommé Louis Bertrand, un académicien d'époque : « Les amours-propres souffrants font les grands révolutionnaires. Les gens de lettres ratés sont une graine de tortionnaires et de bourreaux. » ? Cet illustre immortel, soit dit entre parenthèses, s'empressait, au même moment, de faire chorus avec Robert Brasillach pour saluer les défilés de Nuremberg et chanter la gloire de l'hitlérisme. On a les bourreaux qu'on mérite, pas vrai ? Ne m'en veuille pas, mon cher fils, mais en 38, moi, petite bonne femme stupide, j'avais beau savoir que les communistes nourris-

Un dernier soir avant la fin du monde

saient certaines arrière-pensées, que Staline pensait davantage à zigouiller ses camarades qu'à porter la révolution en Espagne, je rêvais malgré tout des hommes des brigades internationales, de tous les volontaires étrangers qui passaient la frontière, mettant leurs actes en accord avec leur idéal. Un point partout, veux-tu ? J'avais un copain à la fac, d'une tendance trotskyste quelque peu confuse – mais qu'importe ? Un jour, vers le début de l'année universitaire, en plein amphi, il nous a annoncé son intention de rejoindre la frontière et les unités combattantes du POUM. Je l'ai embrassé sur la bouche. C'était la première fois que ça m'arrivait ; auparavant mes lèvres ne s'étaient pas aventurées plus loin que la joue fraternelle d'un garçon. Il s'appelait Anselme, celui-là, et il était laid. Le genre binoclard et boutons d'acné sur la figure. Il est tombé sous les balles de l'infanterie maure pendant la dernière bataille pour défendre Teruel, le 19 février 1938... Je m'en voulais d'être une fille. Je n'avais pas encore dix-huit ans...

Neuf mois plus tard, quand nul n'ignorait plus qu'il était trop tard, alors que seuls Madrid, le Levant et la Catalogne résistaient encore, je me décidai. En mars, Hitler avait annexé l'Autriche ; en avril, Daladier succédait à Blum, enterrant le Front populaire ; en septembre, Chamberlain, Daladier et Mussolini signaient les accords de Munich, ouvrant la porte aux visées expansionnistes du Troisième Reich ; le même mois commençait le dépeçage de

Histoire de Thérèse

la Tchécoslovaquie avec la sécession des Sudètes ; un peu plus tard, tandis que les Républicains se battaient héroïquement sur l'Ebre, le nouveau gouvernement français fermait sa frontière avec l'Espagne ; et enfin, l'URSS s'arrangeait pour que l'on rapatriât les Brigades internationales. C'était trop... Comme si à moi toute seule, j'allais remplacer les avions, les canons et des dizaines de milliers de combattants aguerris, prêts à sacrifier leur peau... Ayant laissé filer les fêtes de Noël, mais sans attendre la rentrée, je pris l'autocar de Marseille avec la ferme intention de trouver un passage à destination de Barcelone menacée. Adossées à Gandesa et Tortosa, à moins de cent cinquante kilomètres, les troupes franquistes appuyées par les divisions blindées italiennes ne cessaient de progresser vers le Nord...

Je savais que cette folie assassinerait mes parents. Je les quittais sans les prévenir, comme d'autres font une fugue. La lettre que je leur postai du port, une fois mon voyage assuré, payé avec mes économies, leur jurait, à égalité, ma détermination et mon amour pour eux. Ai-je besoin de te préciser que je n'allais pas les revoir avant la Libération, quand ils monteraient à Paris pour se pencher sur ton berceau, Marc-André ?

5

LE ROMAN PARALLÈLE (2)

Malgré la fatigue, Marc-André Jonas avait passé une partie de la nuit à tenter de lire les documents que sa mère lui destinait. Il parcourut les premières pages de l'histoire de Thérèse sans pouvoir vraiment fixer son attention. Comme s'il n'avait pas voulu savoir. Pas encore... Cette manœuvre pour retarder l'échéance s'accompagna d'un curieux entêtement. Avant de sombrer dans un sommeil heurté de salves cauchemardesques, il se replongea, triste, dans l'autre journal, celui de son père. Parmi les exploits de Jonas senior, des scènes l'attiraient toujours, de manière inexorable, morceaux d'une anthologie dérisoire et infamante.

« Nelly est la reine de la sucette. Elle a le chic pour me la barder, la napper, la lisser et la rôtir jusqu'à l'os, craquante et juteuse à la fois.

Un dernier soir avant la fin du monde

Loin de m'offusquer, que Nelly me prépare et me traite à la mode viandesque augmente mon plaisir.

Les premiers temps, elle n'admettait pas d'autre exercice. J'en faisais volontiers mon ordinaire. Nippé pour une soirée où j'irais seul, culotté de flanelle ou de knickerbockers, à tout coup je finissais déboutonné. Quand elle me basculait sur son bureau, dans la salle de rédaction déserte et qu'elle m'escaladait pour mieux me triturer, elle me laissait peloter ses seins menus. Parfois, me sentant venir, elle interrompait son mouvement coulissant pour mieux jouir du spectacle et refusait que je farfouille dans ses jupons. Enfin, un jour, elle me laissa la retrousser à hauteur de hanches. Son fessier rebondi, un peu trop engraissé, s'étala sous mes yeux, dévoilant, noire, immense, une fente velue. Bien différente de la coquille lisse, presque glabre, de Thérèse...

Nelly se prétendait communiste. Me qualifiant de bourgeois, elle disait que je ne comprenais rien à rien. Tromper son mari relevait pour elle de la revanche sociale. Le malheureux, après avoir pataugé dix heures dans le cambouis de sa banlieusarde usine Dodge, dormait quand sa femme rentrait à la maison, passé minuit, soit bien plus tard que ne l'exigeait son poste de secrétaire au service des dépêches du soir.

A l'inverse de ses collègues, elle traînassait toujours à la fin de son horaire. Debout derrière sa Japy, elle jouait du miroir, de la pince à épiler et

Le roman parallèle

du bâton de rouge Baiser chaque fois que je me faufilais à travers les tables pour livrer ma chronique quotidienne. Ses effets de torse redoublaient quand je m'arrêtais, face à elle, sous prétexte de rallumer ma pipe. Elle se penchait en avant, laissait mon regard se promener sur l'ouverture de son chemisier. Sa croupe s'installait en équilibre sur un coin de bureau. Elle croisait ses jambes rondes mais bien dessinées et faisait mine de s'intéresser à une maille filée de ses bas nylon. J'attendais. Un jour, son index traça une ligne imaginaire remontant jusqu'à la peau laiteuse de la cuisse. Je m'approchai. Elle rabaissa sa jupe fourreau d'un geste lent.

" Je pourrais vous en acheter des neufs, dis-je.

— Vous avez les moyens, vous alors! Moi, je n'en ai que deux paires que je lave à tour de rôle, un soir sur deux.

— Ce sont des Chesterfield indémaillables, non? insistai-je en avançant la main presque à les toucher.

— Connaisseur! Oh, j'ai toujours peur à cause des ongles...

— Montrez. "

Elle les avait courts, rongés presque à vif. Pour se donner une contenance, elle fouilla dans son sac de faux cuir et en tira un paquet d'Américaines. Je fis craquer une allumette. Elle tira une longue bouffée de sa cigarette. Au lieu de la laisser récupérer, je jouai l'avantage, afin de marquer le territoire.

Un dernier soir avant la fin du monde

" *Le plan Marshall n'a pas que des inconvénients, n'est-ce pas ?*

— *Mon mari...* bafouilla-t-elle. *(J'avais déjà remarqué son alliance et je préférais ça. La précédente, Mathilde, une vieille fille de trente ans que son père sénateur M.R.P. n'avait pas réussi à caser, s'était imaginée que j'allais la conduire devant le curé. Motif : d'une main officieuse et discrète, je l'avais fait jouir sous la nappe d'un banquet politicard. Son géniteur m'y avait convié, croyant convertir à sa cause le gaulliste déçu et amer que j'étais devenu. Ma littérature gastronomique avait dû l'autoriser à penser que je mangeais à tous les râteliers. Le hic, c'est que la bouffe qu'il nous fit servir était immonde. Le rationnement alimentaire avait bon dos !)* Mon mari, se reprit Nelly d'un ton plus ferme, *se procure des Lucky facilement. Il travaille dans une boîte américaine.*

— *Venez, je vous invite à dîner.* "

Elle se défendit mollement. Sa façon de dire qu'elle n'était pas habillée résonna à mes oreilles comme l'aveu d'un désir de nudité. Je me trompais, puisque Nelly tarda à m'offrir son corps. Dans le bistrot proche des Halles, derrière la bourse du Commerce, où j'entrepris de la séduire, les regards éloquents des chevillards venus se rincer le gosier entre deux livraisons de bœuf en quartiers me confirmèrent l'érotisme puissant qui émanait de cette fille du peuple. Ce soir-là, après avoir fait honneur, moi, à une superbe tête de veau ravigote

Le roman parallèle

et, elle, à un fricandeau à la purée d'oseille, arrosés d'un honnête Pinot noir et d'un capiteux Hermitage, je la raccompagnai chez elle en taxi. De la rue du Louvre à la barrière de Bagnolet, sa main ne quitta pas la bosse qui enflait la popeline de mon pantalon à l'entrejambe. A mon retour boulevard du Montparnasse, mon sexe était encore dur et douloureux.

Thérèse travaillait dans son bureau où elle avait installé un divan puisque nous faisions désormais chambre à part. Sans quitter la pièce, elle dit : " C'est toi ? " J'évitai de faire du bruit en allant aux toilettes dont la porte jouxtait celle de Marc-André. Mon caleçon était humide et maculé. Je pissai. Puis m'empaumant avec ardeur, je terminai l'affaire commencée par Nelly... Au moment de me coucher, je me souvins qu'un peu vite, j'avais promis à mon fils de l'emmener au cinéma sur les Grands Boulevards, le lendemain. Jeudi après-midi sans école oblige, il voulait voir Un caprice de Caroline chérie, *une bêtise qui venait de sortir. L'oncle de l'un de ses camarades de classe y jouait, paraît-il, les figurants musclés dans une scène de bagarre. Après tout, me dis-je, le décolleté de Martine Carol procurera peut-être à Marc-André ses premiers émois sensuels. Il n'a que sept ans mais, déjà, sa mère l'étouffe...*

Et pourtant, au bout du compte, je me suis lassé de Nelly. Comme de toutes les autres... Je la quitte.

Hier, j'étais en train de la baiser quand cette

Un dernier soir avant la fin du monde

décision s'est imposée à moi. Elle avait enfin accepté, depuis peu, de me rejoindre dans un hôtel proche du palais de l'Elysée. Le luxe n'est-il pas le meilleur moyen de préserver l'anonymat ? Je me disais aussi que l'ultime bastion dont cette femme entourait sa vertu n'y résisterait pas. J'avais raison. Ou presque. En vérité, ce n'était pas à moi qu'elle cédait, mais à la force de ses pulsions qui, parfois, l'excitaient jusqu'à une espèce de fringale hystérique. Sa sexualité m'entamait, me dérobait à moi-même, me laissait exsangue. J'aurais voulu mourir sous les coups de boutoir de ses reins inépuisables. Jamais repue, sa caverne touffue se plantait en moi et me dévorait...

J'étais donc en train de lui administrer une levrette quand, soudain, elle se désenmancha. A genoux sur le lit, elle venait de lire le titre du journal que j'avais déposé sur la table de nuit.

" Non, s'écria-t-elle. Pas ça ! Ils ont arrêté Duclos ! "

Puis elle s'est mise à me hurler après. J'étais objectivement *(sic) complice. C'était à cause de types comme moi si des choses pareilles arrivaient. Et, elle était prête à le parier : son mari avait sûrement débrayé, il devait la chercher partout, on avait besoin d'eux à la cellule du Parti. Ah mais, vous verrez, hurlait-elle, quand je vais vous foutre une section CGT au journal ! On en reparlera !*

Pas avec moi, ma chère Nelly. Pas avec moi.

Des pigeons-voyageurs suspectés d'espionnage

Le roman parallèle

se sont envolés vers Moscou ? Eh bien, moi aussi, je vais m'envoler vers d'autres horizons.
Tiens, je prends le pari : je suis certain que mes paroles te seront demeurées aussi mystérieuses que ton corps l'a été pour moi.
Merci quand même. »

Fixant avec douleur la date à laquelle Serge Jonas avait écrit ces lignes – 19 mai 1952 –, Marc-André avait fini par fermer les yeux et s'endormir. Quelques heures plus tard, il s'était levé, beaucoup trop tôt, avec une impression de gueule de bois. Sans un regard pour les manuscrits tombés au pied de son lit, il se dirigea vers la cuisine. Il y chercha en vain un paquet de café, rageant contre sa mère qui, se souvint-il, ne buvait plus que du thé. Au fond d'un placard, il finit par dénicher un vieux pot de Nescafé. Tandis que la bouilloire chauffait, il passa rapidement sous une douche qui acheva de réveiller son corps. Seule sa tête lui paraissait encore peser une tonne – obscure et déboussolée. Une part de lui-même était restée sur l'île. Là-bas, se dit-il amer, il devait être cinq heures de l'après-midi et Laster n'allait pas tarder à rejoindre Cora sur la plage. A moins que, malgré son absence, son ami n'ait maintenu le rite du bar du Pelao. Mais Marc-André en doutait. Ces derniers temps, Eric avait eu tendance à lui fausser compagnie sous prétexte d'un dossier à boucler au bureau ou d'un rendez-vous avec un politicien de passage, alors qu'en

Un dernier soir avant la fin du monde

réalité, il sautait dans sa Jeep pour rentrer chez lui, à la pointe du lagon. Souvent, planté devant son verre de scotch ou sa machine à écrire, son supérieur hiérarchique l'avait suivi par l'imagination, lui prêtant des exploits sportifs dignes de son jeune âge, se représentant de téméraires parties de pêche sous-marine et de non moins héroïques parties de jambes en l'air...

Marc-André secoua ces pensées négatives. La journée promettait déjà d'être assez longue et pénible sans qu'il s'invente d'autres motifs d'autoflagellation.

A dix heures, il était attendu au ministère pour un ultime rapport qui officialiserait sa démission. Ce serait une formalité, une élégante passe d'armes comme on les aime au Quai. Au pied du mur, il redoutait maintenant cette épreuve. Tirer un trait sur une moitié de lui-même trahissait, après tout, une forme de renoncement. Certes, il s'y était préparé avec minutie. Sa décision n'avait obéi qu'à sa seule volonté. Au fond, se dit-il en avalant son café, n'avait-il pas toujours eu du mal à admettre l'irréversibilité du temps ?

Puis, vers midi, il devait retrouver son éditeur. Détail, à vrai dire, que l'établissement d'un nouveau contrat pour un roman à propos duquel, de toute façon, il entendait bien ne rien révéler – d'ailleurs savait-il au juste ce qui se tramait en lui, au-delà du séisme intérieur dont il percevait les vagues et les ripées ? Mais ensuite, il y aurait

Le roman parallèle

l'inévitable déjeuner. Son interlocuteur n'était pas du genre à se fier à de bonnes paroles. Lors de leur dernier échange de courrier, Marc-André avait reçu comme un coup de poing au plexus la phrase où l'autre le qualifiait d'écrivain « connu et reconnu ». Terrible condamnation ! A une époque où n'intéressent que la virginité, le talent « primeur », autant le traiter de vieux cheval de retour ! Nul doute qu'aujourd'hui encore, il aurait droit aux encouragements de rigueur, car l'éditeur avait aussi le courage de ses opinions quand il clamait sans détour que Jonas accéderait à la postérité. Rien que pour ça, Marc-André aimait le bonhomme, excusait ses vanités et ses turpitudes. Comment pourrais-je nier, s'avouait-il souvent, que mon ticket n'est plus valable ? Venaient alors les heures d'inconfort, les montées de venin, la déchirure du doute et l'obsession de la mort, omniprésente et cependant plus supportable que l'idée de la souffrance, plus ludique que la certitude de la perte de vitesse. O sainte horreur de la vieillesse et de la déchéance ! Ce qui sauvait encore le romancier, c'était un goût pervers du jeu tragique. S'il en avait eu les tripes, il se serait aventuré dans les bouges des îles où l'on misait sa vie à la roulette russe contre une poignée de dollars. Il s'y était rendu, une fois, avec son revolver d'antiquité. Des malabars qui l'avaient fouillé à l'entrée avaient voulu lui consigner son arme. Comme il refusait de la leur remettre, les types l'avaient empoigné aux aisselles et balancé

Un dernier soir avant la fin du monde

dans les eaux noires du chenal qui reliait le port à la mer.

Le souvenir de l'incident, à cause du revolver, venait de lui rappeler un texte que sa mère avait traduit jadis. Soudain, le désir brutal de le relire s'empara de lui. Il savait qu'il le trouverait dans le bureau de Thérèse, mais avant de s'y rendre, il hésita. Bien qu'il les eût jusqu'ici contenues, mal digérées, les paroles comminatoires de la malade retraversèrent son esprit. Non! Pourquoi obéirait-il? Pourquoi continuerait-il cette lecture qui l'égarait et le torturait? Le retour à un Papa et à une Maman qui n'existaient plus depuis si longtemps! De quel droit, sinon sous la charge de la culpabilité, lui imposerait-elle des instructions diaboliques? Surtout prendre garde à une menace aussi lourde. Le temps n'était pas venu de s'en accommoder. Pas d'imprudence. L'adversaire était de taille à le dévorer s'il ne prenait garde à se ménager des garde-fous.

Il pénétra dans la pièce obscure avec angoisse. Ayant allumé la lampe de bureau, il constata qu'il n'avait rien oublié... Et le livre qu'il cherchait devait figurer dans la bibliothèque centrale où sa mère avait depuis toujours rangé ses œuvres traduites. Soudain, s'était donc imposé, telle une propédeutique, le besoin de reprendre contact avec quelques pages de ce roman espagnol dont Thérèse Avril-Jonas avait donné une version française en 1964. Ou, plus exactement, dans les mois qui avaient suivi

Le roman parallèle

son départ pour Vienne ou Genève – en tout cas, à l'époque où lui s'était cru rejeté, abandonné à son sort par celle qu'il adorait.

Le Cavalier polonais – c'était le titre – était signé Arnaldo de Suma. Un inconnu qui le demeura, puisque ce roman fut le seul qu'il publiât jamais et qu'ensuite personne n'entendit plus parler de lui. D'ailleurs, cette parution passa à peu près inaperçue, à l'exception de deux ou trois articulets pondus par des inconditionnels de la traductrice. Dès cette époque, Marc-André avait dévoré ce livre singulier et, plus tard, il ne cessa de le garder en mémoire, même s'il n'y revint pas. Troublé, il lui arriva de soupçonner sa mère d'en être le véritable auteur. La thèse ne cadrait cependant pas avec ce qu'il savait d'elle. Son humilité orgueilleuse, sa théorie implacable du dédoublement ne laissaient aucune place à la contrefaçon. La flexibilité de son talent, sa virtuosité linguistique, son sens du phrasé et du dialogue plaidaient en faveur de son unique credo : le bon traducteur est à son auteur ce que le concertiste est à Bach ou Beethoven. Il joue une partition qui lui préexiste, mais c'est de son interprétation que dépendent la lisibilité et la personnalité de l'œuvre. Thérèse avait, à cet égard, assez reproché à son fils ses vanités de créateur. « Toi aussi, tu sais, tu ne fais que te livrer à des variations sur le grand livre du manque et de l'écart. » Dans ces moments-là, il refusait la bagarre. Elle lui clouait le bec. Il ravalait, aigri, les arguments qu'il aurait pu lui op-

Un dernier soir avant la fin du monde

poser : le vide absolu auquel l'écrivain feint toujours de substituer une apparence de trop-plein, une tragi-comédie d'appétit dévoyé... En tout cas, Marc-André resta persuadé que *Le Cavalier polonais* avait été publié sous un nom d'emprunt. Un jour – des années plus tard –, il lui prit d'interroger Thérèse à ce sujet. Elle biaisa, reconnut que le phénomène du pseudonyme appartenait à la tradition littéraire. Il la pressa de questions et elle finit par admettre qu'être le supposé Arnaldo de Suma ne lui serait pas désagréable. Une fois encore, fâchée, tendue, elle détruisit tout espoir de conciliation en plongeant dans une de ces crises de paranoïa où elle accusait son fils de ne pas l'aimer assez fort... Peu à peu, comme il avançait à son tour dans la carrière des lettres, s'installa chez le romancier la conviction que *Le Cavalier polonais* avait joué un rôle essentiel dans la vie de sa mère, que là se cachaient, sinon le secret de son passé, du moins le traumatisme, la césure qui l'avait rendue capable de couper les ponts avec lui.

A la lecture de ce passage, il se sentit rajeunir.

« Il n'était pas sûr d'avoir semé la troupe de bandits. Aussi éperonna-t-il sa jument andalouse qu'à grands frais il avait fait voyager à travers l'Europe, au terme de son séjour en Espagne. Là-bas, non seulement la Chula l'avait souvent tiré d'un mauvais pas, entre escarmouches rebelles et offensives napoléoniennes, mais elle l'avait aussi sauvé de

Le roman parallèle

l'ennui régnant dans les chancelleries, de la détresse morale suscitée par un trop long exil et – last but not least – des foudres de fâcheux peu enclins à goûter les sérénades sentimentales destinées à leurs épouses. Ladislas Podolski n'avait reculé devant aucun sacrifice pour que cette compagne exceptionnelle rejoignît les écuries de son fief d'Ivano, entre Dniestr et Carpates. " Bien m'a pris de monter la Chula ce matin, se dit-il ; avec elle, ils ne sont pas près de me rattraper ! "

Ce n'était pas la peur de la mort qui le poussait au galop sur le sentier rocailleux qui serpentait au fond de la gorge rude et sombre. Escopettes et sabres représentaient à ses yeux un danger moins terrifiant que la crise nouvelle qui accablait son corps et son âme. Depuis plusieurs jours, il avait été dans l'incapacité de reprendre la rédaction de l'œuvre majeure de sa vie, Un Amant sous l'Echafaud ou l'Extravagante Aventure du sieur Antoine de Pintero, diplomate et libertin. Les nuits, d'ordinaire si fructueuses, n'étaient que torture. A de longues périodes de rêvasserie accablée succédaient frissons et fièvres. La douleur qui contraignait sa pensée finissait par s'attaquer à chaque partie de son anatomie avec une perversité telle que Ladislas se croyait le siège d'une offensive diabolique. Il arpentait salons et coursives, hurlait comme un dément. Impuissants, ses gens accouraient, mais il les renvoyait toujours. Il voulait être seul, que personne n'assistât au spectacle de sa destruction systématique. Soudain, il resombrait dans une apathie qui, des heures durant, le faisait se terrer dans l'encoignure de murs, prosterné, recroquevillé sur lui-même, paralytique. Ces moments de répit ne lui accordaient qu'une trêve trompeuse ; il en sortait à la fois terrassé et surexcité, prêt à se jeter du haut du donjon de son maudit château. Lorsque de désespoir il se griffait enfin la face et le torse, déambulant, forcené, hors de lui, à la recherche de quelque issue à la souffrance, soudain le calme revenait – aussi brutal que le mal – et l'investissait alors un incompréhensible sentiment d'épouvante... Les premiers symptômes étaient apparus une dizaine d'années auparavant, à son retour des Amériques. 1800 avait sonné pour lui le glas d'une ère malheureuse : désormais, malgré de longues périodes de rémission, la maladie n'allait plus le lâcher. Plus rien ne serait garanti, ni sa force musculaire ni sa lucidité, et moins encore sa virilité. Voilà sans doute ce qui lui avait donné l'idée d'écrire une sorte de mémoire où seraient consignés les antidotes fournis par les pouvoirs de l'imagination, dussent-ils entraîner, à la moindre alerte de rechute, des réactions de panique dont le récit, malgré la diversité de ses épisodes, ne réussirait pas à dominer les effets. L'histoire de Pintero prenait des airs d'opera buffa où le chaos des situations grotesques le disputait à la chronicité de fantasmes malins. Ayant exploré le monde, le héros reconnaissait la faiblesse de son savoir et la grandeur équivoque

Le roman parallèle

de ses illusions. "J'ai cultivé mon esprit, mais les rats l'ont dévoré. Qu'importent les livres que j'aie pu composer puisqu'ils croupissent, à peu d'exemplaires, dans la poussière des caves de libraires sans indulgence. Rien de moi ne subsistera. Oh Dieu, si tu existes, prends pitié de mon âme, si tant est qu'elle existe aussi..." Le jour où il rédigea ces phrases, le comte Podolski comprit qu'il ne pourrait plus s'abriter derrière le masque de son Phénix aventurier. C'était son propre autodafé qu'il évoquait. Il brûlait, conscient qu'il ne renaîtrait pas de ses cendres. Ce même jour surgit, pour la première fois, l'obsession de la bille d'argent... Il possédait en effet une théière à l'effigie de Catherine la Grande, qu'il avait rapportée de l'une de ses missions à Saint-Pétersbourg. Là-bas, attiré par la vie littéraire de la cour, séduit par l'émulation intellectuelle qui y régnait, il avait tenté d'oublier que son pays – la Pologne – n'était plus qu'un cadavre exsangue, un corps démembré, écartelé par les bras puissants des Russes, des Prussiens et des Austro-Hongrois. Parfois, enivré de philosophie et rassasié de plaisirs, il s'était surpris à se mépriser. Il s'accusait de trahison envers sa patrie. Il se rendait responsable de la misère et du joug qui affamaient et asservissaient son peuple. Mieux valait, à ces moments-là, que sa maladie se tînt tranquille, car cette révolte sourde suffisait à le plonger dans des mélancolies interminables, anéantissant l'espoir de mener à bien les tâches auxquelles il voulait ce-

Un dernier soir avant la fin du monde

pendant se consacrer... De retour dans son château de Podolie, subissant les assauts conjugués de la douleur et de la mauvaise conscience, Ladislas observa donc cette fameuse théière d'argent avec une fascination chaque jour plus tenace. Bien qu'il s'agît d'une belle pièce, l'objet ne méritait sans doute pas un intérêt aussi soutenu. Il arrivait que le comte demeurât une heure ou deux à contempler le métal et ses reflets. Du bout des doigts, il caressait le galbe du ventre comme s'il osait à peine y toucher. Avec davantage d'insistance, il tripotait la boule qui trônait au sommet du couvercle. Il l'effleurait, la titillait, la pinçait, la roulait entre pouce et index, comme s'il avait souhaité l'exciter, étudier la manière dont elle répondait à ses attouchements, tester ses capacités de résistance, ses limites. A la méticulosité scientifique succédait un respect proche de la piété. Eût-il été religieux, Ladislas eût pu passer pour une espèce d'alchimiste soupçonnable des pires hérésies. Mais ces instants d'extase cédaient souvent le pas à des transes qui ne devaient rien au mysticisme. Egarée par l'éclat du métal qu'il avait dévoré des yeux trop longtemps, sa vision se troublait, et lui apparaissaient en une bacchanale stupéfiante le souvenir de femmes nues, la danse de panthères noires aux hanches lascives, le sourire de lèvres entrouvertes et humides, l'envol tourbillonnant d'étoffes transparentes, l'échancrure de robes aguicheuses découvrant des seins dont la forme se métamorphosait sans cesse, du

Le roman parallèle

plus petit au plus plein de sève... Une nuit où ses sens l'entraînaient dans une orgie d'émotions, Podolski s'empara de la théière, sortit précipitamment de sa bibliothèque pour se rendre dans l'aile occupée par ses domestiques. L'un d'eux s'y chargeait d'un cagibi où l'on déposait les outils nécessaires à l'entretien du domaine. S'éclairant d'un chandelier, le comte choisit ceux qui conviendraient à la tâche à laquelle il avait soudain décidé de se consacrer au moins quelques minutes par jour, puis regagna ses appartements.

Deux mois plus tard, la boule surmontant le couvercle de la théière d'argent était sciée. Avec une précision toute militaire, Ladislas Podolski estima alors le travail qu'il devrait faire subir à la pièce de métal pour lui donner la forme et les mesures exactes du canon de son meilleur pistolet. Un jour viendrait où la bille limée serait transformée en projectile mortel. Ce jour-là, il appuierait l'arme sur sa tempe. Pas une seconde il ne douta qu'au moment de vérité, son courage serait infaillible. Sa seule crainte tenait à ses incertitudes quant au mal physique qui le dévorait. Lui laisserait-il le temps d'aller jusqu'au terme de son entreprise? Et si, par malheur, sa vitalité cérébrale était atteinte, s'il n'était plus capable de raisonner, de comprendre le sens véritable de son geste... Il fallait en prendre le risque. Un acte précipité ou désespéré n'aurait aucune valeur.

Et c'est ainsi que Ladislas décida de survivre.

Un dernier soir avant la fin du monde

    Voyages d'étude et délégations officielles se succédèrent, interrompant son labeur de préparation à la mise à mort. La faena, comme disaient les lumineux matadors de taureaux qu'il avait fréquentés en Andalousie... Chaque filament, chaque lambeau de métal enlevé à la boule argentée tenait lieu de véronique délicate ou d'adorno provocateur.
    Mais entre-temps le comte dut se plier à des rites moins exaltants. A intervalles de plus en plus rapprochés, il lui fallait consulter tout ce que la province comptait de médecins et de rebouteux. Décoctions, saignées, tisanes ne le soulageaient guère. Seul le laudanum parvenait parfois à atténuer ses douleurs. Il ne pouvait plus s'en passer... A plusieurs reprises, il s'était rendu à Lublin et Varsovie pour solliciter l'avis de la Faculté. Ses déplacements à l'étranger lui donnèrent l'occasion de prendre les eaux à Bath ou à Baden-Baden. Il y avait des périodes de répit où son énergie semblait intacte, ce qui l'incitait à se jeter à corps perdu dans une activité intense. Epuisé, grisé, il consentait alors à retourner vers son château dans l'espoir d'achever sa double tâche – la rédaction d'Un Amant sous l'échafaud et le polissage de sa fameuse bille d'argent. Et le cycle reprenait, sans fin, infernal...
    C'est au retour de l'une de ses équipées solitaires vers la ville la plus proche de son fief que Ladislas Podolski fut attaqué par des brigands et que la Chula le tira d'affaire. Ayant fait provision de lau-

Le roman parallèle

danum pour un mois, notre homme avait renoncé à passer la nuit à l'auberge trop sinistre où, naguère, il eût payé une ou deux filles pour lui tenir compagnie jusqu'au matin. Dès qu'il eut quitté les remparts de la cité pour s'engager au trot sur le plateau désertique qui s'étendait à l'ouest, embrasé par le soleil couchant, il se sentit observé. Aux aguets, il ne remarqua pourtant aucune présence à plusieurs lieues à la ronde. Au loin, les contreforts des Carpates vers lesquels il se dirigeait commençaient à basculer dans l'obscurité. Peu de gens auraient osé voyager sans escorte parmi ces paysages inhospitaliers, mais depuis son plus jeune âge, Ladislas en avait aimé la grandeur désolée, la beauté froide. Il n'était pas de rive abrupte, de roc fantomatique, d'arbuste torturé par la bise, de gorge serpentine, d'ombre et de lumière dont il n'eût appris à lire les signes. Si rien d'extraordinaire ne se produisait, se dit-il, il serait dans ses terres d'Ivano avant minuit.

Le guet-apens eut lieu alors que la Chula descendait au pas un tertre hérissé de bouleaux. Avant d'essuyer le souffle de la balle qui le manqua d'un bon mètre, le comte entendit le cri rauque de son agresseur. La jument fit mine de se cabrer, mais obéissant à l'impulsion des jambes de son maître, elle se lança en avant. Eclairé par une pleine lune, le cavalier se fraya un passage à travers les arbres avec une dextérité d'acrobate. Malgré le raffut des bandits à ses trousses, il savait que s'il arrivait à rejoindre le sentier courant à flanc de montagne, les

Un dernier soir avant la fin du monde

rosses de ses poursuivants ne pourraient jamais rivaliser avec le galop somptueux de son andalouse. Une fois sorti de la gorge que les paysans superstitieux appelaient le Trou du Diable, il serait hors d'atteinte. En effet, parvenu en terrain découvert, dans les champs et prairies où débutait son domaine, il vit bientôt se profiler les murailles du château baignant dans le clair-obscur qui rayonnait autour de la colline vierge au sommet de laquelle elles étaient perchées. Leur silhouette lourde et apaisante ainsi transfigurée fit naître en lui comme un désir vengeur. Plus il approchait du but et plus il rêvait d'une nuit sans sommeil, livrée aux doux maléfices de l'opium.

Ce fut sans autre nécessité qu'il exigea de la Chula un dernier galop éperdu. »

Marc-André reposa le livre sur ses genoux. Presque heureux.

Lire la vraie histoire de Thérèse, retourner au récit qu'elle avait consigné pour lui, était une autre affaire. Se confesser, traquer à travers l'aveu ou la tromperie des mots une espèce de rédemption, non, cela ne ressemblait pas à sa mère ! Tout juste bon pour Serge Jonas, ce tardif réflexe catholique de rémission des péchés, et Dieu sait s'il ne s'était pas privé de ces mea culpa, le bougre ! Une tombe, elle ! Elle mourrait sous la torture plutôt que se renier, se laisser arracher un soupir de regret ! *No pasaran !* Ce slogan antifasciste de la guerre

Le roman parallèle

d'Espagne avait servi de rempart à ses chagrins, de cri de révolte contre les déceptions de l'existence. Quand l'enfant Marc-André était triste, elle le serrait dans ses bras en murmurant son « *No pasaran* » en guise de berceuse...

C'était bien de révélations que Thérèse avait parlé. Marc-André lorgna du côté où reposait le gros volume de Cervantès et à côté duquel il avait posé le manuscrit de sa mère. Sa gorge se serra. Il regarda sa montre. Neuf heures, déjà. Il devait partir. Pour son dernier rendez-vous au Quai, au moins ne pas être en retard. Thérèse attendrait. Elle avait toujours attendu, n'est-ce pas ?

*
* *

Malgré l'enjeu, l'entrevue ministérielle et le déjeuner avec l'éditeur furent de simples formalités. Un sentiment exaspérant de déjà-vu. Marc-André avait craint le pire et fut presque déçu de l'absence de surprise. La vie continuait, n'exigeait rien que de très ordinaire. Il n'y avait que lui pour se croire débiteur, comptable de ses actes et de ses pensées. On est toujours seul à payer la facture, quelle que soit la sollicitude des autres, rumina-t-il... Il essayait de ne plus penser, d'agir avec une banalité conforme à la situation et à son état d'esprit. Tapi au fond d'un bar de la rue Bonaparte, il buvait un café en feuilletant *Le Monde*. C'était étrange, mais il n'avait nulle envie de se balader dans Paris comme il l'aurait fait autrefois. La ville lui paraissait bizarre, lointaine. Bien que sa condition d'expatrié perpétuel lui eût appris, depuis longtemps, à s'accommoder de cette impression de non-appartenance, jamais jusqu'ici la cité de son enfance ne lui avait procuré cette sensation de perte irrémédiable. Et Dieu sait s'il avait aimé Paris! D'ailleurs il l'avait retrouvée telle qu'en elle-même, tout ébouriffée, câline et sauvage comme au sortir d'un lit d'amour, en dépit des froidures de l'hiver... La nuit ne tarderait pas à tomber. Qu'allait-il faire? Il n'avait aucune envie de voir des gens, de téléphoner à des connaissances. Un instant, il avait pensé appeler son meilleur et vieil ami, un ancien camarade de classe dont la fidélité et la générosité s'étaient manifestées de façon constante, surtout dans les moments difficiles. En cas de coup dur, Marc-André était sûr de trouver une aide matérielle ou psychologique auprès de son copain. Or, là, l'hésitation l'emporta sur la nécessité. Et soudain, s'imposa, irrésistible, le désir nu d'aller se terrer dans l'appartement de Thérèse.

En y arrivant, il vit qu'un message l'attendait sur le répondeur. C'était Victoria, la fille de l'avion et de Singapour. Elle disait qu'elle regrettait de ne pas pouvoir lui parler. Rien de plus. Pas même une indication de numéro où la rappeler. Et si elle ne cherchait jamais plus à le joindre? Hors de lui, l'écrivain pesta, égrena un chapelet de jurons dans

Le roman parallèle

toutes les langues de la terre à sa disposition. Sa fureur était d'abord dirigée contre lui-même. Pourquoi diable avait-il traîné dehors au lieu de rentrer sur-le-champ ? Et de quel droit s'en prenait-il à elle ? Qu'avait-il fait pour mériter un tel châtiment ? Quelle idée, aussi, d'accorder autant d'importance à une rencontre sans lendemain ! Cette femme était jeune, émouvante et belle, soit. Etait-ce une raison pour se comporter en sale gosse capricieux ? Une fois de plus, il se sentait pris en flagrant délit d'adolescence attardée. Une autre façon de ne pas vieillir. Pas le démon de midi, non : cette course folle du n'importe quoi, n'importe qui, n'importe quand, il connaissait par cœur, jusqu'à plus soif. Avec Victoria, quand même, se produisait un phénomène qu'il aurait eu du mal à définir. Une sorte de désespérance larvée que nieraient, parfois, de simples cris de joie... Peut-être se laissait-il envahir par une émotion tendue et sincère, sans malice.

Marc-André se servit son premier whisky de la soirée et rejoignit la table de travail de sa mère où il s'installa pour griffonner quelques notes. Religieusement, il décapuchonna le stylo Mont-Blanc de Thérèse, et avec autant de précautions, entreprit de le remplir de l'encre violette que la traductrice avait toujours utilisée lorsqu'elle ne tapait pas ses textes à la machine.

Le romancier avait besoin de réfléchir à tout ce qui arrivait. D'oublier aussi les dossiers qu'il avait abandonnés dans sa chambre, d'anéantir l'urgence

Un dernier soir avant la fin du monde

qui le poussait vers eux. Songeant à son parcours d'écrivain récent et au pis aller des ébauches qu'il avait laissées entre les mains de son ami Laster, Marc-André se rassura en réaffirmant qu'il n'avait jamais cru à la panne, au tarissement de l'inspiration. Des idées, il en avait à revendre. Non, ce qui lui arrivait – c'était clair – relevait plutôt de la crise d'identité. Ses capacités d'écrivain demeuraient intactes. D'ailleurs, les histoires de types qui se retrouvent à sec lui paraissaient d'un ennui total, dépourvues du moindre intérêt. La fonction d'un romancier était d'écrire des romans : point final ! Le reste : foutaises ! Souvent, des journalistes ou des lecteurs lui avaient posé cette question : « Comment arrivez-vous à trouver le temps de tout faire, avec vos voyages, votre travail de diplomate, vos articles... ? » Il avait dû penser à une réponse malgré son envie de les envoyer balader. Dans une interview, William Faulkner lui avait préparé le terrain. L'auteur de *Sanctuaire* qu'il admirait tant avait en effet rejeté l'agression par cette boutade : « Seuls les écrivains médiocres prétendent qu'ils manquent de temps pour écrire. » Une aubaine pour Jonas... Ces derniers mois, de toute façon, il avait eu des loisirs à revendre. Négocier la rupture avec Cora sans se fâcher avec Eric était alors une préoccupation bien plus importante que les affaires courantes de la mission. Laster, lui, trouvait « merveilleux » les bouts de texte que Marc-André lui lisait. Ce dernier, avec toute la mauvaise foi qui

Le roman parallèle

le caractérisait dans cette période, imaginait que son ami cherchait à l'endormir, dans un souci de réconciliation après l'embrouille avec Cora. Comme si Marc-André n'avait pas cédé dès la première escarmouche, offrant presque la métisse à son jeune rival en témoignage de gratitude ! Effort peu louable, à la vérité, puisque le romancier, rassasié d'exotisme, était en train d'entreprendre, sans le savoir encore, un retour sur lui-même. Maladroit, Eric tentait, lui, de dissocier l'écrivain de l'homme. Tout en ne tarissant pas d'éloges – à vrai dire excessifs – à propos de l'œuvre en cours, il usait des mêmes arguments, ou presque, pour mettre Jonas en garde contre ses propres fantômes. Ah, ces divagations à propos du suicide étaient d'un convenu, lui jetait-il à la figure ! Marc-André le remerciait du conseil sans s'avouer toutefois l'origine du mal. Sourd, aveugle, il demeurait imperméable comme du silex, lui qui n'avait cessé de clamer que l'écrivain doit être poreux – un corps qui se laisse pénétrer, traverser par d'autres corps. Parfois, il se croyait à bout de souffle, faux-fuyant pour ne pas voir qu'en réalité, il était surtout noué, ramassé comme une boule, rond et lisse telle une bille d'acier, dans l'attente du geste qui l'engagerait dans un canon, qui allumerait la mèche et le transformerait en projectile meurtrier. S'il avait mieux cherché en lui la source de ce thème autodestructeur qui le hantait un peu trop pour être authentique, il aurait pu être éclairé sur ses errements. Encore eût-il fallu

Un dernier soir avant la fin du monde

que son souvenir du *Cavalier polonais* fût conscient. Or, avant son retour à Paris, les aventures du comte Ladislas Podolski, les exploits d'Antoine Pinero ou les facéties du sieur Arnaldo de Suma, ne comptaient pas davantage, dans sa mémoire vivante, que la plupart de ses lectures de jeunesse...

Aujourd'hui, la distance établie entre ce passé récent et un présent d'une violence inespérée lui procure une image de lui-même de moins en moins floue. Il se recentre. Pense à sa mère. La voit, soudain si réelle, si tragique sur son lit de douleur. Il se la rappelle, aussi, assise à ce même bureau, bien droite contre l'assise de son fauteuil, le chignon net, le cou juste penché de côté, écartelé entre les mots du livre à traduire et ceux qu'elle aligne sur sa feuille blanche. Il essaye de lui parler. Sur le seuil, il fait le siège. Elle lui demande d'attendre encore un peu. Bientôt elle sera toute à lui. Patience... Elle semble si lointaine. Inaccessible. L'envie de hurler le prend. Mais le cri meurt sur ses lèvres boudeuses. Thérèse ne bouge pas. Rivée à son fauteuil, comme si elle se préparait à la paralysie future.

« C'est comme ça, note-t-il d'une écriture rageuse, qu'elle m'a refilé le virus. Si j'en fais le compte, mes heures passées immobile, planté devant mes machines à écrire, dépassent sans doute, et de loin, celles que j'ai consommées en pérégrinations de toutes sortes. Ceux qui m'ont traité – était-ce un compliment ou un reproche ? – de romancier globe-trotter se sont mis le doigt dans l'œil

Le roman parallèle

jusqu'au coude. Quoi qu'il arrive, un écrivain fait du surplace... Victoria, par exemple, me semble si éloignée, elle aussi. Je pourrais, par la pensée, esquisser son visage, réentendre sa voix. Dussé-je la décrire, là, que les termes exacts me feraient défaut. Cézanne aimait à dire : " Je vais tous les jours au paysage. " Pour être crédible, pour exister, il faudrait qu'à mon tour je me porte jusqu'à Victoria... »

Il remarque ensuite que, depuis plusieurs jours maintenant, il s'est construit un monde de silence. D'ordinaire, il aime à s'entourer du grand orchestre de la vie : de sa fenêtre, il guette le charivari du quotidien, le chant des oiseaux dans les cocotiers, la sirène des navires en partance, les piaillements des gosses à la baignade dans les eaux mazoutées du port, les moteurs des camions et des pétrolettes, les aboiements des chiens rôdeurs, les grincements des grues bâtisseuses, la mélopée des femmes indigènes à la toilette... Et, dans les moments difficiles ou aux heures de calme nocturne, il y a le recours à la musique. Amateur d'opéra, Marc-André revisite, grâce au disque, les grandes productions auxquelles il a assisté, à New York, Santa Fe, Aix, Milan, Salzbourg ou Sydney... De la même façon, il tente de ressusciter les émotions vécues à Chicago ou à Clarksdale, Mississippi, en écoutant du blues et du jazz. De plus, il est un consommateur avide d'images : télévision et cinéma comblent des creux d'existence qui, sans cela, seraient intolérables. Curieux de tout, fasciné par l'explosion contemporaine des moyens de communication, il soupçonne cependant que la multiplication des signes conduit à l'absence de sens. Vivre sur une planète soumise à une telle masse d'informations ne peut que brouiller le message. C'est une manière de donner raison à ceux pour qui tout est dans tout et réciproquement, à ceux qui font de la mort des valeurs un porte-flambeau du cynisme. D'ailleurs, le romancier n'ignore pas que ce genre de pitance le dévore de l'intérieur. Plus il engrange et moins ce qu'il peut restituer n'a d'importance. Ce n'est peut-être pas un hasard si depuis son départ des antipodes, son univers sensoriel s'est sinon vidé, du moins appauvri. Pourquoi, se demande-t-il, avoir tenté de nier le son et la couleur ? Est-ce pour mieux les nourrir en lui et les restituer par l'écriture, en cas de nécessité ? Il fallait essayer. Pour voir...

Et ainsi, Marc-André Jonas écrivit jusqu'à une heure avancée de la nuit. Plus les pages s'accumulaient et plus le récit retrouvait rythme et nervosité. N'avait-il pas pris trop de risques à se vouloir si léger, si dépossédé de lui-même ? Il avait peur, voilà tout – la trouille absolue, celle que l'homme blindé et impavide, parce qu'il croit avoir essuyé tous les feux de l'enfer terrestre, ne peut ni nommer ni dominer. En réalité, à force de s'isoler, de se forger une carapace de protection, le costaud avait craqué. Le repli sur soi l'avait rendu pesant, étriqué. La lec-

Le roman parallèle

ture du *Cavalier polonais* avait sans doute été suscitée par un premier réflexe défensif face à cette capitulation. Puis, cette nuit-là, au fil des mots, il avait constaté enfin que la mise en forme indispensable avant que le réel parvînt à l'expression artistique lui redevenait naturelle.

vers deux heures du matin, exalté comme un amant satisfait, loin d'être épuisé, il s'accorda une pause.

Le moment était enfin venu d'affronter pour de bon le carnet de Thérèse.

6

HISTOIRE DE THÉRÈSE (2)

Le 4 janvier 1939, remonter les Ramblas me procura enfin le sentiment d'exister que j'avais espéré depuis si longtemps. Vingt-deux jours plus tard, les fascistes y défileraient, triomphants. Encore quinze jours après, tout serait fini : le 9 février, les troupes nationalistes atteindraient la frontière française. Ces cinq semaines, au cours desquelles le monde tétanisé allait entériner sa chute en enfer pour les cinq années à venir, ces cinq courtes, toutes petites semaines marquèrent ma vie à jamais.

Mon entrée ébahie à Barcelone ne devrait pas, Marc-André, te laisser penser que ce fut une promenade de santé. La ville était accablée, traumatisée. Un rêve enfui, devenu cauchemar... Dans ces conditions, aussi paradoxal que cela puisse paraître, on m'accueillit, certes pas à bras ouverts, mais en fermant les yeux. Un ou deux ans plus tôt, les choses ne se seraient pas déroulées de manière aussi folle. Je possédais un passeport français flambant neuf ; mon père avait par bonheur soutenu ma demande en ce sens, soulignant avec force effets de rhétorique provençale qu'« avec le pastis où on vivait, valait mieux prévoir le pire ». Mais les papiers d'identité comptaient pour du beurre en Catalogne révolutionnaire si l'on n'était pas parrainé, « mandaté » devrais-je dire, par une organisation, quelle qu'elle fût. Je l'ignorais. Et, suspecte, trop jeune, dangereuse, je faillis, sur-le-champ, être réexpédiée par le premier rafiot encore capable de voguer vers la France. Je dus mon salut – ou mon infortune, comme il te plaira – et à la confusion générale, et à la présence d'un homme en particulier.

Ma conviction politique n'avait d'égal que mon inconscience des réalités de la guerre. Barcelone était au bord de la famine. Reculant devant le front, des dizaines de milliers de réfugiés aggravaient les problèmes d'intendance. Dans le port, j'avais remarqué les carcasses à demi coulées, mâts abattus, des navires victimes des bombardements. Dès les premiers jours, à ma grande honte, je découvris que les héros de la révolution se traînaient, lamentables, morts-la-faim, tristes. Le feu sacré s'était éteint. Où étaient les chants, les vivats – l'idéal ? On pataugeait dans les ordures et le défaitisme. Les tramways ne fonctionnaient presque plus. Les rats envahissaient les caniveaux jonchés de papiers. Les hommes, amers, déchiraient leurs

Histoire de Thérèse

cartes de parti ou de syndicat. Chaque jour, grandissaient les rumeurs sur une arrivée imminente des nationalistes aux portes de la ville. Le scorbut menaçait. Seules les réserves de riz permettaient de nourrir une population aux abois. Les légumes frais, si abondants d'ordinaire, coûtaient une fortune. Bien sûr, on sentait chez certains que le désir de se battre jusqu'au bout ne s'éteindrait pas. Mais cette énergie se trouvait dilapidée par les séquelles des clivages politiques qui avaient déchiré et condamné l'expérience socialiste en Espagne. Les fusils encore en état servaient davantage aux pelotons d'exécution ou aux règlements de comptes qu'à une contre-offensive. La police stalinienne du S.I.M. continuait à faire des ravages, non seulement dans les rangs trotskystes et anarchistes, mais dans son propre camp, à l'instar des procès de Moscou. Les prisons étaient pleines : au milieu des canailles de tous bords, les fascistes y côtoyaient les pauvres gars du POUM.

Je fus témoin de scènes atroces et cependant, je ne les vis pas.

Ta mère était amoureuse. Voilà la vérité.

Passionnée, fanatique.

C'était neuf, inattendu, invraisemblable. Comme jamais auparavant, comme jamais depuis.

Tu sais, maintenant.

Il y avait donc cet homme dont j'ai parlé.

Houspillée par une bande d'abrutis qui me traitaient ou d'espionne ou d'idiote, j'étais mal partie.

Un dernier soir avant la fin du monde

Oh, je sentais bien que mes arguments finiraient par les convaincre, les *compañeros*, et que mes capacités d'interprète en tentaient plus d'un en prévision d'un passage de la frontière. D'ici et là, dans la cohue des couloirs et des bureaux, des compliments admiratifs avaient fusé. Ma connaissance du catalan était encore trop rudimentaire pour apprécier qui, de la jolie française ou de la militante écervelée, était ainsi saluée. M'est avis, tout de même, que la plupart de ces *piropos* s'adressaient d'abord à la fille. Au début, je pris ça avec le sourire. Jusque-là, il ne m'était pas venu à l'idée que je pusse susciter l'envie des garçons. Mignonne, je me considérais comme fade, sans intérêt. Le premier homme à me dire que j'étais « belle » fut ton père. Mais le premier à me faire prendre conscience que j'étais une femme s'appelait Antonio de Solera...

De la bonne humeur, on était passé à l'interrogatoire. Très vite, je m'écroulai en larmes. Le petit gros et le borgne chargés de me questionner se moquaient bien de la longueur de ma jupe, du retroussé de mes socquettes et du galbe de mes mollets. Miliciens ou militaires, qu'importe, avec leurs uniformes de pacotille, ils ressemblaient à tous les roquets de la terre qui, investis de la moindre parcelle de pouvoir, se transforment illico en tyranneaux de pantomime. Je ne déchantais pas encore, essayant de me persuader de la nécessité d'une telle épreuve. Si je doutais, c'était de moi. Après tout, j'étais peut-être coupable. Pressée de répondre sur le sens de mon engagement, je confessai un excès d'imagination, un trop grand orgueil. Le borgne ricana : « Une catholique ! » Serrant les poings, je me résolus alors à riposter. Ces deux types me révoltaient. Tu me connais, Marc-André : qu'un mur survienne et ça suffit pour que je m'y précipite. Survoltée, je me mis donc à les insulter, de tous les noms d'oiseaux dont je disposais en espagnol. Ma réaction avait été encouragée par la présence, depuis un moment, d'un troisième larron qui semblait observer la scène de l'autre bout de cette salle infâme et glaciale. Il fallait tenter quelque chose. En sortir... Cet homme-là, dont je distinguais la silhouette élancée à travers mon regard embrumé, avait une tout autre allure que les deux aboyeurs de service. Je me dis que ce devait être un gradé, un camarade investi de responsabilités importantes. Ne portait-il pas un pistolet à la ceinture ? Sobre, son uniforme à lui paraissait impeccable, orné sur la chemise kaki d'un insigne que je ne pouvais identifier, à cause de la distance, mais lorsque le commissaire politique – car c'en était un – s'avança vers moi, je reconnus les couleurs noir et rouge de la CNT, l'immense centrale syndicale anarchiste qui avait fait vibrer mon cœur d'étudiante aixoise.

« De quoi s'agit-il ? », dit il d'un ton ferme à mes tortionnaires de cirque.

Je me levai instantanément, dressant le poing à la manière antifasciste, crachant en vrac ma petite histoire. Sans répondre à mon salut révolutionnaire, il s'inclina, se présenta et me pria, en espagnol, de me rasseoir et de me calmer.

Son visage était rassurant. Je ne savais pas si je devais le trouver beau. Sans doute fus-je d'emblée séduite par l'impression de sérénité et d'élégance qui se dégageait de sa personne. La lèvre supérieure, assez épaisse, arborait une fine moustache qui allégeait l'ensemble des traits. Ses cheveux noirs étaient plaqués en arrière ; aux tempes perçaient déjà quelques racines blanches. Il devait avoir trente ans, guère plus. Je venais d'entrer dans l'année de mes dix-neuf ans. Dans l'excitation et le désarroi qui étaient les miens, Antonio incarnait à lui seul le peuple d'Espagne à la rencontre duquel j'étais venue. Les deux autres types semblaient d'ailleurs lui manifester un respect singulier, différent de celui qu'exige la hiérarchie militaire, fût-elle régie par des principes égalitaires. Il y avait chez eux cette espèce de réserve humble teintée de mépris enfoui qui, souvent, caractérise l'attitude des domestiques libérés à l'égard de leurs anciens maîtres. Mon sauveur devait être quelqu'un de très important, me dis-je, mi-soulagée mi-intriguée. D'un geste, il fit signe au petit gros et au borgne de s'éloigner. Maugréant deux ou trois jurons, ces derniers regimbèrent. Je compris que le commissaire leur faisait remarquer que cette affaire était de son ressort. Ils s'exécutèrent enfin...

« Où avez-vous appris à parler le castillan

Histoire de Thérèse

d'aussi belle manière ? », murmura-t-il, une fois que nous fûmes tête à tête.

Il s'était assis sur un tabouret en face de moi, délaissant le fauteuil de vannerie couinante que le *gordito* avait occupé derrière un bureau recouvert de paperasses et de cartes chiffonnées. Il me fixait, mais au lieu de peser sur moi, son regard gris-bleu enveloppait mon corps d'une étrange sensation de douceur. Ni lui ni moi n'étions indécents. Tout juste seuls, hors du monde. L'espace de quelques secondes... Et cela suffit à modifier le cours de nos deux vies. Pour ma part, je le sus immédiatement. J'étais remuée. Prête à me donner à cet inconnu. J'étais sa prisonnière. Soumise. Moi la fière, moi la revêche, moi l'insensible... J'avais remarqué son utilisation du voussoiement à la place du « tu » de rigueur chez les camarades. Maniant cette forme de politesse hispanique avec la dextérité académique que l'on m'avait enseignée, j'eus plaisir à lui répondre sur le même registre. Je vis que cela lui arrachait un sourire attendri, dépourvu de condescendance. Ma façon de m'exprimer semblait d'ailleurs lui importer davantage que le fond de mes explications. Très vite, la poursuite de l'interrogatoire dériva vers une conversation où l'intelligence et l'émotion prenaient le pas sur les circonstances qui nous avaient réunis.

Oui, je sais, Marc-André. Tu pourrais m'accabler. Je ne suis ni sénile ni bête. Tout ça pue le populisme et l'élitisme à la fois, d'accord. Le mi-

Un dernier soir avant la fin du monde

racle du coup de foudre, le truc de Tristan et Iseut. Une mièvre histoire d'aristos pour Thérèse Avril, comment est-ce possible, hein ? Ne fais pas l'innocent. Et tu peux toujours parler, toi, tiens, avec tes intrigues sentimentales tordues, compliquées à souhait, dans la vie comme dans tes romans ! Je t'ai promis la vérité. Ai-je besoin de jurer que je ne mens pas, que je n'exagère pas ? Le plus beau reste à venir, tu verras...

Aristocrate, Antonio l'était, en effet. Qu'y puis-je ? Et surtout, à l'époque, je peux t'assurer qu'il aurait pu être une réincarnation de Barbe-Bleue ou du marquis de Sade que cela n'aurait rien changé. Avant de coucher avec moi, dès cette première nuit – ma première nuit en Espagne, ma première nuit avec un homme –, il m'avait tout raconté. Je t'ai dit que j'étais une incorrigible romantique !

Antonio était le fils cadet du marquis de Solera, un nobliau d'Aragon qui avait épousé la fille d'un industriel barcelonais afin de redorer son blason plutôt terni. La famille possédait, entre Lerida et Saragosse, des terres quasi désertiques où trimaient une demi-douzaine de métayers et quelques dizaines de *peones*. L'exploitation assurait aussi mal la survie des travailleurs que le train de vie des *dueños*. Avec la première réforme agraire de 1932, décidée par la toute jeune République, les choses ne s'arrangèrent pas. Le marquis dut céder aux paysans un dixième de ses mille hectares, ce qui ne changea le sort ni des uns ni des autres. Dès juillet 36, cet

Histoire de Thérèse

arrangement précaire se trouva bouleversé par la nouvelle donne territoriale entre nationalistes et républicains. La ligne de démarcation passait au beau milieu de la propriété des Solera. Et dans les semaines et les mois qui allaient suivre, collines, prés, vergers, oliveraies, haciendas, tout se transformerait en théâtre d'opérations, en un immense champ de bataille. Le vieux marquis fut épargné par les deux camps : on aurait eu de la peine à lui reprocher sa conduite puisqu'il était invisible, obnubilé par ses recherches en astronomie qui le tenaient enfermé au sommet de la tour qu'à grands frais il s'était fait construire à l'angle sud de son manoir délabré. Connu dans la région sous le sobriquet de « El Loco », il eût pu, au pire, écoper de l'asile psychiatrique. On lui ficha la paix. Les bataillons des deux bords qui s'étripaient pour la conquête d'une position dite stratégique, dans un coin désolé des terres des Solera, avaient d'autres chats à fouetter. Quant à Toni – ainsi qu'il me demanda de l'appeler –, les raisons d'éviter d'être mêlé à ces événements ne lui manquaient pas. En premier lieu, hors certaines périodes de la petite enfance, il ne séjourna presque jamais en Aragon. Sa mère, épuisée par trois grossesses successives et plus encore par les fantaisies de moins en moins drôles de son mari, n'avait pas tardé, dès 1910 – Toni avait deux ans –, à se retirer avec ses enfants, dans la maison qu'elle tenait de son propre père – un mas de belles proportions situé entre Gérone et

Un dernier soir avant la fin du monde

Figueras, non loin de la mer, où la famille avait toujours séjourné l'été, fuyant l'agitation de Barcelone. Ce fut donc dans cette dernière ville que Toni se forgea une éducation, et voilà ce qui fit la différence à tous égards. Son grand-père maternel le prit sous sa houlette – cet homme riche mais éclairé lui enseigna de visu que la condition ouvrière n'était pas une fatalité et que bien traiter ses employés était, en ce monde en mutation, un bon moyen d'assurer productivité et rentabilité. Certes, il ne pouvait prévoir à quel point de rupture son petit-fils préféré pousserait plus tard l'argument. Itinéraire classique, si l'on veut, mais dans le contexte, assez singulier tout de même... Refus d'entrer à l'usine pour se préparer à la succession, études de lettres et d'histoire de l'art, voyages à Madrid, Paris, Berlin, Amsterdam et Rome. Le patron d'industrie coupe les ponts et les vivres, tandis que la maman continue à soutenir des aspirations si proches, lui semble-t-il, de celles qui étaient les siennes et qui lui avaient été refusées. Mais les choses se gâtent avec elle aussi quand, à la littérature et à l'esthétique, Toni ajoute l'action. Elle le voyait dans les salons de Madrid et à l'Académie, lui fréquente les tavernes enfumées et les comités de quartier. Mon Dieu, frémit-elle, pourquoi quitter le confort de l'appartement du Paseo de Gracia pour aller s'installer dans l'arrière-cour d'un immeuble sordide de la calle San Andres ? Oh bien sûr, il y a les articles et les livres qu'Antonio de Solera publie

Histoire de Thérèse

au cours des six ans précédant la guerre civile et qui font de lui un brillant historien de l'art, un spécialiste reconnu de la peinture du XVIIe siècle. Comment le mécréant peut-il évoquer avec tant de justesse la sobriété des saintes martyres de Zurbarán ? Et c'est le même homme qui, dans son essai *Del realismo a la mitologia*, nous explique si bien que Velázquez ne peint pas des dieux mais des hommes de chair et de sang, des ivrognes de bistrots, des monstres de la rue ! Grèves, manifestations, émeutes : son nom est partout, le maudit ! Ah, ce jour de 34 où il est arrivé au mas, amoché, un œil au beurre noir, la lèvre inférieure à moitié arrachée, des bleus partout et son pantalon déchiré, il était trop content de trouver sa *madre* pour le soigner, le bichonner ! Calme-toi, *por Dios* ou pour l'amour de moi, s'il t'en reste. Tu sais que je t'aime, *mama*, là n'est pas la question. Il y a une question, une seule, que je veux te poser, mon fils : les femmes, enfin, je veux dire qu'à vingt-six ans, tu devrais songer à te marier, non ? Regarde ton frère aîné et ta sœur, hein, ils sont heureux. Tu crois, Maman ? Mais rassure-toi : justement, j'étais venu te l'annoncer, j'ai rencontré une jeune fille, elle s'appelle Manuela, son père est musicien au Liceo, je l'épouse la semaine prochaine. *Dios mio*, et tu ne me disais rien ! Pas de fiançailles, pas de cérémonie, pas de fête ? Non. Il me tuera ! Encore une question... Tu as dit que tu n'en poserais qu'une. Dis-moi, Antonio, dis-moi, c'est vrai ce que l'on murmure : ta photo dans

Un dernier soir avant la fin du monde

le journal des anarchistes? Oui, dans *Solidaridad obrera*, au congrès de la CNT. Ne t'inquiète pas, on ne touchera pas à ta propriété, elle fait moins de 50 hectares. Celle de Papa, en revanche... Oh, celle-là, elle est à vous!

Toni m'avoua qu'a posteriori, la repartie ambiguë de sa mère l'avait beaucoup amusé, en dépit du caractère dramatique des circonstances ultérieures. En août 36, il se trouverait en effet sur les terres de son père, un fusil-mitrailleur entre les mains, le brassard noir et rouge enserrant son biceps gauche, parmi les premières lignes combattantes de la colonne Durruti partie de Barcelone, dès le 23 juillet, pour reprendre Saragosse aux fascistes.

Entre-temps, comme il l'avait dit à sa mère, Toni s'était marié. Sur un coup de tête. Ecouter chanter Manuela au *Cursal* avait suffi à anéantir sa cuirasse idéologique, lui faire oublier ses succès faciles avec les dames. Manuela, sa voix rauque et chaude, son corps de feu, son mystère, sa bouche amère de nostalgie sauvage, ses yeux de cendres incandescentes, Manuela, c'était la beauté et la sensualité de toutes les femmes du peuple, le sang et le venin irriguant l'histoire d'un pays tragique.

Toni choisit de tenir les de Solera hors de cette histoire. De toute façon, personne n'eût de ce côté songé à se mêler d'une mésalliance si triviale. Songeant sans doute à alléger la peine de sa mère, Toni accéda aux demandes répétées de Manuela qui insistait pour être présentée. Trois semaines après le

Histoire de Thérèse

mariage, le couple prit la route de Figueras. Leur présence n'y était pas vraiment souhaitée mais, ravalant son chagrin, se gardant de battre le rappel du reste de la famille, la Señora s'apprêtait à recevoir son fils. Manuela déploya des trésors d'amabilité et de séduction. Alors que Toni l'ignorait encore, elle annonça au dîner qu'elle était enceinte. La future grand-mère poussa un soupir et se précipita dans les bras de sa bru. Elle était conquise. Tout allait bien. Toni eut même le loisir de monter les chevaux que la marquise n'avait jamais cessé d'élever dans ses écuries. Grande cavalière, elle avait initié ses enfants aux secrets de l'équitation. Le cadet s'était, depuis toujours, montré le plus doué – raison supplémentaire de son statut privilégié dans le cœur de sa mère. Malgré son éloignement progressif, malgré son parcours intellectuel et politique, Toni finissait par revenir au mas. Il lui fallait vérifier que la Señora maintenait son art du dressage au niveau d'excellence qui était le sien. Peut-être une manière de se donner bonne conscience. Mais il éprouvait un tel plaisir à monter en sa compagnie pour de longues randonnées. Là, plus rien ne les séparait. Le jour de la rencontre avec Manuela, Mme de Solera déclina la proposition de son fils. Elle préférait demeurer dans la maison à bavarder avec sa belle-fille, et puis à son âge, elle fatiguait trop vite, elle ne voudrait pas le retarder, l'empêcher de retrouver les sensations de l'adolescence... Toni n'insista pas, car il avait be-

Un dernier soir avant la fin du monde

soin d'être seul. L'annonce inattendue de la grossesse de Manuela l'avait troublé. Au début de leur relation, n'avait-elle pas affirmé qu'elle ne souhaitait pas d'enfant tout de suite, à cause de sa carrière? D'ailleurs, elle avait souvent – y compris après le mariage – invoqué une période « dangereuse » pour se refuser à lui. Il mit cela sur le compte des caprices auxquels, jusqu'à la naissance du bébé, en octobre 35, il se soumit sans protester. Il travaillait tellement que les humeurs de Manuela lui servaient de récréation. Le temps disponible était englouti dans ses activités militantes. Quand elle dut interrompre son tour de chant, Manuela devint de plus en plus distante. Il eut beau redoubler de gentillesse, elle lui reprochait ses absences, sa mine préoccupée, son sérieux. Elle voulait s'amuser. Barcelone n'était-elle pas une fête? A quoi bon faire la révolution, si le résultat, c'était l'ennui. Toni ne comprenait pas ce qu'elle disait. Il n'essayait même pas de lui expliquer pourquoi il écrivait des livres, pourquoi il s'était mis au service de la justice et de la liberté. Libre, justement il désirait qu'elle le fût. Sors, vois des amies, dépense, lui disait-il. Avec quoi, rétorquait-elle, avec les quatre sous que tu rapportes, pendant que ta famille se goberge, pendant que ton frère et ta sœur claquent l'héritage à Madrid! Alors, il l'envoya séjourner chez la marquise jusqu'à l'accouchement. A la naissance d'une fille, Montserrat – prénom choisi par la grand-mère catalaniste –, Toni se rési-

Histoire de Thérèse

gna devant les coups de boutoir conjugués des deux femmes : le bébé et sa mère resteraient dans la maison de Figueras.

Tout s'accéléra ensuite – du moins pour Toni. Scandales financiers, crises gouvernementales, dissolution des Cortes, campagne électorale, vote du dimanche 16 février 36, victoire du Front populaire, manifestations en faveur de l'amnistie des grévistes des Asturies, autonomie de la Catalogne, division de la gauche, agissements de la Phalange, menées séditieuses de la droite ultra, grève générale du 1er mai, assassinat du député monarchiste Calvo Sotelo, rumeurs de soulèvement militaire : les semaines et les mois défilèrent sans qu'il eût vraiment la tête à questionner sa relation avec Manuela, sans qu'il eût – à l'exception d'un aller-retour à Figueras pour les fêtes de Noël – l'occasion de revoir sa petite fille Montserrat. Toni était déjà pris dans l'engrenage inévitable : la guerre civile occulterait bientôt la guerre qui le déchirait, lui, jusqu'aux entrailles. Le 18 juillet, il n'y eut plus de doute : face au *pronunciamiento* embrasant l'Espagne, sa place était dans la rue, sur les barricades de Barcelone, parmi les ouvriers en armes. Un seul objectif immédiat : arrêter les troupes de cavalerie séditieuses qui descendaient de la caserne Pedralbes vers la Plaza de Cataluña. *No pasaran !*

Inutile de raconter la suite, n'est-ce pas, Marc-André ? Celle-là, tu la connais. Nous pouvons imaginer l'emploi du temps d'Antonio de Solera,

Un dernier soir avant la fin du monde

entre combats de tranchées et embuscades, sur la ligne de front, et bagarres avec les communistes, à l'arrière, notamment lors des fusillades de la *Telefonica*, à Barcelone en mai 37. La seule chose importante, ici, c'est son retour inopiné, un mois plus tôt, à Figueras. Blessé au mollet gauche par un éclat d'obus, il n'avait échappé à la gangrène et à l'amputation que grâce à sa présence d'esprit et aussi au pistolet dont sa promotion au rang de commissaire délégué au 5e Bataillon de l'Armée de l'Est lui avait permis le port. Menaçant de son arme le boucher décidé à le charcuter dans son pauvre hôpital de campagne, il ordonna qu'on le transportât d'urgence à Barcelone où l'un de ses anciens camarades de lycée, devenu chirurgien, lui sauva la jambe. Convalescent et permissionnaire, il allait enfin pouvoir embrasser la Señora, Manuela et Montserrat... La surprise qui l'attendait n'était pas au programme. S'était installé dans la propriété des Solera un parasite du nom de Don Eusebio. Ce hobereau de Castille se prétendait un vieil ami du marquis qui lui aurait conseillé ce refuge en attendant une accalmie du côté de Guadalajara. Impossible de vérifier puisque, à cette heure, la *casa de campo* du *Loco* se trouvait derrière les lignes ennemies. De plus, ce Don Eusebio accueillit Toni d'une mine dédaigneuse. Connaissant son monde, ce dernier ne tarda pas à déceler sous les propos de l'invité les signes caractéristiques d'une appartenance au mouvement phalangiste. Pour sa mère, il

Histoire de Thérèse

décida de se taire. Il mit, en revanche, un certain temps à comprendre que le *señorito* ne se contentait pas de manger à tous les râteliers idéologiques. Il lui fallait plus. Il lui fallait Manuela. Elégant désœuvré, beau parleur, le quadragénaire avait de la race et de la séduction. Sur ce point, il n'avait aucun mal à battre son rival à plates coutures. Mon Toni était – je le sais – trop réservé, trop direct aussi – un émotif primaire, comme on dit, d'une fragilité et d'une maladresse qui ne cadraient pas avec la finesse de son intelligence et de sa sensibilité. Voilà pourquoi, j'imagine, je fus d'emblée attirée par lui... Manuela, elle, avait retrouvé la beauté et la fraîcheur d'avant sa grossesse. Elle avait coupé ses cheveux aux épaules alors que, naguère, ils ondulaient jusqu'au milieu de son dos. Grâce au calme de la vie à la campagne, son teint avait même quelque chose de juvénile. Buste altier, seins compressés dans une robette de lin, jambes nues, lèvres gourmandes, regard étincelant, elle avait l'air d'une sauvageonne. Plus rien à voir avec la sirène langoureuse du port de Barcelone. Toni, ébahi, fut pris, en la voyant, d'un désir fou de lui faire l'amour. L'idée ne l'avait pas quitté au cours de ces longs mois de sacrifice au point de l'obséder, surtout les nuits d'escarmouches, fantasme qui, avant l'alerte, le réveillait sur sa paillasse, en nage, phallus en érection... A l'heure de la sieste, après avoir subi, au salon, les lamentations de la Señora, il voulut rejoindre Manuela dans la chambre où elle

Un dernier soir avant la fin du monde

dormait avec Montserrat. A la porte, il se heurta à Don Eusebio qui en sortait, visage cramoisi et pommettes boursouflées. Et à l'intérieur, sur le lit, il vit Manuela. Allongée sur le côté, nue, lascive, cuisses à demi écartées laissant entrevoir un sexe rose et humide sous la toison brune. *La Maja desnuda* de Goya ! *L'origine du monde* de Courbet ! Avant d'entendre le ciel s'écrouler sur sa tête, sa vie écrabouillée comme sous un tapis de bombes incendiaires, Antonio de Solera eut, en une fraction de seconde, la vision de ces deux tableaux légendaires. Sans doute était-ce sa façon à lui de nier le chagrin, de rayer de la carte l'être vivant dont il avait cru ne jamais pouvoir se passer et de lui substituer l'image d'archétypes insondables. Un ultime hommage, une esthétisation de la catastrophe. Et, au-delà, la prise de conscience, l'éblouissement de la vérité...

Quant aux conséquences, Toni s'est abstenu de me donner des détails. Je me moquais bien, d'ailleurs, de savoir si elles furent dramatiques ou grotesques. Une fois que nous nous fûmes aimés, dans sa chambre de la calle San Andres, il se contenta de me dire, très ému, en me regardant droit dans les yeux :

« Je ne pourrai jamais t'épouser, Thérèse...

— M'en fiche...

— Ne plaisante pas avec ça.

— Le *compañero* serait-il un sentimental ?

— Fin 37, j'ai divorcé... Entre Manuela et toi, il n'y a eu personne – rien que la bagarre et le désir de mourir...

Histoire de Thérèse

— Et Manuela ?

— Ma mère l'a fichue à la porte avec son phalangiste.

— Et le bébé ?

— Aussi... Mais ça, c'est moi qui en suis responsable. Je n'ai pas pu résister... Je suis demeuré seul avec la Señora. Quand, dix jours plus tard, j'ai dû rentrer à Barcelone, elle a tenu à me suivre. Elle a fermé la maison, comme pour un deuil. Aujourd'hui, elle vit cloîtrée dans son appartement du Paseo de Gracia.

— Tu vas lui rendre visite ?

— Depuis Teruel, tu sais... Tout est devenu plus difficile. Maman est à sa place et moi à la mienne... Si nous perdons, il vaudra mieux qu'elle reste. Moi, je partirai.

— Tu sais où se trouve Manuela ?

— Je n'en ai pas la moindre idée et je m'en moque.

— Et si tu ne revois jamais ta fille ?

— Je partirai, Thérèse, je partirai...

— Où que tu iras, je te suivrai. Qu'est-ce que ça peut bien me faire tes histoires de mariage ! *Compañero*, je note que les tendances bourgeoises ne t'ont pas complètement quitté !

— Tais-toi, petite Thérèse, ne parle pas de ce que tu ne connais pas...

— Arrogant, avec ça !

— Tu m'imaginais comment ?

— Tel quel... Adorable !

Un dernier soir avant la fin du monde

— Laisse-moi t'expliquer quelque chose... Le divorce institué sous la République, Franco a l'intention de le supprimer et d'annuler tous les actes passés pendant la guerre civile. Il l'a déclaré, la semaine dernière, dans un discours à la radio de Burgos.

— Il n'a pas encore gagné !

— Si, je le crains. Les nouvelles sont mauvaises. Ils arrivent...

— *No pasaran !* »

J'étais blottie contre son épaule et je levai mon petit poing ridicule en signe de refus. Reposant ma main ouverte sur sa poitrine velue, j'ajoutai, un peu tremblante :

« Serre-moi, Toni, serre-moi dans tes bras.

— Tu te rends compte, dit-il en feignant l'amusement, si je t'épousais, je serais bigame !

— On le fera quand même. Ça m'est égal.

— Ne dis pas de bêtises !

— Prends-moi fort ! C'est tout ce que je demande... »

Et pour la seconde fois, cette nuit-là, je connus un bonheur auquel rien ne m'avait préparée.

Tu comprends, Marc-André ?

Pendant que je faisais l'amour, cette nuit-là, Borjas Blancas – à cinquante kilomètres de Tarragone – tombait entre les mains d'une division nationaliste composée de Navarrais et d'Italiens. Et, dès le lendemain matin, alors que je dormais à poings fermés dans le lit d'Antonio de Solera, la déroute républicaine commençait sur tout le front de Cata-

Histoire de Thérèse

logne pour ne plus s'arrêter. A mon réveil, Toni n'était plus là. Etais-je heureuse ou inquiète ? Les deux à la fois, c'est probable, et bien plus troublée, repue et au bord de la crise de nerfs que je ne saurais le décrire aujourd'hui. La veille, il avait tenu à m'avertir qu'après avoir reçu un nouvel ordre de mission de l'état-major du colonel Perea, il rejoindrait son poste de combat. Il n'avait pas pu faire ça sans rien me dire, me répétais-je en cherchant, affolée, un signe, un message auquel me raccrocher. Pas après ce qui s'est passé ! Ce serait si injuste... Ma souffrance était pire que toutes celles infligées par les bombes meurtrières. Honteuse d'une telle pensée, je me mordis la lèvre. Mon sang avait encore un goût d'amour. Au même moment retentirent les sirènes d'alarme. Terrifiée, je replongeai dans le lit, recouvrant ma tête sous les draps, me bouchant les oreilles. J'allais mourir, là, toute seule, sans lui, sans mon père et ma mère, ensevelie sous les décombres de ce vieil immeuble de trois étages et personne ne saurait jamais ce que j'étais devenue. Ne sachant pas prier, je me mis à chanter *L'Internationale*, le refrain et tous les couplets, les uns après les autres. Aussi fort que possible pour ne pas entendre le vrombissement des avions venus me tuer. Je serrais les poings, pour ne pas trembler. Mais j'étais toujours vivante et aucun écho d'explosion, même lointain, ne parvenait à mes oreilles. Au contraire, il semblait que les gens de la rue San Andres fussent ressortis de leurs abris. Leurs voix

Un dernier soir avant la fin du monde

montaient jusqu'à ma fenêtre entrebâillée, rigolardes, piaillantes ou embarrassées. « *Pan! Pan!* », clamaient-ils. Du pain? Etais-je dans un rêve ou déjà morte? Je n'osais bouger, retrouvant peu à peu mon souffle, respirant à nouveau les odeurs enivrantes que la nuit avait déposées sur mon corps et entre les plis de l'oreiller. Alors, Toni fit irruption dans la pièce, se précipita vers moi et m'enferma dans ses bras.

« *Querida!* Ce sont les avions envoyés par Hitler et Mussolini qui balancent des miches de pain! Pour nous faire savoir qu'ils n'en manquent pas, eux! Et ces imbéciles qui pavoisent, là en bas! Comme si ce n'était pas suffisant d'être humiliés et de crever la faim... Tu dois avoir faim, toi aussi, non? Tiens, je t'ai rapporté des fruits secs... et du ravitaillement. De quoi tenir une petite semaine... La prochaine fois, jure-moi que tu descendras à la cave.

— Quelle prochaine fois? Tu dois partir, non? Et là où tu vas, je vais.

— C'est spécial... Ne t'inquiète pas, Thérèse, je serai de retour dans quelques jours. Pour la dernière bataille, celle de Barcelone... Je ne peux pas te dire où je me rends exactement ni pourquoi. Il y a deux jours, les blindés italiens ont enfoncé le Cinquième corps d'armée de Lister. Ils foncent sur nous. Mes *dinamiteros* doivent se mettre en position pour leur barrer la route.

— De la dynamite?

Histoire de Thérèse

— Efficace...

— Et tu t'imagines que je vais rester là, les bras croisés, que je suis venue en Espagne pour ça ? »

En pleurs, frappant sa poitrine de la paume de mes deux mains, je me mis à hurler ma peine et ma rancœur. Je le détestais, je le trouvais grossier, je ne voulais plus qu'il me touche, je... Une gifle arrêta net l'avalanche hystérique de mes insanités.

« Calme-toi et écoute ! », ordonna-t-il. Molle, ma tête était retombée sur sa cuisse. Du nez, je pouvais presque toucher l'étui de son pistolet. Il me caressait les cheveux, le cou et le dos.

« Thérèse, petite Thérèse... J'ai besoin de toi... Il faut que tu m'aides... Voici ce que tu vas faire : tu vas aller chez ma mère, Paseo de Gracia, et tu l'emmèneras dans sa maison de Figueras. Je viendrai vous chercher là-bas toutes les deux, dès que possible. Tu lui expliqueras la situation.

— Moi ?

— Elle comprendra. Ne t'inquiète pas. Occupe-toi d'elle. Ta présence lui fera du bien.

— Et pourquoi pas la tienne ?

— Je devrais être déjà en route. En principe, il n'était pas question de repasser ici. J'ai inventé un prétexte... pour toi.

— C'est trop dur, Toni...

— Non... Si les grands chefs m'ont convoqué aux aurores, ce n'était pas seulement pour cette histoire de dynamite. Dis-toi que dans ce cas, tu ne serais pas près de me revoir : je resterais sur le front, et pour de bon, jusqu'au bout. C'est une chance en définitive. Il y a autre chose... Je t'en parlerai plus tard. Tout ce que je peux te dire, pour l'instant, c'est que dans quinze jours – à condition, bien sûr, qu'il soit encore temps – je dois me trouver à Figueras. A la demande du président du gouvernement...

— Negrin ?
— Lui-même.
— Tu as rencontré Negrin ? Ce matin ?
— Ce n'est pas la première fois, tu sais... Pourtant, à ses yeux, j'ai deux défauts impardonnables : primo, je suis catalan, et secundo, je suis anarchiste. Mais ce malin a toujours su qu'il devait transiger, serait-ce avec le diable. Certains de ses ministres, surtout les communistes, n'aiment pas qu'il fréquente un type comme moi. Même le socialiste Alvarez del Vayo – oui, le commissaire politique général qui n'a jamais été tendre avec nous – considère qu'Antonio de Solera est à part. Un cas.
— Une façon de te récupérer, non ?
— Sans doute. Un *señorito* anar, ça peut toujours servir. Negrin espère encore négocier avec Franco. Il rêve ! Les fascistes ne transigeront pas, ils veulent une victoire totale... Alors au point où en sont les choses, rien n'a plus d'importance. Mes origines, l'histoire de l'art... Essayons simplement de sauver ce qui peut encore l'être.
— Et je fais partie de ce plan de sauvetage, n'est-ce pas ?

Histoire de Thérèse

— Oui... Tu es mon seul espoir. Je ne t'attendais plus. Je survivrai, pour toi... Tu m'entends, Thérèse ? Toi aussi, tu as une mission à accomplir. Avec ces hordes de malheureux qui fuient, encombrant les routes menant vers la France, rejoindre Figueras ne sera pas une mince affaire. Il te faudra beaucoup de courage, ma petite. Je sais que tu l'auras.

— Et ta mère, la pauvre ?

— Elle te suivra. Vous allez souffrir et devoir vous battre. Je compte sur toi. Vous passerez... »

Nous sommes passées, en effet. Et Toni avait raison de prévoir que cet exode serait ma façon à moi de payer mon tribut à la cause à laquelle j'avais tant désiré m'associer. L'épreuve me conforta, d'autre part, dans ma passion. Chaque pas, chaque geste, chaque parole me fournissait une garantie de mon amour. Je ne délirais pas, je ne m'aveuglais pas. La réalité était trop pénible pour laisser place à l'illusion.

Mme de Solera était une grande dame. Toni, qui lui ressemblait physiquement, avait de qui tenir. Elle m'accueillit sans sourciller, sans un mot de reproche à l'égard de son fils. On eût dit que, à ses yeux, cela faisait partie d'un cérémonial qu'elle se devait de respecter. Comme si elle se livrait à des préparatifs en vue d'une de ces réceptions qui, naguère, avaient animé ses salons. En me conviant à visiter les immenses pièces sombres dont on avait tiré les volets, elle se livra avec volubilité à une dé-

Un dernier soir avant la fin du monde

bauche de commentaires à propos des bibelots, des portraits de famille et du piano à queue sur lequel Toni, à douze ans, interprétait si bien les valses de Chopin. Dans ces circonstances, j'aurais pu la trouver agaçante. Mais je sentis d'emblée combien sa solitude lui avait pesé. Dire que j'éprouvais de la complicité serait un peu exagéré – elle était trop différente de moi, si lointaine, si fantasque dans sa manière d'aimer. Il ne lui avait pas fallu longtemps avant de comprendre, sous mes explications embrouillées, de quoi il retournait. Discrète, elle évita la moindre remarque, ce qui ne l'empêcha pas, au moment de choisir une chambre, de me proposer de m'installer dans celle de son fils. « Faites-moi plaisir ! » me dit-elle d'un ton presque autoritaire.

L'adoption réciproque se fit donc sans effort. Le problème devint plus douloureux lorsque je dus la convaincre d'obéir aux instructions de Toni. Elle ne quitterait pas Barcelone. Rien au monde ne la ferait changer d'avis, ni les bombes ni les pelotons d'exécution. J'insistai, évoquai, à court d'arguments, la panique qui allait s'emparer de la ville, la pénurie, les prisons relâchant les malfaiteurs, les rats dans les rues, les tanks de Yagüe au pied de Montjuich, les fantassins marocains sur les Ramblas... Toni nous avait fixé un rendez-vous à Figueras, suppliai-je, jamais il ne me pardonnerait d'avoir abandonné sa mère.

« J'ai juré de ne pas retourner dans cette maison

Histoire de Thérèse

de malheur, dit-elle. Dans quel coup mon fils s'est-il encore fourré ? L'aventure de ma vie s'arrête ici. »

Je me souvins alors de ce que Toni avait raconté à propos des chevaux.

« Et votre jument andalouse, qu'est-ce qu'elle va devenir ?

— Si un seul de ces barbares s'avise de toucher à la Chula, gare à la ruade ! Le premier qui tenterait de la monter se retrouverait vite le cul par terre ! » s'exclama-t-elle en riant soudain à gorge déployée.

A partir de là, la Señora changea du tout au tout. Il ne fut plus question que d'intendance. Bien sûr, renâcla-t-elle, Dieu seul savait s'il restait encore des gens au mas ? Plus personne ne devait s'occuper des écuries, et d'ailleurs, peut-être que la cavalerie avait réquisitionné toutes les montures. Non, Toni l'avait assurée que, même dans ce cas, on ne lui prendrait pas la Chula. Les autres oui, y compris son cheval à lui, le beau Relampagos, mais pas la Chula, non, pas la Chula... Et du coin de son mouchoir, elle essuya une larme.

« Ma fille, me dit-elle, il faut se préparer. Nous partirons demain. » Et elle ajouta : « Tu l'aimes très fort, n'est-ce pas ? »

Mme de Solera aurait voulu tout emporter. Il nous fallut deux jours pour opérer un tri convenable. Inquiète, je me demandais comment nous allions transporter ce fourbi où se mêlaient les effets personnels et les souvenirs de famille. Comme une jeune fille, elle s'était amusée à plonger dans des armoires et des coffres bourrés de linge et elle avait tenu à me faire essayer quantité de robes élégantes qu'elle avait arborées du temps où elle était mince. C'était pour moi, et inutile de discuter... Au milieu de ces chambards domestiques, des éléments de conversation me permettaient d'apprécier la situation. Il y avait une vieille bonne qui venait préparer et servir les repas. Elle mourait de peur et se signait au nom de « *Jesus-Maria* » à chaque instant. Son mécréant de mari, factotum retraité de la municipalité qui s'était commis avec les gars de la CNT, n'arrêtait pas de lui crier qu'il fallait décamper. Mais, pleurnichait-elle, il ne faisait rien, assis toute la sainte journée à picoler de l'Anis del Mono, quand il ne se trimbalait pas dans sa camionnette, une carcasse si pourrie qu'il allait se tuer à rouler avec, *madre mia*, et même qu'un jour, *Dios mio*, il se ferait prendre et fusiller à force de trafiquer dans l'alcool de contrebande ! Une camionnette ? Il n'en fallut pas plus pour que la Señora ordonnât à sa servante de se présenter, le lendemain matin, en compagnie de son cher époux. Elle avait un marché à lui proposer. Une fois que nous fûmes entre nous, elle reconnut qu'elle était soulagée. Elle non plus n'avait pas eu, jusque-là, la moindre idée de la façon dont nous allions nous rendre à Figueras.

« Nous possédions une Hispano avant la guerre. Réquisitionnée... J'ai toujours soupçonné Toni d'y

Histoire de Thérèse

être pour quelque chose. Tu imagines ? Nous avions un chauffeur, aussi. Tu sais conduire, toi ?
— Non...
— Tu étais prête à faire le voyage à pied, n'est-ce pas ?
— N'importe comment... Toni dit que beaucoup de gens partent comme ça...
— Toni n'a jamais cessé de me faire la leçon. Tu ne vas pas t'y mettre, ma fille ? Ce type nous transportera, nous et nos affaires, dans son carrosse de brigand, je te le garantis ! »

A ce moment-là, Mme de Solera avait retrouvé toute son énergie. Je l'avais crue abattue, usée. La perspective de cet exode la métamorphosait. Elle redevenait la marquise prête à partir en villégiature, projetant festivités et excursions. Et c'était moi qui me sentais amère et déboussolée. Pour l'heure, il me suffisait de suivre le mouvement.

Ainsi, dans la nuit du 8 au 9 janvier 1939, nous entreprîmes de sortir de Barcelone à bord de la camionnette de Pablo-le-trafiquant, serrées l'une contre l'autre sur la banquette défoncée, bringuebalant au rythme lent et cahotant du véhicule, tandis que notre chauffeur de fortune sifflait – mal – un florilège de pasos dobles. Il y avait, jusque dans les faubourgs, des barrages et des barricades où des miliciens montaient la garde. Toni m'avait signé un bout de papier, en guise de sauf-conduit. Je n'eus pas à l'utiliser. Pablo semblait connaître la terre entière. Et de toute façon, me sembla-t-il, on n'en

Un dernier soir avant la fin du monde

était plus là. Régnait une atmosphère de résignation, et sur les visages épuisés se lisait une détresse infinie. Plus nous roulions et plus notre progression – déjà poussive – était ralentie par la densité de la circulation : automobiles, camions, motocyclettes, voitures à cheval se frayaient un chemin à travers un cauchemar d'hommes, de femmes et d'enfants dont j'apercevais la silhouette égarée dans la lumière des phares. Parfois, sur le talus bordant la route, j'en voyais une, pathétique, qui dressait le poing pour saluer notre passage.

Ai-je besoin d'insister, Marc-André ?

Faut-il vraiment que je te décrive à quoi ressemble un peuple détruit ? Nous en avons vu tellement depuis, de ces images de la honte, en noir et blanc, en technicolor, et en *live* aujourd'hui, à chaque heure du jour, dans tous les foyers – « *live* », drôle, non, ce mot appliqué à la représentation de la destruction ! En ce siècle d'infamie, nous aurons au moins appris ceci : le spectacle de la mort ne rend pas l'homme meilleur. Mais je te jure que ce que j'ai vu là-bas permettait de comprendre que le pire est toujours possible. Pendant deux nuits et trois jours – si longtemps pour couvrir si peu de kilomètres ! –, la procession nous engouffra dans son calvaire qui ne faisait que commencer. Nous avions embarqué des grappes humaines à l'arrière de la camionnette, au milieu de nos malles. Pablo était obligé de repousser ceux qui montaient sur le marchepied et s'accrochaient aux portières. Le mo-

Histoire de Thérèse

teur chauffait. Dois-je dire que nous tombâmes en panne, évidemment ? Et les circonstances de la réparation relèveraient du comique si, à quelques mètres de nous, nous n'avions assisté à l'accouchement d'une femme sur une bâche maculée de cambouis posée à même le sol, au bord de la route. Rien ne pouvait cependant m'enlever Toni de la tête. Je pensais sans cesse à lui. Où et comment était-il ? Blessé, mort peut-être... La rumeur disait qu'à Manresa, un régiment de notre armée de l'Est résistait et préparait la contre-offensive.

Digne, la Señora ne montrait aucun signe de fatigue, ne se plaignait pas. Au bout d'un moment, ce fut elle qui fit le premier pas pour porter secours à des blessés qui avaient été mitraillés sur la route par les avions fascistes. Par bonheur, nous n'avions pas encore subi leur feu nous-mêmes. Elle me tapotait la main pour me réconforter. « Il ne lui arrivera rien, me murmurait-elle. Je le connais, tu sais. S'il t'a dit qu'il reviendrait, il le fera. J'en suis sûre, parce qu'il va le faire pour toi, Teresita... »

Quelques heures plus tard, nous avons été bombardés. Les salauds n'ignoraient pas qu'ils tuaient des civils. Alors qu'il était allé uriner contre un arbre, au beau milieu d'un pré, Pablo a été fauché par la mitrailleuse d'un Messerschmitt. Mme de Solera et moi étions couchées dans la boue glacée d'un fossé, entassées aux côtés de nos compagnons de route. Un autre avion est arrivé, en piqué, et a largué une bombe sur la route. La ca-

Un dernier soir avant la fin du monde

mionnette a sauté avec ceux qui étaient restés à proximité. Nous étions en rase campagne, à une dizaine de kilomètres de Figueras. Nous les avons parcourus à pied, avec les autres. Nous n'avions plus que nos corps meurtris à transporter.

La *casa de campo* des Solera était bien le paradis dont Toni m'avait parlé. J'ai quelques scrupules à évoquer l'enchantement de ce lieu. Malgré la rigueur de cet hiver-là, le domaine conservait, abrité derrière ses cyprès et ses saules, un peu de la douceur estivale du sud. Depuis le chemin vicinal par lequel nous y avions accédé après avoir quitté la file des réfugiés à l'entrée de la ville, une vigne tranquille s'étendait jusqu'à l'entrée du mas et, au-delà, sur les collines qui regardaient la mer, la garrigue immuable, miroir tendu vers l'infini sous le pâle soleil de cette fin de matinée, nous invitait à oublier l'horreur. Un lapin de garenne détala le long d'un sillon. Un coq chanta au loin. Des aboiements s'entendaient ici et là. Comment dire ? Oui, j'avais l'impression d'assister à une recréation du monde, tandis que mes chaussures boueuses faisaient crisser, sous mes pieds douloureux, les cailloux de l'allée... Nous ayant observées depuis le perron, un couple de paysans courait maintenant à notre rencontre.

La vie reprenait ses droits. Il y eut les effusions, le flot de questions, les imprécations contre la calamité, l'accoutumance aux heures de calme et au silence, et le goût doux-amer de la nostalgie au fur et

Histoire de Thérèse

à mesure que nos êtres déchirés se laissaient regagner par les gestes du quotidien et les pensées ordinaires dont se nourrit le passage du temps.

La Señora m'enseigna Toni, les traces de son enfance, les références qui me manquaient pour communier avec cet homme que je connaissais encore si peu. En l'espace de quelques jours, la petite fille de Provence avait à la fois tout perdu et tout gagné. Ce havre de paix me donnait le sentiment de m'appartenir à nouveau, comme si j'avais retrouvé une famille. En pensant à mes parents, le premier soir, je pleurai sans retenue dans les bras de Mme de Solera. Elle aussi versa quelques larmes tandis qu'elle cherchait à me réconforter. Incapables d'affronter une nuit solitaire, nous avions décidé de partager le même lit. Nous avions besoin l'une de l'autre, de nous libérer ensemble de la force sauvage des événements. Deux ou trois jours furent nécessaires pour nous faire admettre le présent et nous convaincre d'un avenir qui méritait d'être vécu. La mère de Toni dut se rendre à l'évidence : le domaine n'était plus ce qu'il avait été. Seul le couple dont j'ai parlé était demeuré dans les dépendances pour maintenir ce qui pouvait encore l'être. Le matériel agricole croupissait sous les hangars. Des toiles d'araignée envahissaient le pressoir à vin. Et les écuries étaient vides. Chevaux de trait et de labour avaient rejoint l'armée ou la boucherie. Plus aucun des pur-sang – il y en avait eu jusqu'à sept – n'occupait son box. A une exception près : la Chula. Toni avait tenu sa

Un dernier soir avant la fin du monde

promesse. Dès notre arrivée, la marquise s'était précipitée en criant : « Je sais qu'elle est là. Je la sens. » Malgré l'épuisement, elle s'était mise à courir. Elle trébucha sur un bout de bois mort, tomba lourdement à genoux. A cet instant, un hennissement s'éleva de l'autre côté de la cour. La Señora se releva sans un mot et s'avança d'un pas ferme dans cette direction. Mon cœur se serra. J'éclatai en sanglots. La femme qui nous avait accueillies me prit par l'épaule et me conduisit à l'intérieur du bâtiment principal. Visage fermé, bras ballants le long du corps, son mari resta figé au pied de l'escalier de pierre, suivant du regard sa patronne qui s'éloignait. Il savait lui aussi qu'à cet instant, elle ne souhaiterait la présence de personne.

Les heures que, dès le lendemain, Mme de Solera passa en compagnie de sa jument comptèrent pour beaucoup dans sa réadaptation à un semblant de vie normale. Moi, je n'arrivais pas à me tirer du lit, pelotonnée sous la couette, embrassant quelque ours en peluche imaginaire. Le sommeil à rattraper ne justifiait qu'en partie une pareille inertie, même si le propre de la jeunesse est de pouvoir trouver, par je ne sais quel réflexe de santé insolente, les moyens de récupérer dans n'importe quelles conditions. Plus que la fatigue, c'était la peur qui me paralysait encore. La Señora dut intervenir pour me sortir de cette léthargie défensive.

« Debout, ma fille, la Chula attend que je fasse les présentations...

Histoire de Thérèse

« — Vous allez la monter ?
— Oui.
— Mais... vous n'êtes pas en état...
— Il faut que tu voies ça ! »

Les préparatifs, et surtout la parade dans la cour, furent un régal. J'admirai la beauté de la monture et la dextérité de la cavalière. J'aurais tant voulu que Toni assistât à cette fête. D'une certaine manière, c'était comme s'il avait été là. Les régisseurs se tenaient à côté de moi. Et tout le monde souriait, presque heureux. Et puis, la marquise s'engagea au trot sur le chemin qui montait vers la colline. Avant d'échapper à nos regards attendris, masquée par un bosquet de chênes verts, elle nous adressa un signe de la main.

Une demi-heure plus tard, alors que je m'étais assise dans le salon ouvert et dépoussiéré le matin même pour lire un ouvrage de Toni – j'avais choisi au hasard dans la bibliothèque celui consacré à Velázquez –, mes oreilles qui n'avaient rien oublié perçurent au loin le bourdonnement caractéristique d'un moteur d'avion. Mon corps se raidit. J'aurais voulu croire à un phénomène d'illusion consécutif aux traumatismes récents. Non, plus le bruit se rapprochait et plus j'étais sûre qu'il s'agissait de l'un de ces maudits chasseurs en maraude. Je lâchai le livre qui, en heurtant le parquet, me fit l'effet d'une explosion abominable. Je me dressai, pétrifiée. La femme du régisseur surgit dans la pièce en hurlant des mots catalans dont les seuls à parvenir

Un dernier soir avant la fin du monde

jusqu'à mon entendement furent : « *Deus vos gard !* » Elle m'attrapa par le bras et m'entraîna dehors. Le Messerschmitt – comment ne l'aurais-je pas reconnu ? – venait du sud-est. Sur le ciel bleu métal, je voyais grossir son museau menaçant qui se dirigeait vers nous. Lorsqu'il passa au-dessus du champ de vigne, il volait si bas qu'il me sembla apercevoir la silhouette du pilote. Reprenant un peu de hauteur, il disparut au-delà de la colline. Ouf, ce n'était pas pour nous ! Mais avant que nous eussions repris notre souffle, il réapparut d'un autre côté et refonçait dans notre direction. Il fit ainsi le tour de notre propriété à trois reprises. A la quatrième, je sus d'instinct qu'il ne s'agissait plus de nous observer. Le son insupportable d'une descente en piqué ne laissait aucun doute sur ses intentions. Ma compagne se jeta à terre. Abasourdie, à demi inconsciente, je restai debout et levai la tête pour sentir passer l'aile de la mort au-dessus de la maison des Solera. Quelques secondes après, absurde, brutal, retentit l'écho d'une courte rafale. Et puis, plus rien que le silence, ridicule et violent à son tour.

Le temps s'accéléra. A nouveau, heures et minutes ne signifièrent plus grand-chose. Même le décompte des jours ne saurait donner une idée du désordre entropique auquel je fus soumise. Tu sais bien ce que je veux dire, toi le romancier, cette espèce de trop-plein qui t'assomme, te dépasse, t'anéantit et qui, à la fois, justifie l'intérêt d'une

Histoire de Thérèse

existence, fût-elle de fiction. N'est-ce pas ainsi, Marc-André, que les physiciens expliquent que la dégradation de l'énergie puisse produire dans l'univers une matière proliférante ?

Le pilote allemand s'était amusé à effrayer Mme de Solera. Ses balles ne l'avaient pas atteinte, car on ne releva aucune blessure de ce genre sur son corps. Sans doute s'était-il contenté de tirer à côté tandis qu'elle galopait sur un sentier à flanc de colline. La jument fit une série d'écarts comme si elle avait cherché à éviter les éclats qui faisaient voler la caillasse devant elle. En d'autres circonstances, la cavalière expérimentée eût repris sa monture sans difficulté. Là, affolée, elle dut commettre la pire des erreurs. Dès qu'il avait entendu la mitraillade, le régisseur de la *casa de campo* était parti, comme un fou, en direction de la garrigue, suivi de son chien. A son retour, il tenait la Chula par la bride, et en travers de la selle, ballottait le corps de la Señora. Je crus qu'elle était morte. Je m'effondrai. Du sang dégoulinait sur son visage. Un trou sombre étoilait son front. Mais, en état de choc, elle respirait encore. Nous essayâmes en vain de la ranimer. La paysanne dit à son mari qu'il devait emmener la *dueña* à l'hôpital de Figueras. L'homme expliqua qu'il l'avait retrouvée à terre, inanimée, la tête reposant sur une grosse pierre. « On aurait dit qu'elle dormait, dit-il. Et la Chula était à côté d'elle, le col bas, à croire qu'elle priait... » Ensuite, il attela à une charrette la jument qui n'opposa aucune résistance. Nous y hissâmes la pauvre Señora. Je ne voulais pas la laisser seule. J'irais moi aussi à la ville. Le régisseur et sa femme eurent beau tenter de m'en dissuader, je ne lâchai pas prise.

A l'hôpital surchargé, on commença par négliger ce qui, après tout, n'était qu'une mauvaise chute de cheval. Je fis des pieds et des mains pour attirer l'attention d'un médecin sur la gravité de l'état de Mme de Solera qui, sur sa civière, n'avait toujours pas retrouvé connaissance. On l'emporta enfin vers la salle de soins intensifs. J'exprimai le désir d'attendre, d'au moins passer la nuit auprès d'elle. On me dit non. C'était inutile, il faudrait un certain temps pour la remettre sur pied, mais elle finirait par s'en sortir, m'assura-t-on. La pagaille était telle dans les couloirs où affluaient sans cesse de nouveaux éclopés faméliques que je me résolus à rentrer avec Luis – tel était le prénom du régisseur, je viens juste de m'en souvenir. Ah, la vieillesse, mon fils !

Ce que je n'ai pas oublié, en revanche, c'est le bombardement de Figueras cette nuit-là. Oui, cette même nuit ! Depuis le mas, nous observâmes les vagues d'avions, les éclairs et les incendies, et nous entendîmes les sirènes, les tirs sporadiques d'une pauvre DCA, et par-dessus tout le sifflement et le fracas des projectiles éviscérant les entrailles de la ville martyre. Je fus de ceux qui découvrirent la désolation et le massacre. La cible principale des

Histoire de Thérèse

bombardiers avait été l'hôpital. Parmi les nombreux cadavres que l'on y releva figurait celui de Mme de Solera. Avec l'aide de Luis, je transportai le corps de la Señora à la maison où nous l'ensevelîmes dans le jardin, à l'ombre d'un haut cyprès solitaire. Sans nous être concertés, nous avions la certitude d'agir comme Toni l'eût fait.

Huit jours plus tard – le 24 janvier exactement, alors que les fantassins marocains et les tanks du général Yaguë étaient aux portes de Barcelone –, Toni arrivait au mas à bord d'une automobile militaire sur l'aile de laquelle flottait un petit drapeau aux couleurs de la République.

A la manière dont je l'empoignai contre mon corps, il sut qu'une tragédie s'était produite. S'écartant de moi, me toisant d'un air farouche, il me somma de lui dire la vérité. Dès que j'eus terminé mon récit hoqueteux, entrecoupé de sanglots qui me déchiraient de part en part, dans un geste très lent, il dégagea son pistolet de son étui. Je le suppliai de ne pas commettre de bêtises. Me repoussant doucement de sa main libre pour s'ouvrir le passage, sans un mot, il se dirigea vers les écuries à l'intérieur desquelles il disparut. Personne n'osa le suivre. Moins d'une minute plus tard, un coup de feu claqua. Un épouvantable silence lui succéda, figeant cet instant dans l'éternité. Quand Toni resurgit de l'enfer où il avait plongé, je me jetai à sa rencontre. Avant de le toucher, de lui parler, je m'arrêtai net, car je vis que, de chaque côté

Un dernier soir avant la fin du monde

de son visage, une larme roulait le long de ses joues. Il passa devant moi, pistolet au poing et, tel un automate, marcha jusqu'à la sépulture improvisée où reposait sa mère. Ce fut inutilement que Luis m'interdit l'accès des boxes. Je n'avais nul besoin d'aller vérifier : Toni avait tué la Chula.

Ce jour-là, Negrin et tout son gouvernement fuyaient Barcelone pour se replier plus au nord, à Gérone, non loin de Figueras. Si le malheur n'était venu s'abattre sur nous, Toni et moi aurions pu avoir notre deuxième nuit d'amour. Penses-y, Marc-André, ce n'est pas un de ces fichus détails qui obsèdent tes efforts de romancier : nous n'avions encore partagé qu'une seule et unique occasion de félicité ! Le lendemain, 25 janvier, était la date que Negrin avait fixée à Toni pour une rencontre d'une extrême importance – « une affaire d'Etat », avait dit son conseiller Alvarez del Vayo. Au cours de cette nuit de veille, il y eut donc entre nous le respect et la consolation, mais pas la liberté de la passion. Nous parlâmes, d'abord avec parcimonie, puis avec fébrilité. Nous nous aimâmes par défaut, comme des condamnés par contumace.

Trois jours plus tard, Toni revenait au mas. Il n'ignorait plus rien de la mission qu'on lui avait confiée. Comme je l'implorais de m'en parler, il me fit taire en m'embrassant sur la bouche. Il me caressa, me couvrit de baisers. A son ardeur, je devinai que nous allions à nouveau être séparés et, cette fois, avec le risque de ne jamais nous retrouver. Il me souleva dans ses bras, m'emporta vers sa chambre et là, je connus pour la deuxième fois, qui resta pour très longtemps la dernière, le sens de mots auxquels Serge Jonas, ton père, Marc-André, aura ôté toute saveur – je veux parler du désir et de la jouissance...

« C'est la fin. »

Ainsi Toni mit-il un terme à cet entracte d'adoration. Avec le sentiment de voler au destin des miettes de temps arrêté, nous avions reconquis la liberté du geste, la frénésie de l'élan, le mystère des murmures et l'apaisement du soupir... Dans la salle commune où nous prenions le petit déjeuner, il fit mine de parler à Luis et à sa femme alors que, bien entendu, le terrible message s'adressait à moi.

« Aujourd'hui, ajouta-t-il, plus rien n'arrêtera les franquistes. D'ici quelques jours, ils seront à la frontière française. La lutte se poursuit à Madrid et à Valence. Nous n'avons pas encore dit notre dernier mot. Vous allez rester au mas, faire ce que vous avez toujours fait. Il n'y a aucune raison pour que vous, on vous embête. Vous avez fidèlement servi le marquis et la marquise de Solera. Qui vous le reprochera? Je reviendrai, un jour...

— Où est-ce que tu vas aller? questionnai-je, au comble de l'émotion.

— Je te l'ai dit, Thérèse, le combat continue. Et toi, il faut que tu partes.

— Sans toi?

Un dernier soir avant la fin du monde

— Je te ferai conduire jusqu'en France. Là, nous nous retrouverons.
— Ne me laisse pas seule... Puisque tout est fini, ne m'abandonne pas !
— Je ne peux pas venir avec toi. Je dois encore un dernier service à l'Espagne mutilée et ravagée.
— Tu vas à nouveau risquer ta vie ?
— Non. Pas cette fois-ci. Il s'agit de quelque chose de plus important que la vie.
— Il faut rire ?
— Peut-être... Ou pleurer, qui sait ? Même si ça te paraît ridicule, ça, je dois le faire.
— Toni, ne me parle plus de devoir, de justice, de secrets d'Etat ou pas, je t'en supplie... Je ne le supporterai pas, plus maintenant...
— Eh bien, *querida*, moi non plus. A l'heure où nous sommes, tout ça n'a plus grande valeur... L'évidence s'est substituée à la théorie. Seule la mort peut s'estimer victorieuse, à moins que nous ne lui laissions que des cadavres et des ruines à ronger.
— Assez ! J'en ai assez de tes extravagances baroques ! Toi, un anarchiste, tu serais bien capable de crever au nom de ces sornettes qui puent l'encens et l'eau bénite ! Je m'en balance, moi, du syndrome espagnol ! Je veux vivre, Toni, et toi aussi je veux que tu vives !
— *Teresita mia...*
— Dis-moi plutôt comment je te retrouverai !
— Après-demain, les députés des Cortes – ou ce

Histoire de Thérèse

qu'il en reste – vont se réunir près d'ici, dans le donjon épargné du château de Figueras. Negrin et ses ministres seront présents. Pour étudier les moyens de sortir de cette guerre de manière honorable... Les fous ! En réalité, ils savent déjà que ce soir-là, ils prendront *tous* le chemin de l'exil... Voilà pourquoi tu seras de ce voyage du 1er février, Thérèse. Et je ne serai pas très loin de toi, tu sais ? Alvarez del Vayo m'a confié une mission. Moi aussi je vais passer en France, tu vois. Avec une précieuse cargaison... J'en ai fait l'inventaire. Mes compagnons de route s'appelleront... Tu veux que je te dise leurs noms, n'est-ce pas ? Eh bien, écoute et réjouis-toi... ! Antonello da Messina, *Le Christ mort soutenu par un ange*, Giovanni Bellini, *La Vierge à l'enfant*, Pedro Berruguete, *L'Adoration des mages*, Brueghel l'Ancien, *Les Cinq sens*, Philippe de Champaigne, *Louis XIII,* Albert Dürer, *Adam et Eve*, Francisco de Goya, *La Famille de Charles IV, L'Infante Maria-Josefa, La Maja vestida, La Maja desnuda, Le Dos de May*o, le Greco, *Saint-André et Saint-Francis, La Crucifixion, La Sainte Famille*, Francisco Herrera, Andrea Mantegna, *La Mort de Marie*, Hans Memling, *La Nativité*, Murillo, *Le Bon Pasteur*, Nicolas Poussin, *Le Parnasse*, Felipe Ramirez, *La Taverne*, Rembrandt, *Autoportrait*, José Ribera, Archimède, *Le Songe de Jacob*, Rubens, *La Lutte de Saint-Georges contre le dragon, Philippe II à cheval, le Jardin de l'Amour, Les Trois Grâces, La Danse des Villageois*, le Ti-

Un dernier soir avant la fin du monde

tien, *Offrande à la déesse de l'amour, Bacchanale, Vénus et Adonis, Salomé*, Van Dick, *La Couronne d'épines*, Francisco Zurbáran, *Vision de San Pedro Nolasco* et... et Diego Velázquez, *Don Francisco Pacheco, L'Infant Don Carlos, Les ivrognes, Don Gaspar de Guzman, duc d'Olivares, Les Menines et Les lances ou la Reddition de Breda...* »

Il avait débité cette liste de peintres et de tableaux avec une telle exaltation qu'un moment, je crus son esprit détraqué, possédé par une vision démentielle de son passé d'esthète lettré. On eût dit qu'il se libérait d'un poids épouvantable, que toute son existence se retournait comme un gant, détroussée, mise à nue.

« Tu ne comprends pas ? me lança-t-il, debout, extatique. Les collections du Prado... Imagine comme elle est belle notre armée en déroute avec des soldats de cette trempe...! Les plus belles pièces du musée... Le gouvernement veut les mettre en lieu sûr. Et c'est moi, oui moi, qui conduirai le convoi jusqu'à Genève. Si nous confions ces toiles au secrétaire général de la Société des Nations, il y a une chance pour qu'elles ne tombent pas entre les mains des tyrans.

— Et après ?

— Après, je t'emmènerai loin. Le plus loin possible de la barbarie, des Franco, Hitler, Mussolini...

— Vraiment ?

— Au Mexique, au Venezuela...! Qu'importe !

— Je ne te crois pas. »

Histoire de Thérèse

La suite, tu la devines, Marc-André. A la mesure de la catastrophe dont je ne pouvais éviter de penser qu'elle avait désormais envahi ma vie pour ne plus la quitter. Mais j'avais encore la rage au ventre – un tel désir de résister et d'aimer! Modeste alliée de la dernière heure, je n'allais pas trahir parce qu'un mauvais vent me barrait la route. Renoncer? Hors de question!

J'ai accompagné Toni à Figueras. Sans broncher, je l'ai quitté à la porte du château. Nous avons échangé un baiser lent et tendre, des regards presque sereins, des saluts de réconfort. Un chauffeur en uniforme de l'armée de l'Est l'a remplacé au volant. Lorsque la voiture s'est dirigée vers la sortie, je ne me suis pas retournée. Toni m'avait fait jurer de l'attendre à Toulouse huit jours plus tard. J'avais bien l'intention d'y être. C'était sans compter avec la force d'événements dont nous aurions dû savoir désormais qu'ils échappaient au cadre de nos deux volontés réunies.

Rejoindre la frontière se révéla une épreuve aussi pénible que le premier exode vécu en compagnie de Mme de Solera. Je ne parle pas ici de moi, mais d'une misère humaine trop indigne pour que j'eusse le courage de l'affronter. Ces hommes, ces femmes, ces enfants, dont j'apercevais les fantômes derrière les vitres sales de l'auto, leur souvenir m'a hantée pour le restant de mes jours. Moi, le sort se contentait de m'accabler de sa malice en me confinant au rôle d'une amoureuse en fuite, emportée dans ses

Un dernier soir avant la fin du monde

rêves, bercée par l'espérance de bras consolateurs. Après tout, le voyage aurait pu durer une éternité, puisque au-delà, m'attendait la récompense ? Ces gens qui marchaient dans le froid et l'accablement, comment auraient-ils pu savoir qu'à un enfer en succéderait un autre ? Leurs destinations à eux se nommaient : Argelès, Saint-Cyprien, Gurs... ces camps de concentration de la honte où la faim et la dysenterie leur démontreraient que, des deux côtés des Pyrénées, les « Rouges » ne valaient pas grand-chose.

Nous, nous n'avons rien appris. Ou si peu.

Le 5 février, j'ai franchi la frontière à pied avec les autres, avec tous les autres qu'un cordon de gendarmes mobiles de mon pays observait d'un air narquois. « L'armée en déroute ! »

Je n'imaginais pas non plus les tracasseries administratives auxquelles je dus me plier en dépit de mon passeport français. Oh, certes, j'échappai aux tris infamants, aux regroupements hâtifs, aux brimades et à la promiscuité. Mais la police d'un gouvernement qui n'allait pas tarder à reconnaître l'État franquiste alors qu'un tiers de l'Espagne résistait encore était curieuse de découvrir pourquoi et jusqu'où une « pucelle » comme moi avait fricoté avec les cocos. Les interrogatoires se seraient sans doute prolongés et musclés si je n'avais pas été mineure. Dans ces conditions, on téléphona à la gendarmerie d'Aix où, à mon arrivée chez mes parents, je serais tenue de me présenter. On me garda encore

Histoire de Thérèse

quarante-huit heures, le temps de prévenir ma famille. Avant de me relâcher, on s'assura que j'étais en possession d'une somme d'argent suffisante et l'on me prévint que mon père – « Cette poire ! », ricanèrent-ils – m'accueillerait à bras ouverts. Le pauvre ! Dès ma libération, dans un bar de Perpignan, j'entrepris de lui écrire une longue lettre. A grands traits, omettant les détails les plus inquiétants, j'y résumai mon histoire. J'étais sûre que Papa et Maman approuveraient. Les mots que j'employai pour leur parler de Toni ne leur laisseraient aucun doute sur mon bonheur. Ils comprendraient que le chemin de la maison passait pour moi par Toulouse. J'aurais tellement voulu les embrasser. Ce serait pour très bientôt. Avec Toni.

8 février : Toulouse. Le gouvernement espagnol en exil est là au grand complet. Seul Toni est absent. Je l'ai raté de vingt-quatre heures. La veille, ayant apparemment accompli sa mission, il était rentré dare-dare pour s'en voir confier une autre par ses chefs. Des explications que l'on me donna je retins que Toni avait rejoint Valence en avion afin de préparer le retour de Negrin en territoire républicain. Non, pas question de songer à y aller, vous êtes folle, *señorita !* Electrisée, hors de moi, je suis donc repartie vers la frontière. Il fallait que je parvienne à la franchir avant qu'il ne soit trop tard. A Bourg-Madame, c'étaient les troupes nationalistes qui montaient la garde dorénavant. Et ainsi de suite jusqu'à Port-Bou. Partout je fus refoulée.

Un dernier soir avant la fin du monde

Jour après jour, semaine après semaine, mon combat personnel épousa donc celui de la résistance espagnole. Je parcourus les camps de réfugiés. Je cherchai l'appui de ceux qui espéraient encore un retournement de situation. Madrid tenait, héroïque. Par sauts de puce qui, dans ce contexte, furent – je te l'assure, Marc-André – des pas de géant, de Collioure à Minorque, d'Ibiza à Alicante, je finis par me rendre où je voulais aller. Vite, il me fallut capituler devant l'évidence. Jamais je ne retrouverais Toni. L'étau franquiste se resserrait. Mes contacts étaient de moins en moins fiables. Des camarades tombaient sous les balles des pelotons d'exécution. D'autres ne revenaient pas du champ de bataille. De village en village, la répression s'abattait sur nous. Des camps de concentration où je n'étais pas *persona grata* s'élevaient ici et là. J'étais piégée. Jusqu'au jour où Valence assiégée ne constitua même plus un refuge. Peut-être Toni était-il mort ? Ou en prison, torturé, affamé ? Les civils déguerpissaient par tous les moyens. L'heure de la curée était venue. Jorge et Maria, les deux *compañeros* valenciens qui m'avaient abritée chez eux et aidée dans ma quête, ne me laissèrent pas le choix. Ils m'embarquèrent avec eux sur un bateau anglais à destination de Portsmouth. C'était le 30 mars 1939.

Ainsi donc, mon fils, ce n'est pas en 43 – comme le veut la version officielle Jonas – que je m'exilai en Angleterre, mais bien en 39. Cinq mois plus tard éclaterait le conflit mondial. Entre-temps, ma vie

Histoire de Thérèse

fut partagée entre des démarches incessantes auprès du Comité intergouvernemental pour les réfugiés ou de la Société des Nations et les petits boulots assurant ma subsistance. Te voilà bien surpris, n'est-ce pas, d'apprendre que ta mère fut à cette époque serveuse dans un pub avant de devenir secrétaire au consulat français ? Je correspondis avec mes parents à qui, cette fois, je promettais de rentrer dès que possible. N'avais-je pas le désir de continuer mes recherches à Paris, à Toulouse, à Genève, n'importe où pourrait se cacher une trace de Toni... La guerre, l'autre guerre me le vola à nouveau. Un homme, un autre homme éclaira ma détresse d'une lueur de sagesse et de modération. Cet homme-là m'incita d'abord à reprendre mes études. Il eut le mérite aussi de me rendre le goût de l'effort, l'énergie du combattant. Et, dans l'état où je me trouvais, ce n'était pas rien. A ses côtés, je donnai, le moment venu, le meilleur de moi-même aux Forces françaises libres.

Il s'appelait Serge Jonas.

Ton père.

Au plus profond de moi, tandis que ta vie s'installait dans mes entrailles, s'enracina une pensée obsédante, destructrice.

Ce père portait un seul nom dans ma mémoire blessée : Antonio de Solera. »

7

JOURNAL DE MARC-ANDRÉ (3)

Paris, fin décembre.

La nuit a été courte. Brutalisé par ce que je venais de lire, j'ai fumé, bu et ruminé dans mon fauteuil avant de glisser vers une somnolence assez pénible. Des bribes de cauchemars m'entretenaient dans l'illusion d'un sommeil pesant, entrecoupé de vagues moments de lucidité qui accentuaient encore ma gêne.

Victoria, la fille de l'avion, a sonné à ma porte. J'ai failli ne pas la reconnaître. Son image, sa tête étaient devenues fugitives. Le choc de la voir sur le seuil m'a dégrisé. Elle paraissait si pâle et effarée sous la faible lumière de la cage d'escalier. J'aurais pu imaginer le pire mais, sur l'instant, seule sa présence comptait à mes yeux... Elle m'a tendu la main, je l'ai serrée, elle était glacée. Je l'ai tirée à l'intérieur du vestibule, ai refermé la porte. Nous

Un dernier soir avant la fin du monde

nous faisions face. Sans dire un mot, nous nous sommes insensiblement rapprochés l'un de l'autre. Mes bras ont entouré la taille de son manteau, les siens se sont posés sur mes épaules tandis que son corps basculait avec lenteur contre le mien. Nous sommes restés ainsi, immobiles et toujours silencieux, peut-être bien une minute, une longue minute de résurrection.

Sans rien lui demander, je l'ai conduite dans le salon. Les paroles n'étaient pas nécessaires pour savoir qu'elle avait froid et peur. Quand quelqu'un se noie, on ne commence pas par l'interroger sur les circonstances de l'accident, n'est-ce pas ? Je me suis contenté de dire : « Asseyez-vous. Mettez-vous à l'aise. Je vais préparer du café... beaucoup de café... et un bon petit déjeuner. » Il devait être, quoi, sept heures du matin ? En passant devant le grand miroir du vestibule, j'ai vu ma sale gueule. Les poches sous les yeux, le teint chiffonné, le cheveu en bataille... et les vêtements que je portais depuis la veille. Cette nuit, après avoir dévoré une première fois le texte laissé par ma mère dans son bureau à mon attention, je m'étais dirigé, somnambule, vers le fauteuil où Victoria s'est assise, pour tenter de le relire, d'en prendre la mesure, de cerner en moi ce qui l'emportait de la colère froide ou de l'admiration scandalisée. J'en avais parcouru les pages, en désordre, puis de manière plus systématique, au gré de mes humeurs contraires, de la rage à la fascination. Jusqu'à l'euphorie, jusqu'à la nau-

Journal de Marc-André

sée... Il se peut bien que, dans un sursaut d'énergie, je l'aie relu du début à la fin, encore une fois, tel l'écrivain traquant la faute sur les épreuves de son futur livre, prêt à censurer la peccadille, décidé à imposer ses repentirs. Au milieu des sentiments troubles qui m'assaillaient, s'immisçait, sournoise, l'idée que j'aurais pu être l'auteur de ces pages sacrilèges. Plus je m'en repaissais et plus s'éloignait la tentation délectable et cruelle de condamner ma mère. J'avais du mal à digérer tout ça et cependant, emporté par le récit, oubliant l'exégèse pour m'abandonner à nouveau aux dangereuses dérives d'une imagination qui ne demandait qu'à s'enflammer, ma résistance faiblissait, mon regard critique s'autorisait toutes les indulgences.

La veille, j'avais fait quelques courses au Monoprix de Saint-Germain-des-Prés avant de prendre un taxi devant la brasserie Lipp pour rentrer ici. Frappé d'une soudaine agoraphobie, résolu à m'isoler dans l'appartement, j'avais prévu large, de quoi tenir deux ou trois jours. J'ai donc pu préparer à Victoria un vrai breakfast à l'australienne. Comme elle mangeait, je lui ai dit que j'étais content de la voir reprendre des couleurs.

« Vous faisiez peur à voir, tout à l'heure. Vous ne finissez pas vos œufs ? Vous ne pouvez plus rien avaler, n'est-ce pas ? Dites-moi ce qui s'est passé. Vous ne voulez pas ? Pas si vite ? Bien sûr. Ça n'a pas d'importance, nous avons tout le temps maintenant. »

Un dernier soir avant la fin du monde

Je me suis lancé alors dans un de ces grands soliloques de ma façon, stupide, abrutissant et inefficace. Je jurais que je voulais l'aider. La tirer des griffes de ce mari qui devait la tyranniser. Lui interdire de rendre visite à ses enfants. Non, a-t-elle murmuré. Je faisais fausse route.

« Mais alors, quoi ? Vous débarquez chez moi aux aurores ou presque, sans prévenir. On dirait que vous sortez d'un film d'épouvante. Il ne vous est rien arrivé, c'est ça ? »

Je ne voulais pas qu'elle me regarde avec cet air de bête battue. Elle restait muette, me donnait le spectacle de son désarroi. Elle a fait mine de se lever, de vouloir partir. Je l'ai retenue.

« Depuis trois jours, je n'espérais qu'une chose : vous revoir, vous entendre. Votre message sur le répondeur m'a mis hors de moi. Vous ne m'y disiez rien, j'ignorais le moyen de vous joindre. Sur l'instant, j'aurais juré que jamais je ne vous pardonnerais. Alors, vous ne bougez pas d'ici. Je ne sais pas pourquoi vous souffrez. Mais si vous êtes venue chez moi, c'est que je peux vous être d'un certain secours. Je vous garde. Moi aussi j'ai besoin de vous, Victoria... Vous rappelez-vous ce que je vous ai dit à propos de ma mère ? Vous ai-je dit, Victoria, que je lui avais rendu visite dans son mouroir ? A demi paralysée, clouée sur son fauteuil roulant, elle m'attendait. Elle avait toujours su, d'instinct, que j'allais revenir à Paris – j'en suis certain. Non par calcul – ce n'est pas ce que je veux dire –, mais

Journal de Marc-André

parce que je lui étais indispensable. Comme si son destin ne pouvait s'accomplir qu'à travers moi... Dans son malheur, elle a encore la force de ne pas renoncer. Maman n'a pas besoin de mon absolution. Elle veut que je sache, voilà tout. C'est sa manière à elle de me signifier qu'elle m'a toujours aimé. D'ailleurs, pourquoi lui refuserais-je mon pardon ? Toute sa vie, elle a été amoureuse d'un secret. La belle affaire ! D'accord, elle a connu un homme en 39, à la fin de la guerre d'Espagne, et cet homme n'était pas mon père. Enfin, qui sait ! Certes la chronologie s'oppose à cette hypothèse, mais dans mes romans, il m'est souvent arrivé de tricher de sorte que les événements s'emboîtent les uns dans les autres. Qu'est-ce que vous dites, Victoria ? Que dans la réalité, ça se passe parfois ainsi. Je le crains, en effet... Vous comprenez, la confession de Thérèse s'arrête au moment où elle rencontre Serge Jonas à Londres. Cela ne m'éclaire pas sur ce qui est advenu ensuite et, notamment, sur la " disparition " de ma mère dans les années 60. Car c'est ainsi que j'interprétai ma mise à l'écart. En réalité, j'étais le premier à rejeter ses invitations. Je n'en voulais pas de ces sessions de rattrapage. Une fois, après la terminale, je me suis rendu en Suisse. Et Thérèse, elle, est venue à ma rencontre en Angleterre à plusieurs reprises. Dans tous les cas, elle était seule. Pas d'homme ou de mystère à l'horizon. Elle payait mes études, m'assurait un train de petit milord. Moi, je la boudais, voilà la vérité. C'est de

Un dernier soir avant la fin du monde

cette époque que date mon goût de la bougeotte. J'étais sans arrêt en voyage, en stage, en villégiature. Thérèse me laissait faire. Chevillée aux tripes, me tenaillait l'idée de suivre mon chemin à moi, quoi qu'il arrive. Evidemment, ce fut aussi la période de mes premiers pas en littérature. Et cependant, toutes ces années me semblent a posteriori vides et neutres. Avec peut-être un sentiment de grande liberté, d'un spectre de possibilités offertes à l'infini que j'essayais de structurer en me lançant d'un point cardinal à l'autre, navire sans boussole. Vous saisissez? Si quelqu'un a abandonné l'autre, c'est moi et non l'inverse. Est-ce que j'aurai le cran de dire tout ça à ma mère? Puis-je encore avoir le culot de lui réclamer sa version des faits...? Je lui ai promis de venir réveillonner avec elle, demain soir. Je ne sais pas si j'aurai le courage d'y aller. Vous me trouvez ignoble, n'est-ce pas? Vous pensez que je devrais à tout prix m'y rendre. Maintenant plus que jamais... Vous me voyez arriver les bras chargés d'un bouquet de fleurs et d'un panier rempli de saumon, blinis, chocolats et champagne. Ridicule! Ah, selon vous, c'est exactement ce que je devrais faire! Et, bien sûr, entre deux coupes, je démarrerais l'interrogatoire! Maman, la jument de la marquise de Solera s'appelait la Chula, tout comme celle du cavalier polonais dans le roman espagnol que tu as traduit quand tu étais à Genève et moi à Londres. Curieuse coïncidence, non? Dois-je en déduire que Arnaldo de Suma, le soi-disant auteur

Journal de Marc-André

du livre, n'est autre que Antonio de Solera – les mêmes initiales ! –, ton amant enfin retrouvé et que tu étais allée rejoindre illico, m'abandonnant, moi, à mon triste sort ? C'est ça qu'il faut lui dire, sur le coup de minuit, en lui souhaitant la bonne année ? Je reconnais qu'il s'agirait d'une sacrée scène de roman. Il y a un hic : son synopsis à elle est différent. Lors de notre entrevue, ma mère m'a clairement indiqué son intention de ne pas répondre à ce genre de questions. Pas avant, en tout cas, que je n'aie essayé de trouver la solution par mes propres moyens. Je n'y échapperai pas, je ne chercherai pas à m'y soustraire. Figurez-vous que Thérèse voudrait que je l'aide à mourir... Si je pouvais... Vous vous rendez compte ! Elle me donne du grain à moudre, elle me sauve ! La passion me manquait pour continuer à écrire : je suis servi ! »

Encore une fois, j'avais parlé tout seul. Et de moi d'abord.

*
* *

Victoria m'a dit, enfin :

Vraiment ?
Je ne crois pas vous être si nécessaire. Vous vous suffisez à vous-même.

Et d'ailleurs, quelle importance ai-je pour vous, monsieur Jonas ? Vous ne savez rien, ou presque, de moi.

Un dernier soir avant la fin du monde

Et si, justement, je cherchais à vous abuser, à profiter de la situation ? Vous voyez le genre : fille perdue, sans avenir ni argent, décroche le gros lot, monsieur bien sous tous rapports, célèbre, fortuné, en pleine crise de création, prêt à se consoler de ses prétendus malheurs dans les bras de la première femelle de passage ! Vous croyez que je n'y ai pas pensé ! Si vous saviez comme je suis, en réalité...! Ça vous excite, hein, quelqu'un qui ne couche pas ! Je pleure, oui, je pleure... Excusez-moi... Peut-être parce que je regrette d'être venue... Ce que vous m'avez dit tout à l'heure, m'a touchée. Je ne m'attendais pas à... être bouleversée... Attendez... Un instant... Ça va aller... Non, ne m'interrompez pas, Marc-André ! Vous devez m'écouter jusqu'au bout. Maintenant, je suis prête...

Je vous ai menti.

Il n'y a pas de docteur Philippe Renard ni d'enfants. Non, je n'ai pas d'enfants. Aucun. Je suis seule ici, en France, pour régler la vente de la maison que Peter avait achetée dans le Lot. C'était lui mon mari, Peter... Pour le reste, il suffit de changer quelques cases pour rétablir les éléments de mon puzzle de pacotille. J'avais en effet vingt-deux ans lorsque j'ai rencontré Peter Fox à Bordeaux où, comme je vous l'ai raconté dans l'avion, j'étudiais le français. Des amis m'avaient conviée au vernissage d'un compatriote dont ils m'assurèrent qu'il était l'une des étoiles montantes de la jeune peinture australienne. Ah, je vois que le nom

Journal de Marc-André

vous est connu, Marc-André ! Cette fois, vous savez donc que je dis la vérité. Peter Fox a eu son heure de gloire à Sydney avant d'être lentement détruit par la maladie. Vous vous souvenez de sa mort, il y aura bientôt six ans, n'est-ce pas ? Et puisque vous dites avoir assisté à l'inauguration de la rétrospective de ses œuvres à la National Gallery de Sydney, alors nous nous sommes déjà vus. Souvenez-vous : nous avions été présentés. Ça vous revient ? Dans le cas contraire, comment pourriez-vous imaginer que j'aurais engagé la conversation avec vous pendant le voyage ? Certes, Marc-André, je ne mésestime pas votre charme. Vous en avez beaucoup, ai-je besoin de vous le répéter ? Mais tout de même, je ne suis pas du genre à jouer à ce jeu-là avec le premier venu... Pour le reste, ne cherchez pas à me prendre en défaut. Je n'avais aucune intention maligne à votre égard. Pouvez-vous comprendre mon désir de ne pas me livrer ? Vous aviez beau dire et faire, votre manège était on ne peut plus clair. C'était ma manière à moi de ne pas marcher, de ne pas céder. Je ferais une piètre romancière, vous ne trouvez pas ? Sinon, comme je vous l'ai déclaré, j'ai en effet lu plusieurs de vos livres. Et, oui, j'enseigne aujourd'hui le français à Hobart en Tasmanie où mes élèves sont en vacances d'été en ce moment. Limpide, n'est-ce pas ?

Peter n'avait que quarante ans à sa mort. Il était tel que je vous l'ai décrit : grand, des muscles d'acier, une tête presque trop petite sur un corps de

Un dernier soir avant la fin du monde

mastodonte, un regard doux, des yeux bleu-gris ronds et minuscules, des cheveux blonds largement dégarnis par une calvitie qui lui donnait un air triste et vulnérable. Mon géant avait la pureté du diamant. Il bouffait la vie à pleines dents. Son calme apparent de dieu olympien était à la mesure de son énergie inépuisable. Et gare à qui nous cherchait noise : son punch faisait des ravages. Bref, un boxeur à la frappe terrible, doublé d'un pédé déclaré. Je n'ai, voyez-vous, jamais ignoré que Peter était homosexuel. Alors, pourquoi l'ai-je épousé ? Il m'a fallu du temps pour me l'avouer... Et une psychanalyse qui n'est pas encore terminée... Je n'ai jamais parlé de ça à personne. Je ne suis même pas certaine d'avoir abordé le fond du problème avec mon psy. Il me semble... oui, il me semble, Marc-André, qu'avec vous, je pourrais peut-être... Ah, comme si les mots suffisaient... !

Je n'ai plus de cigarettes. Donnez-moi un de vos cigarillos, voulez-vous ?

Mais pourquoi est-ce que je vous raconte tout ça ? Je suis là, je m'impose... Vous n'avez rien de bon à attendre de moi. Vous le savez, maintenant, non ? D'ordinaire, je suis une personne drôle. Malgré ce que j'ai enduré, j'aime la vie. Monsieur Jonas, la Victoria que vous avez récoltée est une emmerdeuse. Je me sens si seule...

Au départ, c'était ça. Oui, sans doute... La solitude... J'avais quitté la région de Charleville, Queensland, le désert de mon enfance, pour aller

Journal de Marc-André

me terrer dans ma tanière estudiantine de Sydney. Avec le désir d'échapper à la ferme de l'*outback*, de ne plus rêver à ces moutons puants qui m'engloutissaient, m'étouffaient sous leurs tonnes de laine, je le tenais mon cocon d'espoir. Je me suis recroquevillée, bien à l'abri. Elles ne me rattraperaient pas, les sales bêtes. Me fermer au passé, ramassée sur moi-même comme le sprinter sur ses starting-blocks, était une façon de regarder droit devant, de me fixer un but. Et j'y suis parvenue. J'ai pris tous les petits boulots qui se présentaient. Je ne vous ai donc pas tout à fait menti en vous racontant que j'avais été serveuse de bar. Bien sûr, ce n'était pas à l'époque de Peter et de notre retour en Australie, mais à celle où j'étudiais à l'université de Sydney. Et puis, j'ai obtenu une bourse pour aller en France... Les hommes ? Rien. Quand je suis arrivée à Bordeaux, j'étais à cet égard ce qu'il convient d'appeler une vierge. Avant Peter, aucun mâle n'avait eu accès à moi. J'entends par là un homme digne de ce nom... car il y avait, repus dans leurs repaires, protégés par leurs camisoles de force mentales, les abominables, les dénaturés, les monstres !

Vous ne connaissez pas l'ignominie de la laideur totale !

Quoi que vous disiez, Marc-André, vous êtes loin de percevoir à quel point l'horreur est banale...

Oh, ce n'est pas de Peter, ce bon Peter, ni de ce qui arriva pendant notre séjour en France, que je

Un dernier soir avant la fin du monde

veux parler. Là, les choses sont presque simples. Peter me donna beaucoup d'amitié et de tendresse. Sa passion à lui s'exprimait dans cette faculté à saisir d'emblée ce que je pouvais ressentir ou désirer, sans que j'eusse à aucun moment besoin de rien lui expliquer. Souvent, il me précédait dans la prise en compte d'aspirations auxquelles je n'avais pas encore songé. Un être rare, merveilleux... Sur le plan sexuel, il m'épargna plus qu'il me sollicita. Il avait trop à faire ailleurs et jamais je ne fis une remarque sur ses aventures travesties, sur ses frasques masculines. Nous en avions discuté longtemps avant de nous décider à nous marier. Il était gay et moi j'étais libre. Hors l'affection, la seule chose qu'il attendait de moi était que je lui fasse un enfant. Il avait été clair là-dessus. Nous n'avons pas eu le temps de réaliser son rêve. En 86, il a su pourquoi ses ennuis de santé se faisaient de plus en plus fréquents. Il ne m'a plus touchée...

Je ne suis pas séropositive.

Nous vivions à Paris depuis un peu plus d'un an quand ça nous est tombé dessus. Et c'est alors que, non par dépit, mais par rage, j'ai pris un amant. Le fameux Jean-Pierre dont je vous ai parlé... et qui était le marchand de tableaux de Peter. En revanche, il n'est pas vrai que je l'aimais, celui-là. Le seul homme que j'ai aimé, c'est Peter. Quand il a compris ce qui se passait avec Jean-Pierre, Peter n'a pas émis le moindre commentaire. Il est parti en voyage pour me laisser le champ libre. A son re-

Journal de Marc-André

tour, il m'a annoncé qu'il avait acheté une maison sur le causse de Vers, à quelques kilomètres de Cahors. Nous allions quitter Paris pour nous y installer. Il m'a prise dans ses bras et soulevée de terre pour déposer un baiser sur mes lèvres. De ma langue, j'ai forcé le passage des siennes jusqu'à ce qu'il accepte la force de ma soumission. J'étais heureuse.

Les toiles de cette période sont parmi les plus belles de son œuvre. Vous le savez, n'est-ce pas ? Rien de tourmenté, ni de dramatique. « Un dépouillement joyeux », disait-il. Et c'était notre credo commun. Durant ces deux années passées dans le Lot, pas une seconde je ne me suis ennuyée. Nous avions une foule d'amis aux alentours. Et Peter s'y entendait à organiser des fêtes simples et radieuses. S'il n'y avait eu le couperet au-dessus de sa tête, nous aurions presque pu dire que c'était le bonheur. A la première alerte sérieuse, Peter a exprimé le désir de rentrer en Australie. Nous avons chargé une agence de Cahors de louer la maison à l'année et plié bagage. A Sydney, j'ai repris et achevé mes études. Je savais que bientôt, beaucoup trop tôt, il me faudrait affronter à nouveau la solitude et assurer ma subsistance. Avec mon plein accord, et par testament, Peter faisait don des toiles qu'il possédait encore au musée de Nouvelle-Galles du Sud. A l'exception des 16 352 dollars d'un compte courant sur lequel j'avais la signature, l'argent, tout le reste de l'argent, y compris son su-

Un dernier soir avant la fin du monde

perbe loft-atelier de George Street en plein cœur des Rocks, le quartier branché, irait à la recherche sur le SIDA. Il me laissait la maison du Lot, celle que nous avions baptisée « la Dérobade »...

Suis-je vraiment sûre de vouloir la vendre ? Je ne sais plus... Depuis que je suis arrivée à Paris, j'ai tourné et retourné la question dans tous les sens. Je suis descendue à l'hôtel des Marronniers, rue Jacob. Vous voyez, pas très loin de chez vous, Marc-André. A plusieurs reprises, je suis venue errer dans votre coin dans l'espoir de tomber sur vous par hasard. Les amis de l'époque de Peter sont plus ou moins dispersés. J'ai dîné l'autre soir avec Jeanne, une voisine avec qui j'avais sympathisé lorsque Peter et moi habitions à Cachan. Ensuite, nous sommes allées au cinéma, près de la place de l'Odéon, revoir un vieux film de Tarantino, *Pulp fiction*. Et hier midi, j'ai déjeuné avec Jean-Pierre au Récamier. Il était tout gêné, sur son trente-et-un. Une conversation engluée dans l'immobilier. Lui, au prix que l'on me propose, me conseille de vendre... Cette nuit, je l'ai passée à traîner dans tous les endroits où Peter m'avait emmenée, aux quatre coins de Paris. Deux fois, dans des cafés, des messieurs m'ont abordée et offert un verre. J'ai failli suivre le deuxième, un Américain, plutôt sympathique pour un businessman. Quand je lui ai dit que je voulais finir la nuit au Queenie, une boîte gay, il a lâché ma main, interloqué. J'ai porté l'estocade : c'était l'un des clubs de prédilection de

Journal de Marc-André

mon défunt mari, ai-je expliqué. Prétextant un coup de fil à donner, le Yankee s'est volatilisé. Moi, je suis descendue au sous-sol de ce bistrot pour téléphoner pour de bon. Il était presque deux heures du matin. J'ai réveillé Jean-Pierre. Je lui ai demandé de venir me chercher pour aller danser quelque part. Il n'a pas osé refuser. Je vous ai dit que j'avais toujours aimé m'amuser... Vers six heures, il m'a raccompagnée en taxi à la porte de mon hôtel. Nous nous sommes embrassés sur les deux joues. Il m'a murmuré : « Si ça ne va pas, tu sais que tu peux m'appeler... *anytime*... » Au lieu de rentrer me coucher, je suis repartie à pied par la rue de Seine. J'ai marché... marché... comme un automate... jusqu'à me retrouver devant votre immeuble dont j'avais fourré l'adresse dans la poche de mon manteau. Mon premier souci, dès que j'ai eu pris possession de ma chambre en débarquant de l'aéroport, avait été de chercher dans le Bottin le Jonas correspondant au numéro de téléphone que vous m'aviez donné.

Je vous devais la vérité.

Vous ne méritiez pas d'être trompé.

Je vous la dois encore, car vous êtes malheureux.

Il y a... il y a en Australie, dans une bourgade du Queensland, un homme qui m'a conçue et souillée. Le pasteur Laidlaw... mon père... a été le premier à toucher mon corps en prétendant que c'était par amour de Dieu. A huit ans, ses gestes m'ont fermée à la vie. Ni ma bouche ni mon cœur ne pouvaient

Un dernier soir avant la fin du monde

dire ce que ma peau ressentait. Une brûlure suave et atroce à la fois. Une terreur innocente. Une appréhension coupable... Sa spécialité : les crayons... Il les testait cérémonieusement entre mes « fesses d'ange dodu », disait-il, afin de choisir « le meilleur », celui qui lui servirait à rédiger son sermon du prochain dimanche... Plus tard, à l'âge de partir au collège, je compris, sans qu'elle m'eût dit un mot, que ma mère savait, qu'elle avait toujours su... Aujourd'hui, le pasteur Laidlaw et sa femme demeurent toujours parmi leurs ouailles à qui ils continuent d'annoncer le retour imminent de leur chère fille. Je ne les reverrai jamais.

Qu'allez-vous faire de moi ?

*
* *

Le jour même, j'ai prié Victoria de s'installer dans la chambre de Thérèse Avril-Jonas.

8

LE ROMAN PARALLÈLE (3)

« Vous êtes épuisée... lui dit-il. Il faut que vous dormiez un peu. Après, nous verrons. »

Lui aussi commençait à ressentir une certaine lassitude. Ses nerfs le lâchaient. Se retirant dans ses quartiers, à l'autre bout du couloir, il s'allongea sur le lit. Il aurait voulu cesser de spéculer, interrompre le flot de réflexions qui se bousculaient dans sa tête. Son réveil de voyage, posé sur un carton dont il préférait ne pas connaître le contenu, indiquait midi moins vingt-cinq. La confession de Victoria l'entraînait trop loin. Comme s'il avait eu besoin de ça, au moment où se jouait un tournant de sa propre vie ! Thérèse constituait un enjeu suffisant. Pourquoi doublerait-il la mise ? Et cependant, ainsi qu'il l'avait déjà éprouvé lors de leur première rencontre, l'irruption de cette autre femme ne provoquait pas que du souci. Marc-André ne pouvait s'empêcher

Un dernier soir avant la fin du monde

de penser à elle, sans savoir si elle constituait un danger ou un signe de bon augure.

Victoria et Thérèse, drames confondus, envahirent son esprit assoupi. En luttant contre le sommeil, il se donnait l'impression de combattre leurs assauts conjugués. Il glissait peu à peu vers ces territoires approximatifs où la lucidité vaincue croit encore maîtriser la situation...

Trois heures plus tard, il se réveilla en sursaut, lourd d'une mémoire vive, assiégé d'emblée par ses cogitations. A quel moment avait-il pris la décision de rendre visite à sa mère le jour même, sans attendre le 31 décembre, il n'aurait su le dire. Comme il se levait pour se diriger vers la salle de bains, cette résolution lui parut un fait acquis. Il allait se préparer.

Pas un bruit ne venait de la chambre où dormait Victoria. Marc-André colla son oreille à la porte qui avait été poussée sans être verrouillée. Avec précaution, il l'entrebâilla assez pour avoir vue à l'intérieur de la pièce. Les rideaux mal tirés laissaient filtrer un rai de lumière tombant, oblique, sur le corps nu de Victoria. Elle se tenait recroquevillée, en chien de fusil, ses cheveux roux mi-longs masquant son visage qu'elle cherchait à enfouir dans l'oreiller que ses bras entouraient à la façon dont les enfants cajolent leur peluche préférée. Seuls les pieds et les mollets disparaissaient sous la couette. Marc-André faillit faire marche arrière. Il n'avait pas l'intention de jouer les voyeurs. Mais

Le roman parallèle

son regard fut accroché, retenu par une tache insolite sur la cuisse gauche de Victoria. Soudain, ce détail capta toute son attention. Il explosait, agressif, parmi la douce floraison des rousseurs qui répandaient leur camaïeu sur la peau de la jeune femme. Irrésistiblement attiré, Marc-André s'avança vers le pied du lit. Eclairé par la lumière extérieure comme par un projecteur de théâtre, le dessin lui apparut alors avec netteté. A hauteur de la hanche, un phénix multicolore déployait ses ailes sur quatre ou cinq centimètres, enveloppé d'un brasier de flammes écarlates. La nudité s'embrasait, étoupe incendiaire. Victoria ayant grogné dans son sommeil, Marc-André se retira sur la pointe des pieds sans avoir eu le temps d'inspecter le tatouage. A l'instant où il repassait la porte et où Victoria se tournait un peu sur elle-même, sans toutefois lâcher l'oreiller, il eut l'impression d'apercevoir le spectacle incroyable d'une véritable fresque tatouée qui naissait à l'épaule et descendait entre les deux seins. Affolé par la violence du feu, du revers de la main il se protégea le visage et battit en retraite jusqu'au fond du couloir. Il se dit que ce n'était pas possible, que ses fantasmes le faisaient délirer.

Enfin, il se rendait compte de la réalité de Victoria. Elle n'était pas qu'une idée, une agréable spéculation liée aux circonstances. Il venait de découvrir un corps, un visage, une chevelure, une peau... Jusqu'ici, Victoria lui avait servi de faire valoir – simple interlocutrice d'un dialogue somme

Un dernier soir avant la fin du monde

toute à sens unique. Avait-il seulement remarqué le doux équilibre de ses traits, la limpidité de son regard vert, la souplesse et la décontraction sportive de sa silhouette longiligne qui se passait des artifices de la mode pour exprimer sa féminité ? Victoria était plutôt grande : des talons bas suffisaient à la hisser à la hauteur du front de Marc-André. Question de génération, se dit-il, esquivant du même coup les conséquences d'un tel constat. En soi, le tatouage ne le troublait pas outre mesure : c'était en revanche un signe flagrant de jeunesse. Victoria appartenait à une époque et à une culture autres que les siennes. Au fond, ne l'aurait-il pas préférée plus vieille ? Il s'était demandé si l'apparence n'était pas trompeuse : comment accepter, sans frémir, qu'elle eût presque vingt ans de moins que lui ? Quoi qu'il en soit, argumenta-t-il, son passé à elle devait maintenir l'illusion d'un futur possible et battre, très fort, au rythme binaire du hard-rock et du rap, hurlant ses décibels acides, tandis que sa vie à lui avait swingué sur les quatre temps du jazz, improvisation sans fin, sinueuse balade ponctuée d'accélérations et de syncopes stimulantes. Mais d'où lui venait alors cette impression de pérennité ? Bien qu'il n'eût jamais auparavant été attiré par les filles typées années 90, Marc-André ne recevait Victoria ni comme un choc ni comme une révélation. Au lieu de se sentir agressé, il acceptait l'étrangeté de la situation.

Telles furent les dispositions d'esprit dans les-

Le roman parallèle

quelles, vers quatre heures de l'après-midi, ce mardi 29 décembre, il quitta l'appartement pour aller rendre visite à sa mère. Sur la commode de l'entrée, il avait laissé, bien en évidence, un message à l'attention de celle qui dormait encore. Lui ayant indiqué la raison qui le faisait sortir, il lui demandait d'avoir la sagesse et la bonté d'attendre son retour avant de prendre aucune décision.

Au coin du boulevard Raspail, il acheta douze roses baccarat chez Bouquet's. Puis il sauta dans un taxi.

Cette fois, Thérèse l'accueillit sans passion. Il avait traversé le hall de la maison de santé au pas de charge afin d'éviter toute rencontre avec le personnel soignant. Quand il frappa à la porte de la chambre 202, sa mère lui répondit d'entrer et, à peine eut-il pénétré dans la pièce, elle ajouta d'une voix mal assurée :

« Je savais que tu allais venir aujourd'hui... Viens... Je suis contente. »

Elle avait deviné l'identité de son visiteur alors qu'elle lui montrait le dos, regardant toujours vers la fenêtre où la nuit venait de tomber.

Sans un mot, Marc-André déposa un baiser sur le front de sa mère. Se redressant, il se planta au garde-à-vous, son bouquet de fleurs sur les bras.

« Pose ça à côté, là-bas, près du lavabo... Sinon on va se croire au cimetière pour la Toussaint... Merci, merci... Elles sont très belles. J'appellerai tout à l'heure pour qu'on les mette dans un vase...

Un dernier soir avant la fin du monde

— Thérèse...
— Tu voulais me dire quelque chose.
— Oui.
— Je sais. Tu ne viendras pas réveillonner avec moi. Normal. Figure-toi que je m'apprêtais à te téléphoner pour te dire que ce n'était pas la peine. Une corvée, quoi ! Tu as mieux à faire...
— Mais, Maman...
— Il n'y a pas de mais. J'ai appelé l'appartement une demi-heure avant que tu n'arrives. Je suis tombée sur une charmante personne. Elle m'a dit que tu venais ici. Je me suis doutée de la suite...
— C'est quelqu'un dont j'ai fait la connaissance dans...
— Ne me raconte pas. Victoria – c'est bien son nom, n'est-ce pas ? – Victoria m'en a dit assez pour m'éclairer. Elle m'a fait bonne impression. Quand je lui ai parlé d'annuler notre tête-à-tête, elle a insisté. A ta place, j'apprécierais. Tu dois compter à ses yeux. Je t'envie. Ne gâche pas ta chance cette fois-ci.
— J'ai lu ta... ton... mémoire.
— Alors ?
— Alors, ça n'a rien à voir.
— Je ne t'en demande pas tant ! Dis-moi simplement si tu vas partir avec elle.
— Oui.
— Dans ce cas, c'est bien. Laisse-moi. Va-t'en.
— Enfin, nous pourrions...
— Retourne vite la rejoindre. Le reste peut

Le roman parallèle

attendre. Et moi, je t'attendrai aussi, impatiente, fébrile, presque heureuse de ne pas mourir tout de suite.

— Maman ! »

Marc-André n'eut pas la force de retenir ses larmes au moment où, poings serrés, il se retrouva seul dans le couloir. A la grille du jardin de l'institution, son cœur chavira à nouveau lorsqu'il vit que Victoria venait à sa rencontre. D'un même mouvement, ils accélérèrent le pas, se précipitèrent l'un vers l'autre.

Enlacés, violents, ils s'embrassèrent sur la bouche avec voracité.

Sur le chemin du retour vers Paris, se tenant simplement par la main, ils demeurèrent longtemps muets dans le taxi. Victoria rompit le silence la première pour dire qu'elle ne souhaitait pas que leur rencontre eût lieu dans un hôtel. Tendu, Marc-André l'assura qu'il ne réclamait rien. Ils allaient passer aux Marronniers, ajouta-t-il, prendre ses bagages, payer la note et regagner l'appartement du boulevard Montparnasse. Il ne l'abandonnerait pas.

Un peu plus tard, d'un ton décidé, elle lâcha cette question :

« Ce n'est pas mon business, mais comment se fait-il qu'un homme comme vous soit célibataire ?

— Parce que j'aime trop les femmes, essaya-t-il de plaisanter avec un rire forcé.

— Du genre harem ?

Un dernier soir avant la fin du monde

— Pas vraiment, non... Plutôt l'une après l'autre...

— Vous m'ajoutez à la liste ?

— Je savais que vous alliez dire ça... Vous jurerais-je le contraire que vous ne me croiriez pas. A quoi bon ! J'ai trop vécu pour ignorer à quel point ce type d'argument a toujours un goût de rance... Je vais vous faire un aveu. Je croyais avoir tout perdu – ma jeunesse, mon désir de vivre et d'aimer, ma mère, le besoin de noircir des pages et d'inventer des mondes parallèles... Le vide s'efface. Tout me revient. Comment dire ? Vous m'êtes... une résurrection, Victoria !

— Ne vous fatiguez pas... Je ne cherche pas à comprendre... Votre compagnie me fait du bien. Pour le moment, seul cela compte. »

Cette nuit-là, Marc-André fut incapable de faire l'amour à Victoria.

A peine franchi le seuil de l'appartement, ils s'étaient à nouveau embrassés longuement. Ils se touchaient le visage du bout des doigts. Leurs caresses tremblantes restaient en suspens, retenues par l'émotion, tandis que leurs lèvres et leur langue s'entre-dévoraient, incapables de se disjoindre.

Dans d'autres circonstances, Marc-André aurait poussé l'avantage. Il aurait fait glisser le manteau sur les épaules de cette femme pour qu'il tombât à terre, dégrafé la robe dans le dos jusqu'à ce qu'elle prît la même direction. Et ainsi de suite, à la conquête d'un corps vulnérable, soumis et bientôt

Le roman parallèle

possédé... Là, quand il poussa Victoria du vestibule vers la chambre, il eût été bien en peine de reconnaître et maîtriser une quelconque impulsion érotique. Désirait-il seulement ? Certes, y eût-il prêté garde, il aurait pu savoir que son anatomie virile était en conformité avec la situation. Mais le tourbillon qui l'enivrait ne ressemblait pas assez à ses emportements habituels. Victoria l'avait gêné, presque blessé, quelques instants plus tôt, en lui reprochant d'être trop pressant. « Vous mettez tellement de passion dans tout ce que vous dites, dans tout ce que vous entreprenez. J'ai encore un peu peur de vous... »

C'était vrai. Marc-André avait l'impression de subir un état de dépendance, vierge, inédit. Même adolescent, arc-bouté dès les premiers émois sur sa ligne de défense cynique, faussement fier et lucide, il n'avait pas ressenti cette espèce d'anéantissement volontaire de sa propre liberté. Aujourd'hui, et pour la première fois de sa vie, il avait enfin besoin de ne plus s'appartenir.

Dans la chambre, il regarda le visage de Victoria. Elle lui souriait. Ses yeux verts brillaient de cette intense lueur qui, déjà dans l'avion, l'avait intrigué. Peut-être le regard était-il ici plus profond, légèrement mouillé aussi, comme s'il retenait des larmes. D'un geste de la main, Marc-André aurait voulu faire don à Victoria du domaine de madame Avril-Jonas. « Installez-vous », proposa-t-il, très « *matter of fact* », à la manière un peu sèche dont sa mère

Un dernier soir avant la fin du monde

aurait usé pour éviter d'être taxée de complaisance, – un héritage difficile à renier. Et, drapé dans son élégante raideur que combattaient encore les vestiges capiteux de son abandon, il s'en retourna dans l'entrée pour récupérer les valises.

« Il est presque huit heures. Vous n'avez rien mangé depuis ce matin. Vous devez mourir de faim... », dit-il ensuite, assis sur le fauteuil Voltaire cher à Thérèse, tandis que Victoria accrochait ses vêtements sur les quelques cintres encore disponibles dans la penderie. « Je vais téléphoner et réserver une table dans un restaurant voisin. Vous aimeriez quoi ? » Victoria haussa les épaules et se mit à rire. C'était l'une des rares occasions où elle avait ri vraiment.

Tout à son observation avide, Marc-André ne retrouvait pas ses vieux réflexes. Il se surprit en train d'imaginer un endroit où il n'aurait pas emmené d'autre femme auparavant. Il cherchait en vain.

« Un russe, ça vous dirait ? »

C'était bien la peine ! Chez Dominique, rue Bréa, voilà où s'arrêtait sa capacité d'invention. Même avec Victoria... A croire que le souvenir des gueules de bois à la vodka le poursuivait ! Et puis il y avait eu cette folle aventure avec Sandra, l'actrice italienne qui le menaçait de lui trouver la peau s'il ne la laissait pas demander le divorce à son banquier de mari. La scène de la séduction s'était déroulée dans ce restaurant, celle de la crise et de la rupture

Le roman parallèle

aussi, six semaines plus tard. Un talent mortifère pour les commémorations !

« Excellente idée, dit Victoria.

— D'accord. J'en ai pour une seconde... »

Devant le téléphone, Marc-André renâcla. Il se sentait mal. Piégé. Son innocence retrouvée se tarissait, goutte-à-goutte débranché par une main invisible et assassine. Il avait beau refuser, résister au reflux de l'enthousiasme, il se voyait glisser sur la pente du renoncement.

Il y eut beaucoup de vodka, en effet, ce soir-là. Assez pour que Marc-André se montrât sous ce qu'il convenait lui-même d'appeler son « meilleur jour » – un convive drôle, charmant, original. Assez pour que Victoria cédât peu à peu au plaisir d'une conversation riche en anecdotes. Chacun d'eux rapportait son histoire avec un élan et une fraîcheur trahissant, au minimum, une communauté de pensée qui pouvait laisser supposer que ces deux êtres étaient faits l'un pour l'autre. Mais trop aussi... Puisque, déstabilisée, presque heureuse, Victoria finit par être éméchée, dans un état de griserie tel qu'elle allait oublier ses vraies raisons d'avoir peur de Marc-André. Quant à ce dernier, sortant le grand jeu, il eut le tort de se croire revenu au temps de ses plus audacieux exploits.

Ils remontèrent le boulevard bras dessus, bras dessous, s'arrêtant de-ci, de-là, dans la nuit froide, pour échanger des baisers torturés.

Dans la chambre, intimidés malgré l'effet de

Un dernier soir avant la fin du monde

l'alcool, ils se déshabillèrent sans un mot. Allongés côte à côte, ils se caressèrent longtemps. Marc-André ferma les yeux et plongea son majeur dans la fente gluante de Victoria. Elle gémit quand le doigt remonta jusqu'au clitoris qui se dressa sous la pression circulaire. Vite, elle referma ses cuisses qu'agitaient des convulsions de plaisir. Apaisée, elle embrassa Marc-André dans le cou et lui murmura à l'oreille, comme un secret : « Protège-moi... » Il s'écarta pour la regarder à la lueur de la lampe de chevet. Il lui sourit et dit : « Donne... » Elle se détacha de ses bras, quitta le lit et s'en alla fouiller dans sa trousse de toilette. Quand elle se leva, Marc-André vit le tatouage flamboyant qui, sous l'effet du mouvement de hanches, semblait battre des ailes. L'impact de cette vision fugace ranima, furieuse, l'érection de son pénis. Le corps de Victoria était – ah, oui ! – une forêt vierge à explorer, une fresque colorée où se nichaient les mystères de la création qui, au cours des âges, avaient inspiré Pompéi, Michel-Ange et Delacroix... !

Elle lui tendit le préservatif. « Tiens... Je n'ai jamais aimé faire ça. » Elle était regrimpée sur le lit, en face de lui, pour se placer, seins tendus, à genoux et à califourchon au-dessus de ses cuisses à lui. Dans l'écartement des siennes, il découvrit ce qu'il n'avait fait qu'apercevoir jusque-là : une mince touffe de poils roux, une simple virgule, comme un petit nuage de crépuscule perdu dans le ciel lunaire d'un ventre blanc et plat.

Le roman parallèle

Marc-André s'arma de son bouclier.
Au moment de pénétrer Victoria, à peine eut-il effleuré l'orifice offert, il éjacula.
Il se mit à trembler, de partout.
Se recroquevilla.
Horrifié.

*
* *

(En réalité, entre Victoria et Marc-André, les choses se sont passées autrement. La lettre que l'écrivain adressa à la jeune femme quelques jours plus tard ne parle pas de fiasco. C'était différent. Une tout autre histoire, semble-t-il.)

J'ai un peu honte, car depuis que tu es partie, j'ai noirci beaucoup de pages. Comme si je me nourrissais de ton absence... Même par défaut, je ne peux m'empêcher de demeurer un prédateur ! Jamais, avant toi, ne s'était imposée la nécessité d'un rapport de l'écriture à la vie. J'étais au contraire persuadé de mon pouvoir de thaumaturge. Il n'y avait pas de prodige ou de miracle que mon imagination fût incapable de dompter. Rassure-toi : je ne suis pas en train de t'expliquer que mon prochain roman sera autobiographique ou ne sera pas. Il suffira sans doute que je me fasse à l'idée de ton existence.
Dans un premier temps – c'est vrai –, j'ai voulu te garder, j'ai rêvé de te séquestrer. Tu étais là, dans

Un dernier soir avant la fin du monde

l'appartement, et tu ne réclamais rien, gardienne de mon secret... M'obsédait la question de savoir si tu étais heureuse avec moi, si tu trouvais ton compte à cette situation bizarre. Tu supportais mal mes interrogations permanentes. Tu voulais l'évidence et non le défi. A force de t'imposer mes doutes, tu finissais par te rebeller : tu me traitais de « macho coupable ». Alors blessé, désemparé, je me sentais prêt à te détester. Je te disais des mots d'amour qui sonnaient faux. Tu étais loin d'être dupe. Et je me laissais aller à t'aimer moins.

Par bonheur, tu t'es tout de suite cabrée. Ma proposition de rester enfermés, de passer la journée et la nuit du réveillon dans la chambre, t'a paru révoltante. Quoi que tu en dises, Victoria, tu es bien plus vivante que moi et c'est ce qui te rend si précieuse à mes yeux. Tu as su nous tirer du cocon au sein duquel j'aurais souhaité nous isoler, imperméables à la réalité du monde et des sentiments. Que veux-tu, j'étais incorrigible. J'avais beau avoir épuisé mythes et rituels, je retombais dans mes vieux travers. La beauté se devait d'être excessive. Le Temps pouvait s'arrêter à la demande. Sans paroxysme, point de salut... Tu t'es moquée de moi et de mon penchant pour les complications. Oui, maintenant je sais. Pour mieux te faire comprendre, tu es allée chercher une phrase dans l'un de mes romans : « Une vie d'homme est une fiction qu'il invente à mesure qu'il progresse. » Merci de la leçon.

Nous avons passé ensemble deux autres jour-

Le roman parallèle

nées. Paris nous attendait. Tu me l'as fait remarquer quand, sur le pont Henri IV, tu m'as vu sourire en regardant la Seine. Du coup, je t'ai emmenée partout à la découverte de la ville. Boutiques de la rue Saint-Louis-en-L'île, grands magasins des boulevards, puces de Clignancourt, rien ne paraissait pouvoir combler ta curiosité boulimique. Je voulais t'offrir des cadeaux, mais tu refusais. J'insistais et tu disais que tu n'étais pas à vendre. Une seule fois, tu as accepté une babiole, une petite boîte à musique qui jouait un bout de la *Sonate au clair de lune*. Tu l'as prise à condition que moi aussi j'aie mon cadeau. Tu as choisi un drôle de gadget. « Si, si, disais-tu, c'est génial contre le stress ! » C'était une espèce de cylindre en plastique blanc surmonté d'une demi-sphère qui se mettait à se trémousser sous la pression de la paume de la main ou de toute autre partie du corps. Si l'objet n'avait été fabriqué en République populaire de Chine – ce qui nous fit bien rire –, on aurait pu penser à un godemichet. Tandis que je t'écris, je le regarde là, posé devant moi, sur le bureau. Ce phallus ironique est tout ce qu'il me reste de toi, hormis le souvenir de ton parfum, l'écho de ta voix grave et sensuelle, la vision de soie déchirée de ta peau léoparde...

Nous sommes allés visiter l'exposition « Les dessins érotiques de Monet à Picasso » au musée d'Orsay. Nous nous tenions par la main, heureux, sans arrière-pensées. Et il y eut aussi les Tuileries, le chocolat chez Angelina rue de Rivoli, le cham-

Un dernier soir avant la fin du monde

pagne et le foie gras dans une série de bistrots archibondés, et le concert de klaxons à minuit sur les Champs-Elysées.

« Toi qui connais la terre entière, me dis-tu, tu ne crois pas que Paris est la plus belle ville du monde ?
— Avec toi, sans aucun doute.
— Arrête. Même sans moi, pas vrai ?
— Oui.
— Il ne me reste que quelques jours à passer en France. Demain, je prendrai le train pour le Lot.
— Je vais t'y emmener.
— Tu n'as pas de voiture.
— J'en louerai une.
— Hors de question. Je veux y aller seule.
— C'est ta décision ?
— Oui. Absolument.
— Je te verrai avant ton départ pour l'Australie ?
— Peut-être... Mais je ne suis pas sûre que ce soit une bonne idée.
— Ah... ?
— Je te téléphonerai. On verra.
— C'est ça. Improvisons, ai-je renchéri, maladroit. N'est-ce pas ce qu'il y a de mieux à faire ? »

Tu vois, Victoria, je me souviens de tout, mot pour mot. Ce n'est pas un hasard si ces paroles familières me sont venues sous la plume sous forme de dialogue. Qu'importe la bienséance ! Me le reprocherais-tu que je ne pourrais pas m'empêcher de t'intégrer à ma démarche d'écrivain. Je n'ai pas ainsi l'impression de te posséder – au nom de

Le roman parallèle

quoi le ferais-je? –, mais au contraire, de t'appartenir, moi, bien plus que la situation ne l'exige.

Cette nuit-là, nous nous sommes aimés longtemps, avec la fureur des amants sans lendemain, mais aussi avec la douceur des cœurs apaisés. Jusqu'alors je ne savais pas que donner de soi, lâcher un tant soit peu de sa personne peut échapper à la notion de prix à payer. Nous ne nous devons rien.

Mon histoire commence avec toi.

Tu m'as téléphoné avant de t'envoler pour ton pays. De l'aéroport, car tu t'étais bien gardée de me dire avec précision quel jour tu regagnerais Paris. Je n'avais pas posé de questions... Tu m'as dit que tu étais heureuse et que tu n'avais pas vendu la maison de Peter. Peut-être irions-nous un jour ensemble. J'ai crié que je voulais te voir. J'ai foncé jusqu'à Roissy en taxi. Trop tard. Ton avion était en bout de piste, prêt à décoller.

Il me reste beaucoup à faire pour te mériter. Un roman, entre autres... J'en ai la conviction. Demain, je déjeune avec mon éditeur. J'ai un bout d'histoire à lui raconter. C'est reparti, Victoria!

J'ai trouvé mes marques dans l'appartement. Thérèse ne me pèse plus.

Je vais écrire. Le moment venu, il sera temps de faire le détour par Genève et l'Espagne.

Après, je viendrai te chercher. J'en suis sûr.

Je ne me serais jamais pensé capable d'une lettre d'amour.

9

JOURNAL DE MARC-ANDRÉ (4)

Le jour de Mardi-Gras 1999.
La Dérobade, *causse de Vers, Lot.*

Je me suis installé dans la maison de Victoria depuis trois semaines. Elle est repartie vers sa Tasmanie. J'ai loué sa fameuse « Dérobade » dont elle n'a pas pu se séparer. Le rôle de locataire amoureux me convient assez. Au calme, l'esprit en embuscade... A Paris, au lieu de m'enraciner, j'étais toujours sous la coupe de Thérèse Avril-Jonas. L'appartement de ma mère rouvrait des plaies. Je savais « La Dérobade » inoccupée. Il n'a pas été difficile de dénicher l'agence immobilière de Cahors chargée de la location de Miss Laidlaw, l'Australienne. Un échange de fax a réglé les détails. Victoria acceptait ma proposition. Bien qu'elle n'ait pas ajouté de message particulier à

Un dernier soir avant la fin du monde

mon attention, j'ai pris la mesure du cadeau qu'elle m'offrait.

A vrai dire, peu de choses rappellent Victoria dans cette ferme restaurée, mais c'est suffisant. Ainsi je ne suis pas obligé de trop penser à elle. Sinon, il m'en coûterait encore quelques excès de style. Je serais bien capable de me pavaner dans l'emphase !

En ce sens, il n'est pas mauvais non plus que ma mère m'envahisse. Cela m'impose un rythme, des délais que je ne savais plus maîtriser. Je me suis créé de nouvelles urgences. Pas question de me relâcher. Je dois me concentrer sur le livre que j'entreprends d'écrire.

Il y a quelques jours, dans le courrier qui me suit à cette adresse provisoire, j'ai trouvé une lettre d'Eric Laster.

J'ai d'abord songé à lui répondre. J'ai même esquissé un brouillon où je lui parlais vainement de la difficulté de communiquer, du respect des formes, du temps qui change la couleur des choses...

Je lui disais par exemple :

« Te souviens-tu du jour où, à bout d'arguments, nous avons discuté, sans rire, la possibilité de nous affronter les armes à la main ? Le ton montait. Comme deux mâles en rut, nous exécutions une danse d'intimidation, tournant autour du pot, réfutant nos boutades à coups de gnole flibustière, roulant des mécaniques de singes apeurés. Idiot, je t'ai défié au bras de fer. Tu m'as battu à plate cou-

Journal de Marc-André

ture. Je me suis mis à agiter ma vieille pétoire sous ton nez. Tu t'es moqué de moi : " Avec ce machin, à dix pieds, tu raterais un éléphant ! " Je me suis cru malin d'ajouter qu'à bout portant, ça m'éclaterait la cervelle. La mienne, pas la tienne. Et j'ai mimé le geste. Tu m'as arraché le revolver et balancé une paire de gifles. On ne s'est pas parlé pendant huit jours.

Cora aurait pu devenir ma femme, tu sais ? Elle était ma dernière chance. Et tu me l'as prise. Félicitations, à propos, puisque tu m'annonces que vous venez de convoler ! Bravo ! Mais méfie-toi. Cora souffle le chaud et le froid. Elle t'exalte puis te navre. Te poursuis, te fuis. Capable de tous les retournements. Elle ne joue l'affranchie en paroles que pour mieux te frustrer au moment de passer à l'acte. Femme-serpent, selon la mythologie maternelle, elle se métamorphose, sur l'instant, en femme d'affaires digne de son importateur de père. Quand le cancer a fini par bouffer la couenne du fondateur de la Van Ryssel & Co., tu as vu comment la belle baigneuse s'est vite transformée en requin portuaire ? C'est là que les choses se sont compliquées à mon égard. Je n'ai pas pu ou su m'adapter à la situation. Pour moi, fini, l'exotisme ! *Back to the real world!*

L'île et ses paysages de fausse magie constituaient une scène idéale pour notre petit opéra de chambre. Deux castrats en folie et une mezzo de vaudeville, quoi de mieux pour emplir la vallée de

Un dernier soir avant la fin du monde

Fleurs de larmes factices et de miaulements insupportables.

Je n'en dirais pas autant des sentiments. Une architecture sobre, fruste, qui contrastait avec la luxuriance un peu trop visible de la végétation. Un ensemble de lacs dessinés grossièrement, comme si le dieu des Eaux s'était contenté d'un coup de crayon à la Miró, coincés entre montagnes pelées et basses-terres insipides. Celui qui, tel que moi, rêvait d'une mer intérieure, en était pour ses frais. Seule la noirceur immense et périlleuse de l'océan pouvait donner crédit à l'existence d'une âme sauvage. Cora adorait que je me risque entre les récifs. Si un squale tueur avait réussi à me sectionner un membre, elle m'eût sans aucun doute accordé davantage de prix. L'inflation du sacrifice... Tu n'aurais eu aucune chance, mon cher Eric, face à un unijambiste ! C'est pourquoi je nageais toujours plus loin que toi. »

J'ai déchiré cette lettre. Si j'avais été honnête, j'aurais pu aussi dire à mon ami que je ne l'abandonne pas. Je pense à lui. Peut-être saura-t-il découvrir à son tour que ses Atlantides ne sont pas des paradis. N'avons-nous pas, après tout, été de bons négociateurs de la survie ? Il reste peu d'autres choses à faire puisque la faim et l'oppression résultent d'un ordre mondial où chaque pays circonscrit avec cynisme sa part de responsabilité ? Mon isolement actuel ne signifie pas que les vrais problèmes ne m'intéressent plus. Je trouve simple-

Journal de Marc-André

ment que nous avons surestimé notre rôle. Tels des explorateurs innocents, nous avions besoin de nous nourrir d'exagération. Diplomates, nous jouons les faux modestes. Nos ronds de jambe nous servent de boucliers. Prêts à toute éventualité, professionnels de l'esquive, nous sommes des spécialistes de l'écran de fumée. Ecrire, au contraire, ne se fait pas avec des « si ». J'étais dans l'erreur quand j'assimilais la littérature à un acte d'orgueil. Il arrivait un moment où, comme en amour, la certitude tuait le désir.

Désormais, l'humilité me sauve.

Victoria, et son absence, me sauvent.

Au lieu de répondre à Laster, je me suis contenté de lui adresser le journal de mon père. Il pouvait en faire ce qu'il voulait, même le jeter dans les profondeurs du Pacifique, un jour où il irait, sur son bateau, à la pêche au gros. Avant de déposer le paquet à la petite poste de Vers, juste en bas du causse où je demeure, je n'ai pu m'empêcher de relire quelques passages. Celui-ci, par exemple, qui m'avait si longtemps intrigué, tourmenté dans ma jeunesse :

« La spécialité de Denise, c'était le cinéma. Elle ne pouvait " faire des choses " – c'était son expression – que dans les salles obscures, pendant la projection du grand film.

Denise est la femme d'un restaurateur de la rive droite dont, par respect pour son prodigieux cu-

Un dernier soir avant la fin du monde

nard au sang, je tairai le nom. Abonnée à Cinérevue *et à* Cinémonde, *elle collectionne les photos et les autographes des vedettes de l'écran. Ses goûts en matière de septième art sont éclectiques. Peu importe le sujet, les acteurs, le metteur en scène, pourvu qu'elle s'adonne à sa drogue favorite. Un film chasse l'autre. Elle est au courant de tout et ne retient rien.*

Le jour où je me suis présenté pour déjeuner dans son restaurant, en compagnie d'un comédien sur le retour qui me collait aux basques dans l'espoir de voir son nom réapparaître dans les colonnes de mon journal, Denise a craqué. Sinon, je ne crois pas qu'elle aurait succombé à mon charme ou à ce qu'il en reste. Denise est du genre fidèle. Combien de fois, en se pressant contre moi, n'a-t-elle pas juré qu'elle n'avait jamais trompé son mari! Quoi qu'il en soit, ce jour-là donc, elle m'a confié que, le lendemain, elle irait voir le nouveau film de Joseph Mankiewicz, La Comtesse aux pieds nus *avec Ava Gardner et Humphrey Bogart. Pouvais-je l'accompagner? Et comment donc! Denise est carrossée comme une Buick. Un peu voyante, mais quel châssis! Elle a attendu le sixième flashback, celui où Maria d'Amato danse dans un camp de gitans, pour poser sa main sur ma cuisse. Moi, profitant de l'émotion qui la faisait sangloter au moment des funérailles de la star incarnée par la belle Ava, je me suis penché vers les obus de Denise. Je les ai saisis et pelotés l'un après l'autre,*

Journal de Marc-André

comme s'il s'agissait de calmer les sanglots qui les agitaient. Elle s'est laissé faire. Juste avant le mot " fin ", elle m'a infligé son premier baiser. Un baiser de cinéma, long, appuyé, savamment dosé et, en réalité, inefficace.

Dès lors, je me suis abonné. Amusé, pour voir jusqu'où cela irait, je me suis mis à rechercher les salles à double séance. Deux films successifs, cela me vaudrait toute la panoplie des baisers dont Denise était une experte appliquée. Nul doute qu'en la matière, elle m'ait beaucoup appris, même si nos ébats se sont toujours limités à ces exercices cinéphiliques. Ah, les lolos de Sophia Loren en vendeuse de pizza – pouah! – dans L'Or du temps, *le film de Vittorio de Sica à qui je pouvais me flatter de ressembler un peu malgré mes kilos en trop. Brando, avec* Sur les quais, *me valut tout de même une simulation de branlette presque aussi excitante qu'une vraie. Et James Dean, dans* La Fureur de vivre, *m'amena, enfin, à toucher l'intimité ruisselante de ma partenaire. Il faut croire que le coup de cymbale de* L'Homme qui en savait trop *nous a coupé nos effets à tous les deux, puisque depuis ce film d'Hitchcock, nous avons rompu.*

En vérité, dès le début de la projection, j'avais senti la présence de ma voisine. Pas Denise, non, l'autre, celle qui se trouvait à ma gauche. Elle avait posé son avant-bras sur l'accoudoir du fauteuil d'orchestre et quand j'ai placé le mien juste à côté, elle n'a pas bougé. Un peu plus tard, alors

Un dernier soir avant la fin du monde

que Denise commençait à me patouiller, un pied, le galbe d'un mollet sont venus frotter le bas de mon pantalon. J'ai répondu du coude et du genou. Il ne s'est rien passé. Au contraire, il m'a semblé que l'on battait en retraite. Puis, au moment où l'enfant de Doris Day est enlevé, le contact a été rétabli. Denise, prise par l'intensité dramatique de l'histoire, se contentait de caresses avortées. De toute façon, elle ne m'intéressait plus. Mes sens à l'affût se tendaient entièrement vers la femme d'à côté.

Quand son visage, demeuré mystérieux dans la lumière irréelle du film, s'est révélé à moi en fin de séance, je n'ai retenu que la noirceur farouche du regard braqué sur moi avec une insistance cynique.

Quelques jours plus tard, j'ai retrouvé ces yeux vénéneux. Invité à un cocktail à l'ambassade des Etats-Unis, je ne m'attendais pas à cette surprise. Alice – c'est son prénom – n'a pas fait mine de ne pas me reconnaître. A peine entré dans le premier salon de réception, je l'ai vue tout de suite. Une coupe de champagne à la main, elle parlait avec une autre femme. J'ai marché dans leur direction. On m'a accueilli d'un sourire, joué le jeu du baise-main et des présentations comme si nous nous étions déjà rencontrés. Je suis resté seul, face à elle. Nous sommes convenus de nous revoir. Elle a accepté mon invitation à déjeuner comme une formalité. On aurait dit qu'aucune émotion ne la motivait. Elle n'était ni froide ni complaisante. Je me suis longtemps demandé ce qui me captivait da-

Journal de Marc-André

vantage en elle : son apparence de disponibilité ou l'impression d'avoir affaire à un être absent, intouchable. D'emblée, j'ai su qu'Alice était de celles qui donnent du fil à retordre. Après le confort d'une Denise toujours prête à se dépenailler sans risque excessif, la perspective d'une résistance m'excite. Batailler, même pour rien, me rend plus vivant. Allons-y!

Alice est la jeune épouse d'un militaire US, un colonel vétéran de l'OSS, un espion de la CIA, quoi! Sa conversation est pleine des exploits guerriers de son légitime. C'était il y a dix ans, lui ai-je fait remarquer, ces missions dangereuses, ces parachutages derrière les lignes ennemies. Ma jalousie l'amuse. Elle me provoque. Elle m'aime en victime. Ce n'est pas mon genre, le masochisme. Et pourtant, je sens bien que plus je lui concède du terrain et plus elle se rapproche de moi. Ma jouissance n'en est que plus grande. J'ose à peine imaginer la réalité du plaisir.

Au terme de trois semaines de grandes manœuvres, l'objet convoité se dérobe encore. Elle s'est néanmoins ouverte à moi de ce qui la déchire : depuis un an, son vertueux héros yankee la trompe avec une midinette de chez Dior. Je me suis engouffré dans la brèche. Avec un peu d'adresse et de patience, il suffit d'attiser le feu de la vengeance. Exercice non dépourvu de périls, mais qu'importe!

Alice admet que ma sollicitude, mes compliments

Un dernier soir avant la fin du monde

la flattent. Elle avoue que je lui plais, mais repousse mes lèvres entreprenantes. J'insiste, me lance dans de fumeuses apologies de l'épicurisme. Carpe diem, la vie est trop courte et le désir fugitif...! La séduction, oui, me rétorque-t-elle, le passage à l'acte, non.

Sans le lui dire, je prends la décision de ne plus la revoir.

Une semaine s'écoule. C'est elle qui me téléphone. Elle souhaite une rencontre. Très vite. A sa manière de l'annoncer, je comprends que le vent a tourné. Elle est à moi.

Je lui fixe rendez-vous au bar du Lutétia à l'heure du thé. Bien entendu, je serai en retard. Si, à mon arrivée, elle est encore là et qu'elle ne cherche pas la bagarre, je ne lui accorde aucune chance.

Grâce à mes entrées dans la maison, je n'ai eu aucun mal à obtenir la mise à disposition immédiate d'une chambre discrète. Plus que de la performance, le reste relève de l'anecdote.

Alice est repartie dans un taxi, un peu avant huit heures du soir. Je suis resté au Lutétia pour dîner d'un œuf en meurette et d'une volaille de Bresse aux trompettes-de-la-mort, arrosés d'un estimable Aloxe-Corton.

Je n'ai plus, ensuite, entendu parler de ma farouche Bostonienne. Jusqu'au jour où la rumeur mondaine colporta la nouvelle. Rentrée dans un camp militaire de Virginie où son volage époux se

Journal de Marc-André

devait sans doute de faire oublier sa compromettante gaudriole parisienne, Alice s'était suicidée.

Je viens de lire un livre enchanteur. Le nom de son auteur – René de Obaldia – m'était inconnu. C'est par le titre que, à l'étal du libraire, mon attention a été retenue : Tamerlan des cœurs. *Avant de se donner la mort, une femme, Gisèle, écrit une lettre à l'homme qui l'a conquise et abandonnée pour une autre :* " Quel abîme vous dévore ? Quelle soif ? Quel espoir insensé celui de vous rafraîchir à des torrents de flamme ? Il m'arrive parfois de vous souhaiter le mariage – ne froncez pas ainsi le sourcil – oui, de vous souhaiter une compagne simple et aimante (pourquoi pas elle ?) qui vous donnerait des enfants turbulents et criards, au risque de tuer votre orgueil. Peut-être est-ce d'une grande leçon d'humilité dont vous avez besoin ? "

Je me le demande.

N'empêche qu'en Algérie, la situation s'est soudainement dégradée. Ces types du FLN qui réclament l'indépendance doivent filer de sacrés cauchemars à Mendès France et Mitterrand !

Moi, c'est plutôt l'abbé Pierre qui m'empêcherait de dormir. Plus les pauvres crèvent de froid et plus je me fais péter la sous-ventrière, histoire de m'enfoncer dans la tête cette idée insupportable que nous sommes en train d'assister à la fin d'une époque. La prochaine ne me dit rien de bon. Pourvu que j'y échappe. »

Un dernier soir avant la fin du monde

Ces pages étaient datées du 4 décembre 1954.
Moins d'un an plus tard, Serge Jonas consignait une autre histoire. Je la trouve si ridicule que l'envie m'a pris de la réduire en miettes, de sabrer un souvenir de mon père qui ne me servait plus à rien. Aujourd'hui il faut que je revienne dare-dare à l'histoire de ma mère, la seule qui compte, en définitive. Pourtant, je ne peux me résoudre à pratiquer la censure. Alors, voici.

« *J'aime les clitoridiennes, écrivait-il en octobre 55. Sophie appartient à cette race. Il y a, en effet, quelque vertu digne de l'étymologie de ce prénom, à cultiver sagement l'entretien du doux fruit érectile de ces dames... Il n'est pas question d'embrasser Sophie et encore moins d'oser poser un doigt sur un tétin que, sous le pull moulant à col roulé, on devine pourtant bien nourri. En revanche, dès qu'il s'agit d'explorer tout ce qui se trouve au-dessous de son nombril, elle se montre moins avare. Elle flanche, tangue comme un bateau ivre, roule des hanches à vous flanquer le tournis dans la tête. Ses jambes tremblent, cèdent. Elle jette sa chevelure en arrière et vous supplie de ne pas arrêter le mouvement. Ses muscles fessiers se tendent, consentants. Elle mollit peu à peu, s'ouvre et se délivre.*

Ça fait plaisir à voir!
Le seul ennui, c'est que Sophie m'entraîne dans

Journal de Marc-André

ses équipées nocturnes qui, de clubs de Saint-Germain en boîtes du Quartier latin, nous mènent jusqu'au petit matin. Crevant. Plus de mon âge... Pire, elle boit sans arrêt cet infâme Coca-Cola que les Amerloques nous ont laissé en héritage. Toute une éducation à refaire. Je m'y emploie.

Dieu merci, elle est drôle, la môme! Si tu savais, Thérèse, comme elle m'a fait rire, un soir – était-ce au Tabou ou au Chat-qui-pêche? – quand elle s'est penchée vers moi pour me glisser à l'oreille : " J'ai pas de culotte... " A cause du bastringue ambiant, j'ai cru que j'avais mal entendu. J'ai dit : " Quoi ? " Elle a répété : " J'ai pas mis de slip. " Et plus fort, au point que je me suis presque senti gêné : " Cadeau! Cadeau! Pour mon gros canard! "

" Pour moi ou pour toi ? ", ai-je tenté de ricaner.

Je l'imagine, tiens, en train d'enfourcher sa Vespa sans culotte. Même dans une situation aussi " intéressante ", jamais je ne grimperai sur cette damnée machine de la mort! Sophie me nargue : " Donnant-donnant : ou tu fais un tour en scooter, ou je refuse de monter dans ta Dyna Panhard. " Elle m'a eu, la coquine!

Et dire que son papa tient une boutique de bonneterie, rue Caumartin! Au Paradis du Petit Bateau – rien que ça! Et pourquoi pas le Temple du cache-sexe, tant qu'on y est! Ce pourrait être tordant si le type en question ne jouait les pères-la-morale. Un balèze moustachu, aux cheveux taillés

Un dernier soir avant la fin du monde

en brosse. Il ne rate pas un seul meeting de Tixier-Vignancourt. Il ne m'impressionne pas avec ses menaces. Moi aussi, je suis encore capable de faire le coup de poing, s'il le faut. Depuis que ce poujadiste grand teint appartient au service d'ordre de l'UDCA, il se croit tout permis. Il lui a coupé les vivres, à la gosse, parce qu'elle avait raté sa capacité en droit et qu'elle voulait être comédienne. Le Cours Florent, l'essence pour la Vespa, c'est pas gratuit, il est vrai. J'en sais quelque chose... »

Décidément, mon père n'avait rien compris à l'amour. Moi non plus jusqu'à ce que je découvre le secret de ma mère. Jusqu'à ce que je sois capable de vivre, supporter la rencontre avec Victoria.

Un seul passage de cette confession paternelle m'a toujours ému. Jusqu'aux larmes. Jusqu'à excuser, comprendre le bonhomme et lui conserver une certaine affection. Ce court épisode se trouve vers la fin du manuscrit. Un bel aveu, un cri contre la mort.

« La nuit dernière, j'ai cru que j'y passais.
Je m'étais usé à limer la Crétoise, ma folle Bouboulina à moi. Le hic, c'est que j'avais bu trop d'ouzo. Je n'aime pas ça. D'ordinaire, un cognac Delamain ou un Bas-Armagnac hors d'âge feraient plutôt l'affaire. Mais ma Boubou ne conçoit pas de fête sans son ouzo... Mon souffle était court. Mes jambes lourdes. Et un début de mal au crâne me

Journal de Marc-André

martelait la nuque et les tempes. Au lieu d'en finir subito presto, je m'escrimais. Boubou, enfouie sous le tulle et les dentelles des atroces poupées qui jonchaient sa couette, piaillait, yeux exorbités, langue pendante.

Au bout d'un quart d'heure, je me suis écroulé sur le lit, sans avoir joui. Boubou m'a repris en main. C'était reparti. Accrochez les wagons ! Elle ne m'a pas lâché jusqu'à ce qu'enfin, elle sente ma sève exploser en elle.

Alors, une enclume s'est abattue sur mes épaules. Des griffes géantes me déchiraient le poitrail. Bouche ouverte, je cherchais à respirer, tel un poisson sorti de l'eau.

Boubou s'est envolée dans sa chemise de nuit transparente. Je la voyais comme en rêve, floue, irréelle et cependant aussi furibarde qu'une sorcière privée de son balai magique. Elle criait : " Qu'est-ce que tu as ? Tu ne vas pas me faire ça, hein ? Pas à moi ? " C'est vrai qu'elle ne méritait pas de subir pareille épreuve. Brave, bonne Boubou. Fidèle. Pas emmerdeuse pour un sou. Juste un peu zinzin. Toujours prête à l'emploi. A rendre service. Fière de son cul.

Quand je me suis senti mieux, je lui ai refait l'amour. Mal. Mais c'était mieux que rien. Il fallait que je la rassure. Elle en était digne.

Je ne suis pas mort, donc.
Dommage.
Avec Boubou, ç'aurait été bien, je trouve. »

Un dernier soir avant la fin du monde

A ma façon, je l'aimais aussi ce père insupportable car il m'est arrivé de regretter pour lui qu'il n'ait pas succombé dans les bras de sa Boubou.

Ce soir, enfin, je vais pouvoir me consacrer de nouveau à Thérèse, à l'autre versant de sa vie, celui qui m'échappe encore, ambigu, trop mystérieux. Aurai-je la force de ma mémoire, le courage de mon imagination ?

10

HISTOIRE DE THÉRÈSE (3)

Ne t'en déplaise, Marc-André, j'étais heureuse avec toi. Au fond, j'aurais voulu que cela dure. Si tu savais comme ma décision de quitter Paris et de t'envoyer en Angleterre fut déchirante. Oh, je suis sans illusion ! Tu ne me pardonneras pas pour autant. Quelque part en toi, il doit y avoir une voix qui te souffle que ta mère se trompe et cherche à t'égarer une fois encore. Soit.

Le départ de ton père m'avait minée, je l'avoue, tel un cauchemar annoncé. Mais sa mort, qui m'arracha des larmes de rage, fut une délivrance. Nous nous retrouvions tous les deux, toi et moi, et même si, parfois, les fantômes d'une ère révolue venaient s'interposer, je te jure que ces années de ton enfance demeurent parmi les plus radieuses et fécondes de ma vie. Te souviens-tu, mon fils, comme nous travaillions, toi à tes études, moi à

Un dernier soir avant la fin du monde

mes traductions, sans relâche, avec la certitude commune que, désormais, nous prenions en charge notre destin, que rien ne pouvait plus nous empêcher de rêver à un avenir serein et florissant. Nous nous surveillions mutuellement, prêts à prendre l'autre en flagrant délit de manque de confiance en soi. Nous nous faisions du bien. Il n'y avait pas de doute.

Le passé n'existait plus. Je luttais pour en gommer les ultimes traces. Te voir grandir, devenir un homme – si différent de ton père – endiguait les relents amers de ma mémoire blessée.

Marc-André, je n'ai peut-être pas été la mère que tu aurais souhaitée, mais je t'ai donné le meilleur de moi-même : ma capacité de résistance.

Longtemps – je peux te le dire aujourd'hui –, m'a poursuivi le fantasme à cause duquel, presque dès le début, j'avais irrémédiablement perdu Serge Jonas. A peine mariée à Londres, j'avais dû me rendre à l'évidence : Antonio de Solera continuait à me hanter. La nuit, je me réveillais en sursaut, la tête pleine d'images bouleversantes. J'ouvrais les yeux et il était là, face à moi, au pied du lit, enveloppé d'un halo de lumière qui l'isolait de l'obscurité de la chambre. J'avais du mal à retenir son nom au bord de mes lèvres. Prévenant, Serge se précipitait. Me prenait dans ses bras. Je tremblais. Il m'affirmait qu'il n'y avait rien à craindre, qu'aucune sirène n'avait retenti pour annoncer un raid aérien. Calmée, je ne retrouvais le sommeil qu'après

Histoire de Thérèse

un lent détour où mon imagination malade se grisait de scandaleuses spéculations.

Ma rêverie la plus douce – mais aussi la plus harassante – se nourrissait d'une certaine nostalgie de l'héroïsme. Après tout, je me sentais quelque droit à revendiquer l'exaltation procurée par des actes extraordinaires. J'avais payé pour ça... Serge ne m'avait donné que la force de survivre. C'était ce qui me liait à lui et justifiait l'affection, la tendresse sincères que je lui rendais en retour. J'avais appris une autre façon d'aimer. L'occupation de la France, le combat pour la liberté – oserai-je le dire ? – me servaient d'adjuvants. Homme de culture et d'humour, compagnon agréable, Serge s'efforçait toujours de présenter ces dérivatifs comme un véritable art de vivre. Souvent, il était convaincant. Or moi, travaillant d'arrache-pied, ne rechignant à aucune corvée susceptible d'aider notre grand dessein de reconquête, je ne pouvais m'empêcher de songer à des missions plus périlleuses. Malgré tous mes efforts pour y prétendre, jamais l'occasion ne me fut accordée d'être parachutée sur le sol français. Voilà où le bât blesse. Je me disais, partagée entre naïveté romantique et détermination farouche, qu'Antonio, à l'instar de beaucoup de ses anciens camarades républicains, avait repris les armes et luttait à nos côtés dans un maquis du sud de la France. Je m'y voyais : le vol de nuit, l'angoisse, le saut, la fuite en avant, l'escarmouche, le claquement des mitrailleuses, la peur, le corps à corps à l'arme blanche, la

Un dernier soir avant la fin du monde

marche à travers bois et collines, enfin l'arrivée au campement... Et il est là. Tel qu'en lui-même. Notre baiser est doux et plus tard, notre accouplement sauvage... Suivi, de jour en jour, par des gestes d'amour aussi neufs et francs que la solidarité qui nous a réunis... Puis vient à nouveau le moment de la séparation. Clandestine, je rejoins l'Angleterre par sous-marin. Le ventre labouré d'espoir – gros de toi, Marc-André...

Mon unique tort, vois-tu, vraiment le seul dont je sois prête à endosser les conséquences, fut, en cette affaire, de mêler le rêve à la réalité.

Je m'explique.

La nuit où Serge me pénétra pour te concevoir, il constata avec surprise que mon corps répondait au sien d'une manière inédite. Tout au long de cette scène d'amour, j'ai joui, transportée. Mon mari commit l'erreur de me le faire remarquer, après. Sa vantardise égrillarde me le rendit odieux. Je lui dis tout. Je lui expliquai que, pendant qu'il s'escrimait sur moi, je voyais le visage de Toni, je sentais son odeur à lui, j'entendais son souffle à lui, je recevais sa semence à lui !

C'était plus que ton père n'était capable de tolérer. Il commença par donner le change, ne modifiant rien, en apparence, à son comportement quotidien. Plus qu'à l'ordinaire, il était même vif, élégant, primesautier. En dépit de la grisaille guerrière plombant l'atmosphère de notre vie londonienne, il demeurait un charmant boute-en-train, ne

Histoire de Thérèse

ratant aucune occasion de me divertir. Il faisait mine d'avoir oublié, mais je savais qu'en profondeur, mon aveu l'avait détruit. Son existence, avant moi, coulait de source. Il était de ces gens dont l'origine sociale et les dispositions naturelles leur font penser qu'ils sont à l'abri des catastrophes. Serge était né homme d'ordre. L'épreuve que je lui imposais le transplantait, avec brutalité, du monde de la sécurité dans celui du vertige autodestructeur. Bientôt, à de petits signes révélateurs, à des gestes et des paroles trop empruntés pour être honnêtes, je compris que sa douce passion à mon égard l'abandonnait peu à peu pour céder la place à la pire des maladies de l'âme : l'amertume. Un jour, bien après ta naissance, il me dit, dans un mouvement d'impeccable honnêteté : « Thérèse, j'ai besoin de me prouver que j'ai encore ma chance. Pas par orgueil, juste pour continuer à vivre... »

J'étais condamnée.

Mais je dois au moins lui reconnaître une chose. Il n'eut pas le mauvais goût de se livrer à des confidences inutiles. Serge savait me faire souffrir avec chic.

Fais-moi donc la grâce de me croire, Marc-André : tu as été le seul bonheur sans mélange de ma vie. On ne joue plus. Fini le poker-menteur. D'ailleurs tu es trop fort à ce jeu là.

Tant que nous étions deux électrons libres et complémentaires, tu n'avais rien à redouter de moi. Mais un jour, le facteur est venu m'apporter ce

Un dernier soir avant la fin du monde

maudit paquet. Et avec lui, une forme exquise de malheur... A cette époque-là, une femme de ma génération n'avait qu'une vie. Elle n'envisageait même pas de pouvoir changer de cap, de se dédoubler, de se régénérer à d'autres sources que celles qui avaient alimenté le cours de son existence. Je ne parle pas ici d'un quelconque désir du mâle, cela va de soi. A quarante-trois ans, j'en avais fait mon deuil. Cette question me semblait réglée une fois pour toutes. Quand je te disais que tu étais « mon homme, le seul », je ne trichais pas. Non, la surprise vint de ma capacité à rêver encore. Cela me tomba dessus avec la puissance insoupçonnable d'un ouragan issu du néant. Mon égarement – je le sais aujourd'hui – me porta à imaginer que ma chute courait le risque d'être cette fois mortelle. Le pire n'était pas derrière moi, mais devant moi. Je pouvais encore susciter des fléaux, créer du désastre. Quelle excitation! De quoi me rendre folle, irréelle...

Le colis postal contenait un manuscrit de 353 feuillets. Assez mal dactylographié par une machine qui noircissait les boucles intérieures de nombreuses voyelles, il s'agissait, de plus, d'une copie-carbone sur papier pelure. Une lecture a priori rébarbative. Pourtant, au premier coup d'œil, ayant tourné quelques pages, je fus attirée par la qualité de la langue espagnole dans laquelle le texte était rédigé. Des mots, des patronymes captèrent au vol mon attention. Je revins à la page de titre où le nom

Histoire de Thérèse

de l'auteur claqua comme un fouet : Arnaldo de Suma. Ma vue, mon cœur chavirèrent. J'étais sûre. Déjà. Le sens du long titre calligraphié en majuscules m'échappa, ma conscience bouleversée se fixant sur le seul prénom d'Antoine, rejetant dans l'ombre le reste du libellé : « *Un Amant sous l'Echafaud ou l'Extravagante Aventure du sieur Antoine de Pinero, diplomate et libertin.* » Au bas de la page, à gauche, le mystérieux écrivain avait mentionné un lieu et une date : « Genève, 1959. » Il n'y avait aucune autre indication d'adresse.

Je bus deux grandes tasses de thé et fumai trois cigarettes avant d'avoir le courage d'ouvrir le manuscrit pour de bon.

Entre les deux premiers feuillets s'était glissée une page de plus petit format que je n'avais pas remarquée au premier abord. Sur un beau vergé filigrané à en-tête du *Palimpsestus*, un libraire autrichien collectionneur de vieux papiers m'écrivait en français, à moi, Thérèse Avril-Jonas !

« Vienne, 12 mai 1963.

« Madame,

Vos mérites de traductrice, votre réputation d'hispanisante qui, sachez-le, ont touché jusqu'à ma modeste personne, m'incitent à vous confier le manuscrit ci-joint.

La lecture de certains de vos travaux et les goûts que j'y peux deviner me donnent à penser que cette œuvre singulière ne devrait pas vous laisser in-

Un dernier soir avant la fin du monde

différente. Dans le cas contraire, je vous prierais de me la retourner à l'adresse ci-dessus. Il s'agit en effet d'un exemplaire unique auquel je tiens en particulier. Ne trouvez-vous pas qu'au-delà de la curiosité, ce texte résonne d'échos sombres et troublants ? Pour ma part, j'y attache d'autant plus de prix que le correspondant anonyme qui me l'a naguère procuré ne souhaite pas le vendre. A sa demande, ma mission consistait uniquement à vous l'envoyer après avoir fait les vérifications nécessaires afin qu'il vous parvienne en main propre et pas avant que votre fils, Marc-André, ne fût entré dans sa dix-huitième année.

Dans le cas où vous consentiriez à traduire et à faire éditer l'ouvrage de M. de Suma, son propriétaire me donne mandat de régler avec vous en bonne et due forme les conditions contractuelles de l'affaire.

Dans l'espoir de vous avoir convaincue et de m'être ainsi acquitté de ma charge,

Je demeure, Madame, votre obligé et vous assure de ma plus haute considération.

Dr. Heinrich Sturztraum. »

L'impudent ! Il me provoquait, me torturait. S'il reconnaissait ma compétence de linguiste, comment pouvait-il imaginer que ce nom de Sturztraum n'allait pas semer en moi une panique difficile à contrôler ? Dans l'instant, les deux mots composant cette menace terrifiante se détachèrent de manière

Histoire de Thérèse

implacable : « chute » et « rêve », « sturz » et « traum » emplissant ma tête de tambours et cymbales meurtriers, frissonnant tel un vol de feuilles mortes, carillonnant un Te Deum de promesse nouvelle... Ce type me prenait-il pour une idiote ? Et si c'était lui, mon Antonio ? Partagée entre la fureur et l'angoisse, je ne comprenais pas qu'au-delà d'une vaine espérance, s'engouffrait en moi une trop grande tristesse.

L'instinct professionnel m'a sauvée, sur le moment. Un réflexe attrape-tout comparable au trac qui permet au comédien de jouer sa scène avec un talent miraculeux. Lorsque tu es rentré du lycée, Marc-André, j'avais déjà dévoré la totalité du manuscrit et m'étais essayée à traduire les deux premières pages. Tour à tour ivre et lucide, exaltée et désemparée, je devais ressembler à une vieille alcoolique repentie qui, soudain, mettait fin à une longue période d'abstinence...

Comme chaque jour, tu es venu m'embrasser, tandis que je travaillais à mon bureau. Des deux mains, j'ai eu le geste de dérober à ton regard ce que j'étais en train de faire, à l'instar des potaches qui cachent leur copie. Tu m'as dévisagée, intrigué.

« Maman, tu sais que le Pape est mort hier soir ?
— Jean XXIII ? ai-je dit d'un air absent.
— Oui !
— Ah ? Hier ? On était quoi, hier ?
— Ben, le lundi de Pentecôte, tu sais bien... J'ai fait de la philo avec mon copain Pascal et puis, en

fin d'après-midi, on est allés à la Cinémathèque voir *Le Port de l'angoisse* de Hawks.

— *To have or to have not*?

— Oui... D'après Hemingway, sur un scénario de William Faulkner...

— Je connais... Humphrey Bogart, Lauren Bacall, la police de Vichy, la Résistance française... Je connais... Je l'ai vu avec ton père... en 46 ou 47...

— C'est génial, non ? Je suis rentré un peu tard. Tu travaillais encore. Je n'ai pas voulu te déranger. J'avais mangé un morceau chez Pascal. Je suis allé réviser ma compo d'histoire dans ma chambre.

— Je t'ai entendu...

— Tu n'as pas lu ton *Combat* aujourd'hui ?

— Non...

— Tu parais toute drôle. Il s'est passé quelque chose ?

— Que veux-tu qu'il se passe, Marc-André ?

— Tu as vu ta tête ?

— Une détraquée, quoi !

— Maman, tu ne vas pas recommencer avec ça ! Tu sais que je t'aime comme tu es... Tu es parfaite, ma petite mère.

— J'ai reçu des nouvelles...

— Mauvaises ?

— Je l'ignore encore... Un travail urgent. Quelque chose qui compte énormément pour moi... Je t'en parlerai plus tard. »

La suite, inutile de te la rappeler. Je ne t'ai rien dit de plus après ce soir-là. Ou si peu... Juste de

Histoire de Thérèse

quoi te préparer à recevoir le choc. A l'époque, je n'étais pas moi-même capable d'analyser avec clarté les mouvements contradictoires qui me déchiraient. La pression était trop forte. A moins d'en crever de dépit, il fallait que je me dégage de cet étau. Résultat : je t'ai donné à lire le journal de ton père. C'est horrible, je sais. Comment pouvais-je te soumettre, toi mon enfant adoré que j'aurais protégé de la moindre menace au péril de ma vie, à pareille torture ? Serge m'avait laissé ces carnets en guise de testament ironique. Pas pour se venger, non, je ne crois pas. Plutôt comme un défi à la mort. Pendant six ans, je les avais ruminés seule, au point de m'en réciter des passages entiers dans la tête. Tu comprends, ce viol était aussi une manière de te rendre ta liberté, de te signifier que tu n'étais pas responsable. Ni de lui, ni de moi.

Même blessé, tu devais, selon ma logique maternelle, être un homme debout, pas une victime.

Le jour où j'ai senti que tu tiendrais le coup, j'ai enfin décidé de partir avec, dans mes valises, le manuscrit d'Arnaldo de Suma et sa traduction presque achevée.

Et, tu l'as deviné, j'ai fini par retrouver l'homme qui m'avait coûté et continuait à me coûter l'essentiel de ma vie.

Oh, ne crie pas victoire trop vite, je t'en prie ! Tu aimerais bien, je m'en doute, t'inventer une mère héroïne de feuilleton sentimental à quatre sous. Moi la première, je ne refuserais pas le confort de ce

Un dernier soir avant la fin du monde

rôle flatteur – du moins aujourd'hui. Car, à cette époque, la perspective d'un dénouement heureux ne me traversait pas l'esprit. Ne m'aiguillonnait qu'un seul désir, celui d'aller jusqu'au bout. Le bout de quoi ? Peu importait. Je n'avais pas le choix. C'était ma façon à moi de ne pas mourir.

A Vienne, bien sûr, il n'y avait pas de Doktor Sturztraum. La boutique de la lettre existait, à l'enseigne du *Palimpsestus*, cachée dans une ruelle adjacente au Dorotheum, le mont-de-piété proche de la Bibliothèque nationale, mais son gérant s'appelait Brod ou Broch, je ne sais plus. En tout cas, il n'avait jamais entendu parler de mon mystérieux correspondant. Je lui montrai le manuscrit. Cela ne lui disait rien non plus. Après un quart d'heure de conversation, nous n'étions guère plus avancés. Mon interlocuteur semblait sincère car, un instant, je m'étais demandé si, complice, il ne brouillait pas les cartes à dessein. Je dus me forcer un peu pour dévoiler des éléments susceptibles de réveiller la mémoire du bouquiniste. Comme je lui parlais de la guerre d'Espagne, ses yeux pétillèrent derrière ses lunettes cerclées. Il marmonna : « Arnaldo de Suma... Arnaldo de Suma... Attendez... Peut-être que... Oui, je me souviens... Il y a cinq ou six ans... C'est ça, j'avais un client qui cherchait désespérément à mettre la main sur des œuvres de Jan Potocki. Rares, vous savez, ces éditions-là. Je lui en avais procuré une. Quelle émotion ! Etait-ce le volume premier des *Dix Journées*

Histoire de Thérèse

de la Vie d'Alphonse van Worden, un in-12 publié à Paris en 1814 ou le *Voyage dans les steppes d'Astrakhan et du Caucase* de 1829 ? Oh, mais laissez-moi vérifier mes fiches... Cela va prendre un peu de temps. Si vous reveniez demain, euh non, pas demain, c'est dimanche... Lundi ou mardi, nous pourrions en savoir davantage. »

Celui que, méfiante, j'avais commencé par prendre pour un imposteur, se révélait un brave homme. Je lui dis que je n'étais pas pressée. J'allais de toute façon demeurer à Vienne car j'avais un travail à terminer. En revanche, je gardai pour moi les vraies raisons de ma prudence. Pas question de faire fausse route, de jouer, infantile, avec le feu. S'il fallait passer au gril, au moins que ce fût à celui des flammes de l'enfer.

Je fis durer le plaisir. Après avoir séjourné quelques jours à l'hôtel, je louai, par l'intermédiaire d'une consœur que j'avais rencontrée à Paris, un petit studio dans Berggasse, à cent mètres de la maison où Freud avait vécu. La coïncidence m'aurait amusée si j'avais eu le cœur à rire. Etant donné ma disposition d'esprit, j'étais surtout sensible au fait que mon logement était un peu excentré, au nord du Ring. Cela limiterait mes tentations d'aller rôder du côté du *Palimpsestus*, situé à l'autre bout de la vieille ville... Mon amie traductrice me servit de cicérone. Je ne connaissais pas Vienne et ne tenais pas à la connaître. Mes visites étaient toutes contaminées par l'idée obsé-

Un dernier soir avant la fin du monde

dante de repérer des lieux, des indices. Pas un détail qui ne constituât à mes yeux un commencement de preuve, qui ne fût une manière de confirmation d'être sur une piste sérieuse. Jouer les touristes ne m'intéressait que dans la mesure où je quadrillais le territoire d'une possible mémoire. Je te laisse imaginer, Marc-André, les musées, Schönbrunn, l'opéra... Ces choses-là te sont d'ailleurs familières, alors que pour moi, elles se fondirent dans le halo d'une seule grande question restée sans réponse.

Je téléphonai à M. Broch – appelons-le comme ça – à deux reprises. La première fois, il parut circonspect. Il y avait bien, dans ses registres, la trace d'une recherche bibliographique sur Potocki. Mais il bredouilla que le nom du demandeur ne correspondait pas à celui de l'auteur de mon manuscrit. Selon lui, je devais me tromper, victime d'un concours de circonstances. Il était désolé... Malgré mon insistance, il refusa de poursuivre la conversation, prétextant la présence de plusieurs clients dans sa boutique... Je ne te ferai pas l'injure, Marc-André, de te rappeler qui était Jan Potocki. Je sais d'avance que ce comte polonais francophile, mais peu enclin à accepter la mainmise de Napoléon sur son pays, appartient à ton panthéon littéraire. Ne le citais-tu pas en exergue de ton roman *Le boulevard du diable* ? Grand voyageur érudit, syphilitique, il se suicida en 1815, n'est-ce pas ?

Ma seconde conversation avec Broch se solda par un échec complet. Il me raccrocha au nez, haus-

Histoire de Thérèse

sant le ton, cabré, digne et autoritaire : « Madame, je vous ai tout dit ! Inutile de me relancer. A votre service... bla-bla... bla-bla ! » Au lieu de me décourager, cette attitude me persuadait que le bonhomme me cachait quelque chose.

Entre-temps, j'avais commencé des démarches auprès de diverses autorités administratives. Au fil des semaines, les résultats négatifs allaient s'accumuler. Aucun signe d'un passage officiel d'un Suma ou d'un Solera à Vienne ces dernières années. J'écrivis aussi au Commissariat des Réfugiés à Genève et au siège de la Confédération Nationale du Travail à Toulouse, renouant ainsi avec le long parcours que la guerre avait interrompu. Ici, on me répondit que, depuis mars 47, Antonio de Solera n'avait pas renouvelé son certificat d'affiliation. Là, après un délai de deux mois, on me fit savoir qu'il y avait bien une adresse mais que l'on n'était pas autorisé à la communiquer.

Je savais enfin que Toni était vivant.

Où était-il ? Que faisait-il ? Se cachait-il sous le pseudonyme d'Arnaldo de Suma et pourquoi ? Ça, je l'ignorais encore. Que m'importait ! Même si je ne le retrouvais jamais, au moins j'étais sûre de n'avoir pas rêvé pour rien durant toutes ces années de résignation.

Cette certitude me donna la force d'achever la traduction d'*Un Amant sous l'échafaud*. Il le fallait. Si je n'avais pas mené cette tâche à son terme, j'aurais été incapable de trouver l'énergie et la mo-

Un dernier soir avant la fin du monde

tivation d'un second souffle. Ma quête ne pourrait reprendre que le jour où je me serais acquittée de ma dette morale envers l'énigmatique Dr. Heinrich Sturztraum. Ne lui étais-je pas redevable de ma première victoire : la résurrection d'Antonio ? Le roman d'Arnaldo de Suma serait publié en français. En ne le retournant pas à son expéditeur, en me rendant à Vienne, j'en avais pris l'engagement tacite.

Ce fut donc dans ce but que je rentrai alors à Paris. Rappelle-toi, Marc-André, nous nous vîmes à cette occasion, à Londres où tu me reprochas de t'avoir laissé passer seul les fêtes de fin d'année. Ton premier Noël sans moi, en effet. Et il y en eut bien d'autres, n'est-ce pas, dont je ne fus pas l'unique responsable ? Ce retour chez moi représentait aussi une étape fondamentale de ma stratégie. Le mot ne convient pas, d'ailleurs. J'étais loin, en effet, de suivre un cheminement réfléchi. Mes convictions s'établissaient davantage à partir d'émotions violentes. Perturbée, malheureuse en un sens, je finissais toujours par m'obliger à faire des choses qui me coûtaient cher. Plus que la détermination, c'était la douleur qui me poussait à agir. Le mouvement atténuait la souffrance.

Tu me manquais tellement, mon fils.

Et j'étais prête à continuer, cependant !

Ainsi, m'étais-je convaincue que ma prochaine visite à Broch devait s'accompagner d'une livraison de notre fameux ouvrage. Je lui remettrais le vo-

Histoire de Thérèse

lume en main propre. Et nous verrions s'il n'allait pas fléchir !

A mon retour de Londres, les éditeurs pour lesquels j'œuvrais d'ordinaire trouvèrent chacun son prétexte pour écarter ma traduction d'*Un Amant sous l'échafaud*. Mais, comme tu le sais, mes assauts répétés eurent raison de l'un d'entre eux. Le livre parut dans un petit tirage, quelques mois plus tard. Les recensions de la presse furent quasi inexistantes. A l'exception, notoire, d'un article de Claude Bonnefoy dans *Arts*. Le critique, l'un des plus fins découvreurs de l'époque, malheureusement trop tôt disparu, y soulignait « le baroque sulfureux » du roman, laissant néanmoins pointer, sous forme de questions, dans les dernières lignes, une réserve de taille : « *Cet auteur jusqu'ici inconnu, et sur lequel son éditeur ne nous apporte aucun élément biographique, n'aurait-il pas, par hasard, lu sans modération le* Manuscrit trouvé à Saragosse ? *Imposture ou géniale supercherie ?* » Dans un encadré, le journaliste avait sollicité l'avis de Roger Caillois. Celui qui, six ans plus tôt, avait introduit en France l'œuvre de Potocki, penchait, non sans humour, pour la seconde hypothèse.

Le débat littéraire était clos. La vie reprenait le dessus. C'était à moi d'en faire bon usage.

Broch fut flatté de mon cadeau. Il accepta mon invitation à déjeuner. L'anecdote de Bonnefoy et Caillois le fit sourire. Il se détendait. Je lançai alors ma grande offensive. Mon va-tout. Entre Tafelspitz

Un dernier soir avant la fin du monde

et Apfelstrudel arrosés de bière et de schnaps. Je voyais bien que le grassouillet bouquiniste n'était pas insensible à ma présence, à ce que vous, les hommes, appelez le charme féminin. Il me dévorait de ses yeux sanguins. Me triturait la main, sur la table, en roucoulant des « Madame Avril » de plus en plus langoureux. Et j'avoue que, ce jour-là, je me laissai un peu faire. En attendant le moment de vérité, l'estocade... Broch eut droit à toute l'histoire. Un récit, presque aussi complet que celui que tu as lu, de ma « petite » guerre d'Espagne et de ma passion amoureuse. A la fin, en sanglots, il me dit : « Pauvre Madame Avril... Vous ne méritez pas ça... Moi aussi, vous savez, j'ai perdu ma femme. Tuée par les nazis. Et ma famille a été décimée dans les camps. Je suis juif. Je ne me suis jamais remarié. Et je ne sais vraiment pas comment j'ai pu revenir dans ce pays qui nous a fait tant de mal. De père en fils, nous avons bâti les précieuses collections du *Palimpsestus*. C'est ma vie, mon cabinet des lamentations, mais plus encore mon combat pour les Lumières. Ce ne sera jamais assez à cet égard. J'ai une mission : la civilisation contre la barbarie. Il m'aimait bien à cause de ça, votre monsieur ! Ah, Madame, si je me suis enfui à temps pour me réfugier en Suisse pendant toute la guerre, ce n'est pas par lâcheté ! C'était l'unique façon de sauver notre librairie, d'espérer un jour rouvrir les portes condamnées du *Palimpsestus*. Vous comprenez ? Et c'est là, à Montreux, que j'ai rencontré votre An-

Histoire de Thérèse

tonio... fin 44... Un homme admirable, d'une culture remarquable... Comme je vous l'ai dit, il est revenu me voir, à Vienne, des années plus tard... Oui, Madame, Arnaldo de Suma et Antonio de Solera ne font qu'un... Je ne pouvais pas vous le confier. Le secret du client est sacré. Il m'avait fait jurer. Nous étions un peu devenus des amis, en quelque sorte. Mais pour vous, non, je ne savais pas. Il ne m'avait pas parlé de vous. J'ignorais qu'il vous eût envoyé son manuscrit. Il m'aura sans doute dérobé du papier à en-tête lors d'un de ses passages. Comment aurais-je pu me douter... ? »

Broch n'en finit pas de se disculper et de s'autoflageller. Je lui dis que je le trouvais très sympathique. Pas par flagornerie intéressée. Je le pensais vraiment. Et, plus tard, jusqu'à sa mort dans les années 80, j'ai continué à lui envoyer un signe d'amitié de temps à autre...

Bien sûr, cette fois, Broch accepta de me donner l'adresse de Toni à Genève. C'était du moins, précisa-t-il, celle qu'il lui avait indiquée en 1959. Depuis, il n'avait pas revu de Solera. Il espérait sincèrement que je n'allais pas être déçue...

Ses craintes étaient fondées. A Genève, Toni avait disparu sans laisser de trace. Il demeurait introuvable. Les semaines s'écoulèrent en recherches vaines. Même mon travail commençait à s'en ressentir. J'avais du mal à me concentrer plus d'une heure d'affilée sur les pages d'une série d'ouvrages américains consacrés au cinéma dont je m'étais en-

Un dernier soir avant la fin du monde

gagée à assurer la traduction française pour faire bouillir la marmite. Le volume traitant de la comédie musicale avait été livré dans les délais. *Le Western* accumulait les retards. Quant à celui du fantastique, je l'avais pris en horreur avant même d'en attaquer la première ligne. Or, tes études et ton entretien nécessitaient l'envoi de mandats réguliers et conséquents. Ce fut dans ces conditions que je me résolus à solliciter, pour six mois, une vacation d'interprète auprès des services des Nations Unies.

Le temps passait. Bientôt cela ferait deux ans que ma quête aveugle avait commencé !

Je prolongeai mon job à l'ONU de trois mois en attendant un prochain contrat avec un éditeur parisien. Ne l'eussé-je pas fait que peut-être la situation ne se serait jamais débloquée. En effet, mes fonctions me conduisirent un jour jusqu'à Nicosie. Nous étions alors en mars 66 et la question chypriote continuait à faire peser une lourde menace sur la paix mondiale. Le président Makarios donna une réception en l'honneur des différentes délégations étrangères. Et c'est là qu'un certain Anton Saler, alias Arnaldo de Suma et Antonio de Solera, ne put échapper à mon regard.

Sous ce nom d'emprunt transparent, il se prétendait homme d'affaires, un gros bonnet de l'import-export basé à Beyrouth. D'origine inconnue, muni d'au moins deux ou trois passeports, disait-on, ce mystérieux Saler possédait des appuis dans toutes les chancelleries occidentales et proche-orientales.

Histoire de Thérèse

Un réseau qui le rendait indispensable et intouchable... Parmi les convives, je l'avais reconnu au premier coup d'œil. Il ne me vit pas tout de suite. Ebranlée, terrifiée, j'interrogeai l'un des diplomates qui m'entouraient. La réponse fut immédiate : « Ah, Saler ! Que ferait-on sans lui dans les parages ? Quel loustic ! Beaucoup trop d'amis... Dangereux... Mais, chère madame, si je puis me permettre, pourquoi vous intéressez-vous à lui ? Personnellement, je m'en méfierais... » J'expliquai, bredouillante, que cet homme ressemblait à quelqu'un que j'avais rencontré autrefois. Sans doute était-ce une erreur. Mon interlocuteur me lança : « Ça vous amuserait d'être présentée ? » Anéantie, je dis : « Oui. »

Comme je m'avançais vers l'atrium où il se trouvait, Toni leva les yeux dans ma direction. Sous la barbe qui lui mangeait le visage, je suis sûre qu'il pâlit. Ayant détourné son regard, il tenta un repli, se mêlant à un groupe qui déambulait sous les portiques. J'accélérai le pas. Criai : « Toni ! » Il s'arrêta, pétrifié, jusqu'à ce que ma main se posât sur son épaule. Là, il fit volte-face et me dévisagea avec un grand sourire aux lèvres. Physiquement, il n'avait pas beaucoup changé malgré les artifices utilisés pour se construire une autre personnalité. Ses cheveux, un peu dégarnis sur le haut du front, grisonnaient, presque blancs, mais il les coiffait toujours de la même manière, lissés et gominés à la Carlos Gardel. En réalité, sa physionomie faisait davantage penser à un Clark Gable barbu et un peu épaissi, fatigué.

Un dernier soir avant la fin du monde

Ses traits tirés, les poches sous les yeux contredisaient les allures de baroudeur qu'il affichait.

Je pleurais. Il me tendit un mouchoir et dit, dans un français quasi impeccable :

« Vous ne voudriez pas ternir ce beau visage et laisser croire à ces gens que je suis un fantôme ou un bourreau, n'est-ce pas ?

— Pourquoi m'as-tu fuie ? répliquai-je.

— Pas ici, Teresita, pas ici », murmura-t-il. Et plus fort, de façon à être entendu par les personnes qui nous entouraient : « J'ai appris le deuil qui vous a frappée. Je suis désolé. Sincères condoléances. Ah, vous serez à Athènes demain, m'a-t-on dit. Moi aussi. Je suis sûr que nous nous y verrons ! »

Il me prit la main pour la baiser, tourna les talons et s'éclipsa dans la foule.

Tu imagines, Marc-André, combien cette nuit fut longue et pénible pour moi. Toni semblait tout savoir de moi comme si, depuis plusieurs années, il n'avait cessé de me suivre, de m'espionner. Pourquoi, alors, n'avait-il pas donné signe de vie ? A quel jeu pervers s'était-il livré avec cette mascarade romanesque d'Arnaldo de Suma ? Que représentais-je encore à ses yeux ? Et pourquoi, à peine nous retrouvions-nous, me quittait-il ainsi, me plantait-il là, sauvagement, au milieu de cette foule absurde, avec la vague promesse d'une rencontre à Athènes ? Comme s'il me refusait encore la possibilité d'exister, comme s'il s'interdisait la vie...

J'avais attendu si longtemps. Maintenant que je

Histoire de Thérèse

touchais au but, ces questions refoulées me déchiraient, m'obsédaient. Toni avait sans doute de bonnes raisons d'avoir agi ainsi. Quelles qu'elles fussent, jamais elles ne lèveraient l'hypothèque tragique du mur qu'il avait volontairement dressé entre nous. La fascination, le pouvoir qu'il exerçait sur moi ne devaient rien à la notion de pardon, bien au contraire. Je lui appartenais. Etre à lui, c'était « *être* » tout court.

De mon passage obligé à Athènes, je garde un souvenir atterré. Je dus en traverser les épisodes professionnels dans une semi-conscience soutenue par les automatismes de l'expérience. Dans la soirée, Antonio me contacta à mon hôtel. Une fois encore, il avait su où me trouver. Il me demanda de l'attendre au bar. Une demi-heure plus tard, il était près de moi.

J'ai évoqué ci-dessus la stabilité relative de son apparence physique. On ne pouvait pas en dire autant de sa personne morale. Antonio de Solera était devenu triste, méfiant, cynique, amer. Lui qui avait voulu changer le monde ne croyait plus en rien, même pas en la promesse de cette rencontre.

Nous avons parlé, dans l'oubli du temps et du sommeil, à l'écart du réel qui nous aboyait ses signaux de détresse alentour. Nous avons bu du champagne. Nous avons dîné ensemble. Nous avons raconté tant de choses, dans les bras l'un de l'autre, couchés sur le lit de ma chambre, habillés et côte à côte !

Un dernier soir avant la fin du monde

Je n'ai pas compris, au début, que l'homme qui me confiait ses angoisses et son dépit n'était plus vraiment celui que j'avais aimé vingt-cinq ans plus tôt en Espagne. Pour commencer, n'approchait-il pas la soixantaine ? Et moi, n'avais-je pas franchi la barre des quarante-cinq ans ? Tous deux nous étions sur un autre versant de notre vie.

J'avais beau me défaire, sans fierté, me vautrer dans l'abnégation, je n'arrivais pas à renoncer à l'idée que lui, vivant, une étincelle était toujours possible. J'étais prête et soumise à tous les incendies.

Toni, lui, semblait ne pas m'écouter. Il revenait de manière obsédante sur ses problèmes d'identité : il avait changé, il n'était plus le même. Il resta cependant laconique sur ses activités du moment, se contentant d'évoquer de nombreux voyages, un commerce international sur lequel il préférait rester discret. Certains mots prononcés me laissèrent penser que la politique n'était pas absente de ses préoccupations. Mais, quand je fis référence au passé, à « nos » guerres, il se raidit.

« Du pipi de chien, tout ça ! On ne m'y prendra plus. La leçon a servi. Maintenant, on sait comment faire. Les grands moyens, ou rien ! »

Il s'exaltait. Le ton montait et ses propos me semblaient incohérents. Pourtant, je continuais d'attribuer ces réactions trop vives à son enthousiasme de jadis. Je me mis à rire, nerveuse. Cela faillit lui faire perdre son sang-froid. Je crus qu'il allait me gifler.

Histoire de Thérèse

« Tu es devenu violent ? articulai-je, stupéfaite.
— Je le serais plus encore si je n'étais pas aussi malade.
— Tu es malade ?
— Oui. Condamné, probablement.
— Mais il faut faire quelque chose...
— Quoi ? A part attendre la balle du flic qui me descendra !
— Pardon ?
— C'est pour ça que j'ai écrit *Un amant sous l'échafaud*. Pour toi ! Pour ton édification ! Pour que tu saches que j'étais en train de ciseler le plomb qui va me trouer la peau... J'ai réchappé à un premier cancer il y a une dizaine d'années. C'est à ce moment-là que j'ai entrepris de retrouver ta trace. Ça n'a pas été bien difficile. Paris est petit, face au vaste monde. Et ton mari ne faisait rien pour passer inaperçu, pas vrai ? L'avis d'obsèques publié dans la presse m'a confirmé que j'étais sur la bonne piste. J'étais en France à ce moment-là. Et les livres traduits par Thérèse Avril-Jonas bien en vue dans les librairies... Il m'a suffi de t'observer, de loin. Ton fils est un beau garçon, tu sais... Je ne pouvais t'entraîner sur la voie où je m'étais enlisé. Tu imagines, Thérèse Avril avec un marchand de quatre-saisons planétaire, un maquignon de l'import-export de toute la merde à vendre sur cette terre ? Je ne te méritais plus !
— Tu es guéri ! m'exclamai-je.

— Une rémission... Mais je sais que ça va revenir. Et cette fois...
— Non ! Tu vas rentrer à Genève et à Paris avec moi. On prendra soin de toi.
— Il y a assez de bons médecins à Beyrouth pour prévoir le pire.
— Tu vas repartir là-bas ?
— Oui.
— Tu ne veux plus me voir ?
— Non !
— Tu préfères que je meure de chagrin ?
— Je t'en prie, Teresita, je ne peux rien t'apporter de bon. Troubler ta quiétude, c'est tout. Fiche en l'air ta vie, ta carrière... Laisse-moi... Si j'en ai la force, c'est moi qui viendrai à toi, parfois. Si tu veux bien...
— Comment ne le voudrais-je pas ? Je ne supporterai pas de te perdre à nouveau. Pas tout à fait. »

Toni a tenu sa promesse. Un mois et demi plus tard, il m'a rendu visite à Genève. Et l'année suivante, je le vis à trois reprises : une fois en Suisse, une fois à Paris, et une fois à Milan où il m'avait demandé de le rejoindre.

Nous étions convenus d'un calendrier informel qui ne nous imposerait aucune obligation. Cette espérance de liberté réciproque me laissait en réalité dans un état de dépendance toujours plus dévorant. Plus nous louions notre autonomie et plus je me sentais captivée. Toni refusa que je le rejoigne

Histoire de Thérèse

au Liban. De toute façon, argua-t-il, il allait quitter ce pays pour s'installer à Barcelone.

« Quoi ? m'écriai-je. Comment peux-tu ?

— J'ai été amnistié. J'ai récupéré un passeport espagnol.

— Mais Franco est toujours là. Je croyais que...

— Le *viejo* va bientôt crever. Et Barcelone, c'est idéal pour mes affaires. D'ailleurs, moi aussi je vais crever. Ils ont trouvé des métastases. Je désire mourir chez moi.

— Revoir ta fille ?

— Je n'ai pas de fille !

— Et Montserrat ? Tu n'as jamais cherché à savoir ce qu'elle était devenue ?

— Je n'ai jamais eu de ses nouvelles. C'est mieux comme ça !

— Laisse-moi venir avec toi.

— Ce n'est pas raisonnable. Mais puisque tu le veux, Teresita *mia*, eh bien ce sera comme tu voudras... »

Toni me mentait une fois encore. Pas sur sa maladie qui était réelle. Jusque-là, il ne m'avait jamais donné la moindre chance de découvrir la nature de son « sale business », comme il disait. Le trafic d'armes, les liens avec les mouvements de libération et les extrémistes des quatre coins du monde... Sous couvert de révolution mondiale, le bel anarchiste Antonio de Solera versait peu à peu dans l'engrenage du terrorisme.

Cela ne m'empêcha pas de le suivre, de militer contre la répression franquiste, de distribuer des tracts, de « porter des valises » même. Pendant ce temps, la jeunesse de Prague, de San Francisco ou de Paris voyait ses rêves s'envoler en fumée. Tu me l'as souvent reproché après, n'est-ce pas Marc-André, d'avoir raté 68 ? Comment aurais-je pu répondre à ta critique dérisoire ? Qu'aurais-tu pensé si tu avais appris que ta mère se rendait complice d'attentats ? Qu'elle rencontrait des membres des Brigades rouges à Rome, de la Fraction Armée Rouge à Francfort ou de l'ETA à Bilbao ? Sans le vouloir pourtant, sans partager la haine sanguinaire qui animait le cœur de mon Toni... J'avais essayé de le dissuader, oh oui ! Lui qui avait risqué sa vie au nom de la civilisation, sauvé des tableaux parmi les plus beaux du monde, pouvait-il souscrire à des entreprises de mort aveugles ? La barbarie ne répondait pas à la barbarie. Loin de l'annuler, elle la ravivait au contraire. Toni se moquait de mes arguments et de ma sensiblerie. Il me traitait de « crypto-humaniste ».

Devenir soi-même monstrueux était pour lui la seule manière de répliquer à la monstruosité d'une dictature qui, en 1970, condamnait encore ses opposants, basques ou pas, à être garrottés, comme au Moyen Age.

Toni était une bête. Et je restais avec lui, suspendue au fil des années qui passaient, molles, équivoques. Loin d'être soumise, je me rebellais. Mais jamais assez pour rompre le lien trop puissant qui nous unissait.

Histoire de Thérèse

Les médecins ne lui donnaient alors que dix-huit mois, deux ans tout au plus, à vivre. Il ne voulait pas partir, disait-il, sans graver l'empreinte de son passage sur cette terre...

Je n'ai jamais su de quoi il voulait parler. Je comprenais cependant qu'il préparait, en compagnie de clandestins avec lesquels je n'eus, moi, aucun contact, un grand coup. Un « boum », ricanait-il, dont on n'était pas près d'oublier le fracas ! Encore fallait-il que le mal qui le rongeait lui en laissât le temps ? Aurait-il la force nécessaire de tenir jusqu'au bout ? J'espérais que non.

Tu as bien lu, ce n'est pas une erreur : *Je formulais des vœux pour que le cancer l'emportât avant l'explosion de cette maudite bombe* !

Ils ont fait sauter l'amiral Carrero Blanco, et très haut ! Je m'en suis réjouie, d'ailleurs, car à l'instar de Toni, je n'ignorais pas que l'éminence grise du Généralissime incarnait le bras armé du régime. Or, Antonio de Solera avait succombé trois semaines auparavant. Et de cela, je ne tirai aucune satisfaction. J'aurais tellement voulu qu'il voie ça, avant de mourir : le trou énorme sous le passage de la voiture blindée !

Je n'arrivais même plus à être triste. Plus qu'en miettes, j'étais sans espoir. Mon amour avait été incapable de sauver Toni, de lui redonner confiance en lui. C'est atroce de souffrir et se battre pour quelqu'un qui a abdiqué. A certains moments, quand il sombrait dans ses lubies les plus autodestructrices, il m'était arrivé de l'aimer moins. J'eus à plusieurs reprises la tentation de partir, de le laisser à combattre ses démons à sa façon, qui n'était pas la mienne. Mais toujours, malgré le désarroi et la déception, la passion reprenait le dessus. Et j'acceptais. Tout. Tu peux imaginer ça de ta mère ?

Cette même année 73, on enterra Picasso, Tolkien et Pablo Neruda. Il était temps que je rentre à Paris, boulevard du Montparnasse.

M'y attendaient des nouvelles de toi, Marc-André. Tu m'annonçais la parution prochaine de ton premier roman. Et surtout, tu dissertais à n'en plus finir sur ton intention d'épouser une certaine Marion Parker dont tu avais fait la connaissance à Washington. Une fille « propre et sympa », « ni ange ni bécasse », « juste assez cool pour me supporter » – c'étaient tes propres termes. Génial, me dis-je, vraiment génial ! A voir combien tu tergiversais, il était clair que tu n'y croyais pas toi-même à ce mariage.

Dont acte.

11

JOURNAL DE MARC-ANDRÉ (5)

La Dérobade, *14 mai 1999.*

Ma mère ignore un détail. Un fait capital. Qui joue en ma faveur.
Aujourd'hui, je peux le reconnaître. J'ai un avantage décisif par rapport à elle : moi, je connais le vrai testament de mon père. Serge Jonas s'était bien gardé de livrer à sa femme l'intégralité de sa confession. C'est moi qui en ai hérité à ma majorité. C'est moi encore qui n'ai jamais eu le courage d'affronter avec ma mère le sens de ces pages que je préférais ne pas comprendre. Longtemps, je me suis imaginé que Papa y réglait ses comptes avec un rival éphémère. Il ne m'était pas possible de concevoir une quelconque infidélité de Maman, de l'identifier à une sainte déchue. Comment aurais-je réussi à découvrir ce que dissimulaient les

Un dernier soir avant la fin du monde

sous-entendus qui ont eu la peau de mon père ? Les raisons de son sacrifice ? Les allusions à Arnaldo de Suma cadraient, après tout, avec un épisode de la carrière de la traductrice. Pourquoi aller chercher plus loin ?

Maintenant, je sais. Et relire ce que Serge Jonas écrivit à mon intention quelques mois avant sa mort revêt une importance capitale. Je ne ferai pas l'injure à ma mère de lui infliger cette vérité. Notre affaire à nous deux reste en dehors.

Papa disait :

« J'ai toujours envié la capacité de Thérèse à s'abriter derrière les mots des autres. Elle sait ouvrir le parapluie, elle. Pas moi. Et elle danse, voltige sur sa corde tendue au-dessus du filet de protection. Aucun saut périlleux ne lui est interdit. Bravo, l'artiste !

Pour ma part, je me contrains sans grâce. Je patauge, m'englue. Et mes mines de clown savant ne changent rien à l'affaire. L'art de la table ne fait pas bon ménage avec l'écriture. J'ai, bien entendu, toujours prétendu le contraire. Lucide, mais pas masochiste ! Ah ça, non !

Oh, je n'ai pas à rougir ! Les chroniques qui ont bâti ma réputation jonglent avec saveurs et épices. D'un trait, j'assassine. Une métaphore me suffit à assurer la célébrité d'un chef. Je n'ai pas mon pareil pour assaisonner la platitude. Mais à la relecture, s'impose le vide. Je suis un charlatan, et ça me plaît ! C'est ma façon à moi de me nourrir d'illusion...

Journal de Marc-André

J'ai longtemps rêvé d'un roman où j'exprimerais le velouté de mes caresses, le piquant de ma pensée, le suc de ma sève intime, l'astringence de mes émotions... Hélas, mon vrai talent consiste davantage à goûter, téter, lécher et mordre ! Poitrines de veaux ou de femmes, qu'importe ! De la jouissance à la cacophagie, il n'y a qu'un pas. Je me roule dans les fumets les plus dégoûtants, me délecte de miels doux comme de viandes avariées. Il n'y a pas de limite au dépit gourmand. Je suis un boulimique du pompage et de la régalade. Croquer une poulette, lui sucer la pomme et la figue, ouvrir sa moule, déchirer son oursin, rentrer dans sa coquille : voilà comment j'écris ma vie ! Un cigare de Havane peut être une oasis, une bouteille d'un grand millésime, un puits de jouvence. Mais rien n'empêche la caravane des désirs de passer. Et je reste avec ma faim d'amour. Seul et mortel. »

Et il ajoutait, immense aveu :

« *Il y a quelques jours, au Meurice, un individu m'a abordé. Brisant le raffinement d'un moment de volupté. " Le coup du médecin " appartient à ces gestes de tradition auxquels on ne sacrifie plus assez aujourd'hui. Après le potage, je dégustais un vieux xérès quand cet homme se planta devant ma table.*

Je suis sûr que c'est le type à Thérèse. Je l'ai deviné tout de suite. Avec cette hérésie onomastique digne d'un guignol du Venezuela : Arnaldo de Suma ! Ridicule !

Et, pour tout dire, il ne ressemblait pas plus à un

Un dernier soir avant la fin du monde

aristocrate tropical que moi à un anachorète du désert! D'étoffe assez ordinaire, son costume était cependant de bonne coupe. Il portait sa chemise blanche col ouvert, sans cravate. S'il n'avait été aussi bronzé, il aurait pu faire penser à un artiste italien en villégiature à Paris. Ou à un espion, peut-être... Eh, c'est qu'il en avait l'air, du barbouze en mal de mission sur le canal de Suez ou d'enlèvement à la Ben Bella! Mais que viendrais-je faire dans cette galère, moi le sybarite depuis longtemps démasqué, le Grand Inquisiteur de la table qui, en guise d'yeux et d'oreilles, ne connaît que ceux du mouton berbère ou celles du cochon grillé?

Je fis remarquer au ci-devant de Suma qu'il me dérangeait. Il sourit sous sa fine moustache.

" Je voulais juste vous prier à dîner, le soir qu'il vous conviendra et où il vous plaira, monsieur Jonas.

— Que me vaut cet honneur? Et d'où tenez-vous mon nom?

— Je suis un fidèle lecteur de votre chronique. Tout l'honneur est pour moi. Il n'y a qu'un seul Jonas dans ce domaine. Impossible de se tromper! J'ai, voyez-vous, une proposition intéressante à vous soumettre. Un moyen de vous obtenir pas mal d'argent.

— Vraiment?

— Je pense que votre femme apprécierait...

— Ah, parce que vous connaissez aussi ma femme?

Journal de Marc-André

— *Non... non, mais ne voudriez-vous pas l'épater ?*

— *Chez Maxim's. Mercredi. 20 heures. "*

J'avais choisi un lieu où je me sentirais en sécurité. Et après tout, me suis-je dit, je ne risque rien à l'écouter. Et c'est lui qui régale !

Son léger accent, difficile à identifier, méditerranéen en tout cas, m'avait troublé. La vraie raison pour laquelle j'acceptai ce rendez-vous tenait à un pressentiment.

Il m'a tout raconté.

Un moment, j'ai cru qu'il était venu me faire chanter. C'eût été trop beau ! La réalité est inimaginable. A l'aune de ma surprise et de ma rancœur...

Je n'ai pas eu la fierté de l'envoyer au diable et encore moins de lui taper dessus. Et lui n'a plus le courage ou le désir de m'éliminer. Au contraire, il veut " m'aider ", le salopard ! Le mot précis qu'il a eu le culot d'utiliser est : " Dédommagement ! " Pour moi, pour Thérèse, pour mon fils... Je lui ai vertement répliqué de laisser notre enfant en dehors de ce marchandage.

Sur un bout de papier tiré de sa poche, il a écrit un chiffre – avec plein de zéros. Je me suis dit que ce type se foutait de moi. Ou alors que ma vue chavirait sous l'effet du château Haut-Brion.

Chiche !

Il a refusé de fumer le cigare que je lui offrais à la fin du repas.

Un dernier soir avant la fin du monde

« *Je suis malade, annonça-t-il avant de prendre congé de manière précipitée. Bientôt, vous n'entendrez plus parler de moi. Alors, faites-le pour elle, je vous en prie. Et ne lui dites pas que je vais mourir...* »

Pas un mot à Thérèse, bien sûr. Je l'aime trop pour ça. C'est mon secret à moi.

Ce matin, au courrier, il y avait un gros chèque. Demain, je verrai mon banquier qui en fera bon usage.

Mon dernier séjour à l'hôpital s'est soldé par un préavis alarmant. Monsieur de Suma n'aura pas eu le plaisir d'en être informé.

Si je dois partir, moi aussi, eh bien Marc-André trouvera de quoi payer ses études et se lancer dans la vie.

Thérèse ne saura jamais pourquoi elle devrait me haïr. »

*
* *

Désormais, je me sens presque apaisé. Les éléments de ma mémoire ne tournicotent plus autour de moi comme des vautours affamés. Vivre avec mon imagination ne me tourmente plus, même si je sais que le plus exigeant reste encore à faire.

J'écris. Tous les après-midi et le soir, tard dans la nuit.

Dire que Victoria me manque serait un mensonge.

Journal de Marc-André

Chaque page rédigée augmente la sensation de vivre un temps arrêté. Les jours ressemblent aux autres jours. Le quotidien, à la Dérobade, ne s'écarte guère du soin qui m'anime : écrire. Il en a souvent été ainsi, il est vrai, dans mon parcours : combien de fois, dans le passé, ne me suis-je pas surpris à distendre, voire à couper les liens avec des personnes ou des préoccupations dont j'aurais cependant juré qu'elles étaient essentielles à mon intérêt du moment ? Souvent, j'ai laissé tomber une femme parce qu'elle risquait de représenter un danger pour un livre en cours. Avec Victoria, c'est un peu différent. Continents et océans nous séparent. Nous n'avons pas besoin de communiquer l'un avec l'autre. Pas elle, en tout cas, puisque depuis maintenant quatre mois, je n'ai aucune nouvelle. Au fond de moi s'est installée, confortable, la conviction qu'elle ne m'oublie pas. Me « tromperait »-elle que cela ne modifierait pas mon sentiment. Et, pour ma part, je m'égare parfois jusqu'à me laisser envahir par le souvenir de son parfum... Eau d'Issey... Ce genre de détail aurait dû glisser hors de ma mémoire. Autant dans la vie je ne m'encombre pas de la minutie des accessoires, autant dans le roman je suis attentif au poids des broutilles.

Après le départ de Victoria, je me suis vu perdu. Démenti par les faits... Mes vieux problèmes ne m'obsèdent plus. L'hiatus entre les gestes de l'habitude et la fonction si peu naturelle de l'écriture est comblé. Je suis « un ».

Un dernier soir avant la fin du monde

A l'exception d'une période souffreteuse, un mauvais rhume qui, en mars, m'a tenu alité plus d'une semaine, favorisant ma pente naturelle à l'hibernation, l'isolement ne me coûte guère. Mes journées suivent un cours apaisé. Je me réveille tard dans la matinée, et mon premier souci est de raviver le feu de bois dans la grande cheminée de la salle commune où j'ai installé mon campement de fortune. Sur la vaste table en chêne se déploie mon domaine : un coin réservé aux repas, un autre à l'ordinateur portable, et le reste au déballage intermédiaire des activités ordinaires. Je dors sur un sofa ouvert en permanence. Je me suis gardé de trop explorer les autres pièces de la maison. Dieu merci, la Dérobade n'est point trop grande. Et la rigueur d'un printemps tardif me laisse indifférent.

Sur le coup de midi, il m'arrive de descendre au village. Provisions obligent. A moins que je ne parcoure en voiture quelques dizaines de kilomètres à la recherche d'une auberge de campagne où je suis assuré de ne rencontrer nul importun. Après le repas, je ressens fréquemment le besoin de me promener. De la Dérobade, un chemin délicieux serpente à travers les sous-bois et mène à une petite rivière à truites. J'y croise parfois des chasseurs en goguette. Ils me gratifient de grandes tapes dans le dos. Ils sont fiers d'avoir comme voisin un écrivain qui leur fout la paix. C'est ce qu'ils disent, sans détour. Leurs rires sont tout sauf moqueurs. Je crois qu'ils m'aiment bien. Ce doit être vrai puisqu'ils ne

Journal de Marc-André

protestent pas quand un de leurs chiens file à l'anglaise pour m'accompagner dans mes balades.

Puis vient l'heure de se remettre au travail. Ponctuelle, évidente. Les séances suivent l'allongement des jours, à peine interrompues par un dîner léger et reprises jusqu'à ce que ma fébrilité cède le pas à la fatigue.

Il m'arrive de boire trop, mais c'est rare. En général, mes cigarillos me suffisent, preuve que cette solitude choisie n'émousse pas mon énergie. Oh, il est des signes auxquels je reconnais le danger! Même quand surgit l'envie de tout balancer, de rentrer dare-dare à Paris pour sauter dans le premier avion à destination de l'Australie, je garde mon sang-froid. C'est normal. Pas plus inquiétant qu'une érection du petit matin.

L'abstinence m'a toujours posé problème. Le moins que l'on puisse dire est que je ne suis pas un champion du renoncement. La privation n'appartient pas à mon vocabulaire. Or, ici, à des riens, je crois reconnaître la caresse des doigts de Victoria, le souffle chaud de ses lèvres, la moiteur de sa peau, la vibration de son corps. Plus je prends conscience de son éloignement, de son absence, et plus cette Victoria, là-bas, depuis les antipodes, englobe la totalité de mes désirs. Si, faiblard, je me laisse entraîner à fureter de ce côté-là, me revient en boomerang l'idée que Thérèse, ma mère, se retrouve expulsée de mes pensées. Est-ce parce que je lui donne, à elle, tout le fruit de mon labeur d'écrivain ? Me suis-je soucié, un seul instant, de prendre de ses nouvelles ? Lui ai-je écrit ou téléphoné ? Non, je respecte ainsi notre pacte. Thérèse ne voudrait pas que je la dérange pour de la pacotille, avec du provisoire, de l'inachevé.

Demain, je vais regagner Paris et je n'irai pas la voir. Lui rendre visite ne serait pas une forme de courage. Au contraire, ce serait un moyen égoïste de me réconforter, moi. Il faut que je tienne le coup.

D'ici quelques jours, Paris constituera un bref intermède, juste le temps de me remettre enfin dans les traces de la réalité immédiate. Bon Dieu, à vivre en cénobite, j'en ai perdu jusqu'au sens de la chronologie la plus élémentaire ! Non pas que cet exil rural ait été frappé d'un quelconque interdit à l'égard de l'information, mais force est de constater que radio et télévision ont été boudées. Je me suis contenté de jeter un œil distrait aux manchettes de *La Dépêche* sur le tourniquet du buraliste qui, au bourg, me fournit, en client d'exception, la marque de mes cigarillos préférés.

12

LE ROMAN PARALLÈLE (4)

En montant à bord de l'avion qui allait le mener à Vienne, Marc-André éprouva, avec un pincement de cœur, une émotion vive comme s'il se rendait compte des dangers que ce voyage faisait courir au processus en cours. Remettre les pendules à l'heure, enclencher la vitesse supérieure, décoller vers des horizons encore inexplorés risquait de compromettre le travail déjà accompli. Dès son arrivée à l'aéroport Charles-de-Gaulle, en sortant du taxi, l'odeur de kérosène qui lui avait sauté aux narines l'avait d'emblée replongé dans le maelström des idées reçues et des réminiscences. Le sifflement aigu des moteurs, l'atmosphère électrique d'un monde mouvant, éphémère, délivré de la pesanteur et des liens spécifiques à un lieu déterminé, c'était sa madeleine de Proust à lui. Un univers en suspens. Un moratoire événementiel. A l'image de son livre en gestation...

Un dernier soir avant la fin du monde

Partir n'était rien. L'entre-deux, là-haut, à dix mille mètres d'altitude, moins encore. Le plus difficile consistait à se ménager un atterrissage en douceur. Après un enfermement de cinq mois qui avait été une délivrance, replonger dans l'action lui faisait peur. Etait-ce une manière de prendre de la distance par rapport au roman, d'oublier cette impression désagréable de déjà-vu contre laquelle il s'était battu ces dernières semaines ? Peut-être aussi un artifice afin de se rapprocher de Victoria sans pour autant abandonner la piste de Thérèse ? A moins que la bougeotte ne fût carrément un moyen de combler un vide. Tout le problème était de savoir de quel côté se situaient les précipices les plus compromettants. Et ça, Marc-André ne parvenait pas à le concevoir clairement. Dans ces cas-là, son expérience d'homme et d'écrivain lui avait enseigné à foncer tête baissée.

De toutes les façons, faire un break était nécessaire. Respirer. Au large. Loin des mots... pour mieux les récupérer ensuite.

A Vienne, Marc-André ne trouva aucune trace d'une librairie *Palimpsestus*. Certes, l'histoire de Thérèse lui laissait supposer qu'après la mort du bouquiniste, la boutique pouvait avoir disparu. Mais du côté du Dorotheum, antiquaires et concierges semblaient n'avoir jamais entendu parler d'une telle enseigne. A l'évocation de Broch, Brod ou Brockman, ils avaient levé les bras au ciel en s'exclamant que ces noms devaient occuper au

Le roman parallèle

moins deux pages d'annuaire ! Bon courage, doktor Jonas ! Il n'allait tout de même pas engager les services d'un détective privé. D'ailleurs, à la réaction de ses interlocuteurs, il voyait bien que ses questions dérangeaient. A deux ou trois reprises, il remarqua qu'on le prenait pour un juif. Cela aurait pu le faire sourire si, derrière les propos sibyllins de ses interlocuteurs, il n'avait perçu une certaine méfiance, voire une franche hostilité. Le pays de l'Anschluss cultivait avec perversité ses vieux démons. L'extrême droite raciste y coulait de beaux jours. Ailleurs aussi, se dit Marc-André, dégoûté. Ce contexte nauséabond altérait le plaisir esthétique de retrouvailles avec une ville où il n'était pas venu depuis une quinzaine d'années. Egon Schiele ou Gustav Klimt qu'il avait adorés naguère lui paraissaient agaçants et surfaits. La soirée à l'Opéra dont il se réjouissait à l'avance fut un fiasco. La saison traditionnelle s'achevant, le programme ne lui avait donné d'autre choix qu'une sinistre *Veuve Joyeuse*. Il quitta la salle à l'entracte.

Quatre jours avaient suffi à le convaincre de la vanité d'un tel voyage. L'important était ce qui figurait dans le chapitre « Thérèse ». Vérifier l'exactitude de la topographie, la vraisemblance des événements ne présentait aucun intérêt. La meilleure façon d'écrire sur une ville ou un pays était de s'abstenir d'y aller. En ce qui me concerne, il en a toujours été ainsi, constata-t-il. Si je repense à mes livres, ceux pour lesquels l'exploration documentaire a été préalable sont les moins enthousiasmants. En revanche, reconnaître les lieux a posteriori m'a souvent rempli d'aise. Kafka n'a pas eu besoin de traverser l'Atlantique pour écrire *L'Amérique*, n'est-ce pas ? Encore que, sait-on jamais !

Un tel parcours était à prendre avec précaution. Refroidi, Marc-André préférait adopter un profil bas. Plutôt que de s'obstiner, il valait sans doute mieux se détendre. Désormais, son itinéraire pouvait se donner des airs de vacances. Un repos bien mérité. Si l'on y réfléchissait, après tout, il n'avait pas levé le pied depuis longtemps. Avec Laster et Cora, avec l'échec d'un roman, avec l'obsession de Potocki et de son suicide au pistolet, avec sa démission diplomatique, avec le retour à Paris, avec l'infirmité de Thérèse, avec la rencontre de Victoria, avec la remise en chantier de ses certitudes et de son savoir-faire, avec la nécessité d'un livre différent, avec un âge trop avancé et un millénaire sur le point de s'achever de manière ridicule, il ne s'était vraiment pas gâté !

Alors, après un week-end à Genève, étape inutile dont il n'espérait rien, retour à Paris, illico. Là, l'attendait une lettre de sa maison d'édition qui lui annonçait la prochaine parution en espagnol de son précédent roman, accompagnée d'une invitation formelle à se rendre à Barcelone dans la semaine du 8 juin afin d'en assurer la promotion. C'était dans six jours. Il téléphona pour donner son accord. On lui proposa un billet d'avion. Il répondit qu'il vien-

Le roman parallèle

drait par ses propres moyens. Son interlocuteur, ravi d'avoir affaire à un auteur aussi coopératif et s'exprimant aussi bien dans la langue de Cervantès, affirma que l'hôtel serait de première catégorie et le programme, très chargé, à la mesure de l'événement. Marc-André l'écouta à peine. De son côté, il avait déjà décidé de passer une bonne partie de l'été en Espagne.

Le lendemain, il acheta une voiture. Un splendide spider italien dont il avait remarqué quelques exemplaires dans les rues de Paris. Un beau jouet qu'il avait rêvé de posséder, sans toutefois, en ses diverses domiciliations exotiques, avoir jamais trouvé une raison sérieuse d'en faire l'acquisition, se contentant de véhicules fonctionnels. L'image des virées au bord de la mer avec son père, dans la Dyna blanche, lui retraversa l'esprit. Il n'y a pas d'âge pour piquer un caprice, se dit-il... Jonas signa le chèque, ses pensées tournées vers les préparatifs de départ. Deux sacs de voyage suffiraient. Dommage que Victoria ne soit pas là pour occuper le second siège du cabriolet musclé. Ils auraient eu l'air de deux jeunes en vadrouille...

Au lieu de se presser dans son bolide, Marc-André flâna. Première étape : un relais-château bourguignon, entre Rully et Meursault. La piscine de l'hôtel était ouverte, le temps magnifique. Il fallut bien deux jours complets pour épuiser ces charmes conjugués à ceux d'une visite-dégustation chez quelques vignerons du coin... De là, évitant

Un dernier soir avant la fin du monde

l'autoroute du Sud, le spider décapoté s'engagea dans une lente descente du Beaujolais, des coteaux du Lyonnais et des monts du Forez, le conducteur se payant parfois, à la faveur d'une belle série de courbes, d'exceptionnelles accélérations enivrantes. L'essentiel du plaisir tenait cependant à un sentiment de sérénité retrouvée. Marc-André se voulait libre, disponible. Sur le lecteur de CD, Schubert et Mozart alternaient avec Michel Portal et Ray Barreto. Il avait aussi, avant le départ, fait provision de cassettes : Cecilia Bartoli, Yo-Yo Ma, Gidon Kremer, David Murray, Petrucciani, The World Saxophone Quartet... De quoi tenir jusqu'au bout du monde. Sauf qu'il ne désirait pas aller si loin, cette fois. Le but était clair. Et le temps passé pour l'atteindre n'importait guère. Il se souvenait avec aigreur de l'ennui subi sous les tropiques. La fausse agitation des tâches quotidiennes s'y diluait dans la léthargie générale de l'exil. La chaleur paralysait gestes et paroles. Entre midi et seize heures, les corps, la pensée se décomposaient et c'était en général le moment qu'il choisissait pour écrire, dans la pénombre de son bureau de plénipotentiaire. Ministre de l'absurde, secrétaire de l'inutile... Dans l'archipel le plus proche – ou le moins éloigné, pour adopter des critères à la mesure des distances océaniques de cette région de la planète –, ses collègues pouvaient-ils se donner encore l'illusion de gérer les avatars des explosions atomiques américaines des années 50. A Bikini, un diplomate jouis-

Le roman parallèle

sait du double privilège de la mauvaise conscience et du bronzage néo-colonial... Marc-André, lui, en avait tellement marre des cocotiers, banians, manguiers, et autres flamboyants qu'il en venait à souhaiter des ouragans destructeurs. Les descendants des cannibales se bourraient de bière et de coca, impuissants à ressusciter les mythes anciens. Presque éteint, le volcan local s'époumonait à lâcher quelques vapeurs de soufre, juste de quoi exciter les narines et l'imagination sans que l'on pût craindre une révolte des dieux de la montagne. Marc-André regrettait d'avoir raté le cyclone qui avait ravagé l'île en 1987. Il n'avait eu que des restes à se mettre sous la dent, un petit enfer personnel à mâchouiller sans enthousiasme. La Nouvelle Jérusalem des explorateurs, tu parles ! La peau cuivrée de Cora, sa longue chevelure d'ébène, sa chute de reins épicée, ses ongles de rapace lui avaient, par bonheur, réappris la patience, les mérites de la solitude. Grâce à cette femme, et peut-être davantage en la perdant qu'en la possédant, il avait pu supporter l'imposture paradisiaque et se concocter un purgatoire à usage personnel...

A Tain-l'Hermitage, il s'arrêta dans le meilleur hôtel de la ville et commanda, pour arroser son repas, un excellent Saint-Joseph 90. Se promenant le long du Rhône avant d'aller se coucher, il se fit à lui-même une remarque : pas une seconde, dans toute cette affaire, il n'avait pensé à l'argent. Curieusement, jusqu'alors, il avait entretenu avec cette notion de finances une relation ambiguë. Prodigalité indifférente et obsession du manque s'emparaient tour à tour de lui, sans que ni l'une ni l'autre fût motivée par un souci particulier de répondre à telle ou telle exigence matérielle. En réalité, quels que fussent ses humeurs et l'état de ses fonds, il avait toujours eu de quoi pourvoir aux besoins de l'instant. Petites économies ou grand jeu, rien ne lui avait été interdit. L'idée de restriction n'appartenait pas à son univers. Alors, aujourd'hui, des notions pareilles perdaient le peu de sens qui leur restait. L'écrivain était pris d'une espèce de boulimie nouvelle. Dépenser constituait la meilleure façon d'assumer un solde de tout compte. Il se sentait une âme de flambeur. La partie de poker était engagée et il faisait tapis. Advienne que pourra!

A Barcelone, Marc-André joua le jeu. A fond. Interviews de presse écrite et émissions de radio se succédèrent. Il eut même les honneurs de la télévision, agrémentés d'une petite surprise. Le jeune journaliste qui l'accueillait pour passer en direct aux informations de la mi-journée sur TV 3 lui annonça que l'entretien se ferait en catalan. Pourquoi pas? Thérèse, elle non plus, n'avait pas eu le choix avec les miliciens. « Vous me poserez les questions en catalan, je vous répondrai en castillan », dit-il, un peu agacé. Du coup, il se laissa aller, pendant l'entretien, à raconter comment sa mère avait été mêlée aux événements de la guerre civile. Un

Le roman parallèle

scoop ! C'était la première fois qu'il en parlait en public. Il se garda cependant d'évoquer Antonio et les de Solera... Dès le lendemain, une autre occasion se présenta de miser plus gros. Sur une radio commerciale, entre une publicité pour une marque de chorizo sur fond de paso-doble et un jingle d'inspiration très américaine vantant les mérites du Loto national – mélange ineffable d'Espagne traditionnelle et moderne –, le disc-jockey déguisé en clone de Jean-Paul Gauthier saisit la balle au bond.

« Géant ! Tu as peut-être de la famille ici. Attention ! Je lance un appel. A qui tu veux parler ? Montserrat, c'est ça ? Montserrat, Montserrat, où que tu te trouves, si tu m'entends, fais le numéro de ta station préférée. Cadena Jungle, la radio-qui-SEX-Tasie ! Décroche, vas-y ! Marco-Andrès te cherche désespérément... En attendant, on va écouter le dernier single de Big Manolo. Si tu te branches sur nous avant la fin, Montserrat, t'as gagné ce super disque ! Yeahhh... »

Marc-André avait calculé qu'aujourd'hui, la fille d'Antonio de Solera devait avoir soixante-quatre ans. Il serait bien étonnant qu'elle écoutât Cadena Jungle ! Mais le manège de l'animateur commençait à l'amuser. On avait négligé de parler de littérature pour se livrer à une espèce de questionnaire de Proust à la sauce rocker. Par bribes, le romancier s'était ouvert de sa quête des origines. Convié à riper et zapper sur les souvenirs, il avait avoué qu'il désirait retrouver la trace de quelqu'un.

Un dernier soir avant la fin du monde

Quand l'autre, doué, rapide, lui vola son sujet, il n'opposa aucune résistance. Le message était passé. Maintenant, yeux fermés, inaccessible, il rêvait à une improbable réponse à l'antenne.

Soudain, on s'agita de l'autre côté de la vitre du studio. Il y avait quelqu'un au bout du fil. Le meneur de jeu, extatique, grand sourire aux lèvres, fit signe aux techniciens de basculer la communication.

« Allô ? C'est toi, Montserrat ?

— Non... mais...

— Qui que tu sois, bienvenue en direct sur Cadena Jungle ! Dis-moi un peu... ta version de l'histoire.

— Je crois que je suis la fille... la fille cadette de la dame dont le *señor* français a parlé...

— Ah ! Tu peux nous expliquer ? Le super-single de Big Manolo n'est pas encore à toi. Si tu veux le gagner...

— *Hombre*, laisse-moi parler... Marc-André, tu m'entends ?

— *Si*...

— Ma grand-mère maternelle s'appelait Manuela. Avant de rencontrer mon grand-père, on dit qu'elle chantait dans les cabarets. Je n'ai jamais connu mon aïeul. On n'en parlait jamais dans la famille. Disparu, mort... avec la guerre civile, qui sait ? Les mauvaises langues prétendaient qu'il y avait eu une autre femme. Une française... On ne m'a jamais dit son nom. Ta mère, peut-être ?

Le roman parallèle

— Comment tu t'appelles ? articula Marc-André, gorge serrée.
— Maria-Teresa... Marité, pour les intimes.
— Quel âge as-tu, Marité ? interrogea l'homme de la radio.
— Vingt-huit ans.
— Bravo, Marité ! Tu empoches le disque du jour ! Mon invité approuve de la tête. Quelle émotion ! Cadena Jungle, la station de toutes les passions ! 93.8 F.M... Yeahh... Je vais vous laisser tous les deux au téléphone, hors antenne. Vous devez avoir beaucoup de choses à vous dire. Envoyez la musique ! »

Trop bouleversé pour converser avec cette jeune femme, Marc-André se contenta de lui demander si elle acceptait de prendre un verre avec lui. Rendez-vous était pris au bar de l'hôtel Majestic, le soir même, à vingt heures.

Cette première rencontre fut brève mais intense. Ni Marc-André ni Marité n'étaient en mesure de prendre assez de distance par rapport à l'étrangeté de la situation qui les réunissait. Ils avaient peur l'un de l'autre. Leurs regards se cherchaient et se fuyaient à la fois. Les paroles demeuraient suspendues à une espérance jalouse de vérité. L'exigence réciproque était trop forte. De ce dialogue furtif ne pouvait naître, au mieux, qu'une absolue nécessité de se revoir.

Marité était un paquet de nerfs. Très brune, perchée sur des semelles compensées à l'égal de sa voix qui montait dans des aigus presque enfantins, elle était plutôt petite et d'apparence maigrichonne. Aussi noiraude et minuscule que Victoria était rousse et grande, se dit Marc-André. Et cependant, de son corps osseux, de ses mains miniatures, de ses bras bronzés aux biceps bien dessinés, se dégageait une espèce d'énergie sportive qu'accentuait une coiffure en brosse savamment ébouriffée et fixée par un gel. Vêtue d'un simple t-shirt noir et d'un jean panthère, Marité arrivait à capter, sur une moue de ses lèvres, par la subtilité de ses gestes, toute la grâce d'une féminité exacerbée.

« Alors, tu es écrivain. » Le constat était froid, à la limite du doute. En tout cas, sans aucune trace d'admiration ou de trouble.

« Et toi ? dit Marc-André, plutôt soulagé.

— Graphiste... Je travaille dans une boîte de packaging. Tu sais, images de marque, emballages, conditionnement... Pour gagner ma vie... Mon ambition, c'est de sculpter... Une galerie du *barrio gotico* m'a pris des papiers mâchés en dépôt. En attendant mieux...

— J'aimerais beaucoup les voir.

— Oh, des figurines inspirées par le folklore catalan... Des sirènes, des nymphes, des diables... Des trucs à touristes !

— Je suis un touriste.

— Non, quelqu'un qui parle l'espagnol comme toi ne peut pas se contenter de visiter...

— C'est un héritage de ma mère... Une grande traductrice... Elle s'appelle Thérèse. Elle aussi...

Le roman parallèle

— Ne te moque pas de moi ! »

L'apprentissage de la confiance entre ces deux êtres ressemblait, *terra incognita*, à un chantier aussi vaste et virtuel que les projets d'avenir de Marité. Chacun avait compris à quel point son histoire personnelle s'enracinait dans les profondeurs de leurs secrets communs. Tout en se promettant de se revoir, ils se quittèrent donc, ce soir-là, sans avoir été capables d'expliciter le lien qui les unissait si vertigineusement.

Marc-André demanda au service de chambre de lui monter son repas. Il dîna seul. Depuis son arrivée à Barcelone, son éditeur l'avait mené de réceptions en banquets jusqu'aux premières lueurs de l'aube. Après plusieurs jours de fiestas diverses en l'honneur du roman rebaptisé *Despuès de la Conquista,* il était temps de prendre une nuit de vrai repos, de faire le point.

Loin d'être remise en question par le miracle de l'apparition de Marité, sa décision de rester en Espagne pour l'été s'en trouvait confortée. Il avait noté le numéro de téléphone de la petite-fille d'Antonio de Solera et lui avait promis de la joindre car il tenait à acheter l'une de ses œuvres. Repensant à ce qui venait de se passer, il finit par se faire cette réflexion : « Marité aurait l'âge d'être ma propre fille. » Et, désormais, c'est ainsi qu'il allait la considérer, comme l'enfant qu'il n'avait jamais eue.

Il se paya alors le luxe d'imaginer un dénoue-

Un dernier soir avant la fin du monde

ment envisageable à l'histoire de Thérèse Avril-Jonas et d'Antonio de Solera.

*
* *

Antonio ne se supportait plus. Il avait entraîné Thérèse dans une impasse. Certes, au début, il avait tenté par tous les moyens, même les plus ignobles, de la dissuader de le suivre en Espagne. Ce retour aux sources, après plus d'un quart de siècle d'exil, ne concernait que lui. Thérèse n'avait aucun droit sur cette agonie d'une histoire. Son passage météorique au cours des derniers mois de la guerre civile ne suffisait pas à justifier sa pseudo-complicité dans un combat qui n'était pas et n'avait jamais été le sien.

Un jour de rage, il le lui avait aboyé :
« Fous le camp ! Je ne veux pas qu'on me vole ma mort, et surtout pas toi ! »

Parfois, il regrettait au contraire d'être incapable de lui avouer à quel point il était las du mensonge, de la clandestinité, de cet écheveau d'existences multiples. La seule vie réelle n'était-elle pas celle qu'il allait bientôt perdre : sa peau ! Qu'est-ce qu'une pensée, même protéiforme, quand il n'y a plus de squelette habité pour la porter ? La maladie lui arrachait les derniers lambeaux de son identité déchirée. Ultime passeport pour un transit au-delà des frontières tracées en vain par Thérèse afin de le

Le roman parallèle

maintenir à flot dans un simulacre d'amour prostré et banni. A force d'épouser les mots, la vie des autres, de s'identifier au destin de ceux qu'elle traduisait, elle avait perdu ses mots, sa vie, son destin à elle. Elle n'existait plus que par procuration. Dans une solitude farouche et désolée...

Au nom de la peur et de l'héroïsme, Toni lui cachait l'essentiel de ses activités. Si, honteux, il lâchait quelques informations, c'était avant tout pour que Thérèse ne s'imaginât pas qu'elle était sa prisonnière. Telle une droguée, il la sevrait juste de quoi la tenir en dépendance. Mais en réalité, Antonio en faisait beaucoup moins que ce qu'il voulait donner à entendre. Il était prêt « *à se jouer la vie* », comme le dit si bien l'expression espagnole. Sur ce point, pas de renoncement ni de mystification. En un recoin de sa conscience demeurait enfouie la capacité de surgir comme un diable, hors de lui. Oui, alors, il ferait tout péter, et comment ! En attendant, il singeait les gestes du révolutionnaire, en coulisses. Ah, les complots d'arrière-salles de bistrots entre deux parties de poker ! Et Thérèse qui, pendant ce temps-là, trimait dur, trop heureuse de le voir rentrer à l'aube ou de l'apercevoir entre deux voyages improvisés !

Antonio entourait ses absences d'un mystère quasi religieux. Thérèse ne posait pas de questions. Souvent, il n'y avait aucune raison de douter de la nature de ces missions. Antonio rendait en effet des « services ». C'était une manière de se défausser

Un dernier soir avant la fin du monde

pour toutes les fois où il rendait visite à sa fille, Montserrat.

La retrouver n'avait pas été difficile. A son arrivée à Barcelone, Antonio savait déjà, grâce à son réseau, que Montserrat vivait à Figueras dans l'ancienne propriété des de Solera. Après la mort de la Señora en 39, après celle du vieux marquis dans un asile psychiatrique de Lerida dix ans plus tard, et la « disparition » d'Antonio étant considérée comme officielle, la veuve légitime de ce dernier, Manuela, se ligua avec son beau-frère de Madrid pour se partager l'héritage familial. Le domaine catalan lui échut donc. Montserrat y grandit, s'y maria avec un agent immobilier de la ville. Au moment de la réapparition d'Antonio, à la fin des années 60, ce gendre insipide commençait à amasser les dividendes du développement touristique grâce auquel, dans la décennie suivante, il ferait fortune. Franco, la politique : bah, ça ne l'intéressait pas ! Il fallait aller de l'avant, gagner, dépenser, investir, sans regarder en arrière... Manuela approuvait. Mais les grossesses à répétition de sa fille finirent par entamer sa patience et sa bonne humeur. Lorsque, enfin, naquit en 1971 la petite dernière, Maria-Teresa, la belle douairière avait, six mois plus tôt, convolé en secondes noces avec un promoteur de la Riviera française, non sans avoir, au préalable, refusé de lui vendre le domaine, évitant ainsi qu'il fût transformé en hôtel-club.

Peu de temps avant de mourir, Antonio de Solera

Le roman parallèle

eut le bonheur de tenir dans ses bras la vie toute nouvelle de Marité. Au lieu de le repousser, comme il le craignait, Montserrat l'avait accueilli, l'installant même dans cette chambre qui avait été celle de sa jeunesse et où il avait aimé Manuela et Thérèse. Ces instants volés lui procuraient une émotion plus exaltante que celles de la clandestinité. Désormais, la mort serait plus facile. Accepter la défaite, dans ces conditions, lui faisait presque du bien.

Au début, pourtant, Montserrat fut avare d'émotions à son égard. Rigide, arc-boutée sur des principes de vie appris chez les Sœurs, elle admettait qu'il fût là, parce que c'était « dans l'ordre des choses ». Antonio n'en éprouva pas de chagrin : l'essentiel, pour lui, avait été de pouvoir venir se recueillir sur la tombe de sa mère, chaque fois qu'il le souhaitait. Un jour, assez en colère, Thérèse ne lui avait-elle pas reproché de ne manifester aucun signe d'intérêt à l'égard de ces souvenirs ? Qui sait dans quel état se trouve cette sépulture ! Elle avait ajouté : « Si ça continue, c'est moi qui vais m'y rendre ! » Il le lui avait interdit, au nom de la sécurité. Figueras n'était pas une bonne planque. Ce serait risqué – trop d'inimitiés, de rancœurs encore vivaces... Il valait mieux se fondre dans l'anonymat de Barcelone.

Bien entendu, Thérèse Jonas n'était pas le genre de femme à se fondre dans quoi que ce fût, et surtout pas l'aveuglement complaisant. Dès qu'une occasion se présenta, elle alla à Figueras. Ni Montserrat ni Marité ne furent un secret pour elle. Elle sut aussi que Toni les voyait à intervalles de plus en plus rapprochés. Jamais elle n'en fit état. C'était sa façon d'aimer jusqu'au bout, car – se disait-elle – il était bien tard pour envisager toute autre forme de scénario.

*
* *

Un autre scénario ? A quoi bon. De toute façon, je n'arriverais pas à imaginer Maman totalement heureuse...

Marité, elle, persistait à penser que l'histoire de son grand-père et de ma mère appartenait à une sorte d'âge d'or romantique inconcevable pour les jeunes de sa génération.

« Des fous incroyables, non ? »

Elle avait un petit ami, un type assez sympa, vaguement architecte. Elle me l'avait présenté dans un bar proche de la Cathédrale le jour où, sous prétexte de visiter la galerie où elle exposait, je ne résistai pas à l'envie de la revoir. Une semaine plus tard, peut-être moins, je les invitai tous les deux à dîner. Elle vint seule.

« Ce mec est chiant ! Il comprend pas qu'on puisse avoir des choses à se dire... »

En réalité, il n'y avait que moi qui parlais. Elle écoutait, riait, s'étonnait, hurlait, mais trahissait peu d'elle-même. Vite, j'ai compris qu'elle pouvait se passer de moi. Mon parcours, ma vie n'oblitéraient pas les siens. Sa fragilité jouissait encore du bénéfice de la liberté. Le vrai demandeur, en l'occurrence, c'était moi. Il me fallait mettre mes suppositions en accord avec les faits, savoir si, dans le feu de l'action, je ne m'étais pas égaré. Marité était un test.

Après le restaurant, vers deux ou trois heures du matin, elle a insisté pour me traîner dans une discothèque. Je l'ai regardée danser jusqu'à plus soif. Elle est venue, à plusieurs reprises, me tirer par le bras pour que je l'accompagne sur la piste de danse qui ressemblait à une gigantesque volière peuplée de merveilleux oiseaux exotiques dont les mâles et les femelles se distinguaient à peine tant leur beauté et leur jeunesse m'apparaissaient parfaites.

Dans le tohu-bohu de la nuit, Marité m'a rappelé à la réalité. Loin d'être inconscient, son discours était traversé des fulgurances et des vertiges qui, à toutes les époques, caractérisent peu ou prou les états d'âme propres aux gens de son âge. Tandis que son corps se désarticulait au rythme de la musique assourdissante, sa pensée se nouait soudain sur une idée-force qu'elle me lançait comme un défi. Elle a dit, par exemple : « On est mal partis ! Avant la fin de l'année, je prévois une catastrophe... »

Au début, ça m'a agacé quand elle s'est mise à m'appeler : *tio* – tonton. Puis, je m'y suis fait. Juste retour des choses, non ?

Un dernier soir avant la fin du monde

Histoire de ne pas céder trop de terrain, je l'ai surnommée *marquesita* – petite marquise. Ça ne l'a guère amusée non plus. Un point partout! Au bout d'un moment, *tio* et *marquesita* nous sont devenus familiers, des marques d'affection dont nous ne pouvions plus nous dispenser.

Avec elle, j'avais l'impression que le temps passait différemment. Au cours des mois précédents – depuis le départ de Victoria, pour être précis –, je m'étais appliqué à nier la durée. Mon seul chronomètre était l'écriture. La lenteur des mots périmait la force des sentiments, mais de cette suspension même, par un inexplicable renversement de situation, renaissaient des phrases ineffaçables. Il n'y avait jamais trop loin de l'éphémère à l'éternel... Marité me ramenait à une appréhension beaucoup plus concrète de la marche des heures et des saisons. A Barcelone, j'étais incapable de continuer mon livre. Du moins, tel que je le concevais jusque-là. Ne refusant pas l'idée de loisir, je me contentais de prendre des notes. Les histoires des familles Jonas et de Solera se rejoignaient enfin. Il suffisait d'être là, de se laisser porter par les événements. Marité m'enseignait, Dieu merci, que le présent existait encore!

Du côté de la Russie et en deux ou trois endroits « stratégiques » du globe, quelques vieilles lunes accablantes pour l'avenir du genre humain semblaient être reprises de leurs danses de Saint-Guy séculaires. Marité m'achetait les journaux. Je la

Le roman parallèle

couvrais de cadeaux bêtes et innocents. Elle venait me voir presque tous les jours. Il lui arrivait de ne rester que cinq minutes, parfois davantage. On ne discutait pas forcément. Face à face, on avait besoin de silence. Elle se calait sur des coussins, allongée sur la moquette, pour lire ou regarder la télé. Elle était contente de me laisser en paix, disait-elle. Au téléphone, Marité pouvait au contraire se déchaîner et me raconter sa vie avec une telle pléthore de détails que je ne pouvais plus écrire de la journée !

Au demeurant, tout alla pour le mieux tant que j'évitai le sujet tabou : le domaine de Solera à Figueras. Moi-même, j'avais tenté de l'oublier, me persuadant qu'une visite là-bas n'apporterait aucun élément nouveau. N'était-ce pas une manière de retomber dans le piège, de céder au charme apathique du passé ? Ne valait-il pas mieux aller de l'avant ? *Adelante !* – c'était ce que disait Marité...

Un dimanche, je l'ai emmenée à la plage de Sitges. Gourmande, elle m'a demandé si elle pouvait conduire l'Alfa. J'ai rechigné. Elle s'est moquée de moi. J'ai souri. Et le *tio* a cédé. D'ailleurs, elle a piloté le spider avec une assurance et une dextérité qui m'ont laissé pantois, plaqué au fond de mon siège et accroché des deux mains à ma ceinture de sécurité. Je me suis un peu détendu quand, riant aux éclats, elle m'a expliqué que, depuis plusieurs années, elle s'entraînait sur circuit et qu'elle avait même gagné plusieurs courses de kart... ! A la plage, la *marquesita* se révéla aussi

Un dernier soir avant la fin du monde

douée en natation qu'en conduite automobile. Souple, elle glissait sur l'eau dans un crawl d'une efficacité redoutable. J'ai toujours été un nageur acceptable, mais contre Marité, je n'avais aucune chance. Je l'ai observée et admirée. Je me sentais fier d'elle. Sans ambiguïté. Oh, il est vrai que les gens s'interrogeaient ! Même pour les branchés blasés de Sitges, un vieux schnock accompagné par une petite nana représentait toujours la possibilité d'un nouvel épisode du grand feuilleton de la comédie humaine. Et, qui sait, une proie éventuelle pour les paparazzi des magazines à sensation ? Je m'en moquais. Si Marité n'était pas ma fille, elle aurait pu – pourquoi pas ? – être une sorte de très jeune sœur.

Pendant le déjeuner – une *fideua* de poissons et crustacés –, j'ai enfin posé la question à propos de Figueras. Marité s'est cabrée.

« Tu y vas si tu veux. Moi pas !

— J'ai besoin de toi, pourtant...

— Je sais, *tio*. Mais n'y compte pas.

— A cause de ta mère ?

— Oui... Elle sait que tu es là. Je le lui ai dit.

— Ah ?

— Elle te hait.

— Mais...

— Tu lui as volé son père.

— Montserrat ne me recevra pas ?

— Non. D'ailleurs, il n'y a rien à voir là-bas. Ils n'ont même plus de souvenirs.

Le roman parallèle

— Et ta grand-mère Manuela ?
— Elle est morte, l'année dernière, à Monte-Carlo. Entre deux parties de baccara...
— Elle avait... quatre-vingt-huit ans, non ?
— J'en sais rien. Je ne l'ai pratiquement pas connue. Et j'en suis bien contente.
— Ne dis pas des choses pareilles, Marité.
— Je dis ce que je veux.
— Ça, c'est sûr ! Et moi, tu me détestes ?
— Tais-toi, idiot ! Tu aurais fait un super-tonton !
— Tu vois, jamais je n'aurais imaginé qu'un jour, une jeune fille me dirait un truc comme ça ! Au moins, je ne serai pas venu en Espagne pour rien !
— De quoi tu te plains, alors ?
— Et ton père ?
— On est fâchés.
— Tes frères et sœurs ?
— Aussi.
— Tu n'exagères pas un peu, non ?
— Ils me font peur. Ils sont vieux.
— Moi aussi.
— Oui, mais toi, Marc-André, tu veux savoir d'où tu viens. Pas eux. Ils ont oublié. Et ils se croient heureux. Moi, je n'ai pas encore d'histoire, mais j'en aurai une, un jour, tu ne crois pas, dis ?
— Et comment !
— Parle-moi de ta mère, de la Teresita, tu veux bien... »

Et c'est ainsi que la *marquesita* m'a remis sur les

rails. Loin de m'égarer sur des fausses pistes, sa présence finissait toujours par me ramener à l'essentiel.

J'ai décidé de renoncer à Figueras. Cette journée à la plage avec Marité m'avait convaincu que l'état de vacance où je craignais de vivoter m'offrait, au contraire, la maîtrise du temps à laquelle j'avais aspiré. Bondissant sur l'occasion, j'ai proposé à mon amie de se joindre à moi pour une nouvelle étape vers le sud. N'était-elle pas en congé elle aussi ?

J'ai loué, pour un mois, un trois pièces à Playa de Gandia, entre Valence et Alicante. Nous avions chacun notre chambre. Le matin, j'écrivais. Elle dessinait. Je lui donnais à lire les pages qui traitaient de sa famille en lui demandant de ne pas hésiter à me faire les observations nécessaires. Elle me les rendait avec des corrections de détails, surprise de ne pas y trouver davantage d'erreurs. Elle évitait cependant de s'en étonner outre mesure. Sa propre sensibilité artistique lui permettait de comprendre comment et pourquoi je m'en sortais aussi bien. Je n'aurais pas supporté d'avoir à me lancer dans de grandes déclarations théoriques. Avec Marité, pas une seconde je n'ai songé à jouer les Pygmalions et je lui en savais gré.

Un jour, par faiblesse, je me suis laissé aller à dire :

« Et si tu venais à Paris... ? Et si tu m'accompagnais en Australie... ? Et si tu me suivais dans mon île du bout du monde ?

Le roman parallèle

— Arrête, tu vas tout gâcher, *tio* ! Ça ne te suffit pas, ces super-vacances ? »

Comme pour se faire pardonner, elle a ajouté aussitôt :

« Tu sais que je suis amoureuse de toi, non ? Alors, ce ne serait pas bien de flanquer la pagaille dans une histoire dont tu as réussi à réunir presque tous les fils ! Ce n'est pas le moment, hein ?

— Ah, Marité, tu es vraiment une fille formidable ! »

Et je me suis précipité pour la serrer dans mes bras. Nous nous sommes embrassés, tremblants et en pleurs.

Il s'en est fallu de très peu, sans doute, que l'un ou l'autre n'ait cédé à la pression des sentiments et à l'urgence des sens. Tout mon être me criait de ne pas toucher à Marité. Mais comment pouvais-je ignorer cette part profonde qui, en moi, me disait de répondre à ses caresses amoureuses ? Elle voulait se donner à moi. Je ne pouvais me résoudre à accepter un tel sacrifice. Pas par force d'âme. Mon absence de volonté ne plaidait pas en faveur de la fermeté morale. Dans sa solitude, Marité souffrait trop. Elle me faisait peur. Je n'avais pas le cran de coucher avec la petite-fille d'Antonio de Solera, l'homme qui avait ruiné la vie de ma mère, voilà tout. Thérèse savait ce à quoi elle m'exposait en m'envoyant en Espagne. Elle aurait pu marquer là un point décisif. Si j'avais succombé, eh bien Thérèse m'aurait embarqué à jamais dans son cauchemar. Elle ne m'aura rien épargné dans l'apprentissage du prix de la barbarie.

Marité est vite redevenue la *marquesita*. Comme avant... Nous nous sommes amusés. Nous avons profité de la plage et du soleil.

Je lui ai demandé si elle aimerait que son copain, l'architecte, vienne nous rejoindre. Elle a dit oui. Elle lui a téléphoné. Au week-end suivant, il était là. Quelques jours plus tard, j'ai fait mes bagages et je leur ai laissé l'appartement.

Avant de partir, je me suis arrangé pour être seul, un moment, avec Marité.

« Je t'ai beaucoup aimée, moi aussi, lui ai-je murmuré en la berçant dans mes bras.

— Je sais, dit-elle, et je n'oublierai jamais... »

L'instant d'après, j'ai vu son corps moulé dans un maillot noir de compétition disparaître parmi la foule des estivants amassés sur la plage.

Je me suis mis au volant de ma voiture. J'ai démarré et sans un regard en arrière, ai pris la direction de Gandia afin de rejoindre l'autoroute qui me ramènerait vers le nord.

Au passage, je n'étais pas sûr de pouvoir résister au désir de m'arrêter du côté de Figueras. Qui m'empêcherait de déposer une gerbe de fleurs sur la tombe de la marquise de Solera ?

*
* *

Le roman parallèle

Ladislas Podolski s'était juré de ne plus jamais quitter son château d'Ivano. Au terme d'un hiver glacial qui l'avait tenu dans son fief, telle une grenouille à demi morte et à laquelle on ferait subir le supplice de la machine électrique de Galvani, il éprouvait le double sentiment, exaltant et atroce, d'avoir atteint le but de sa vie sans pouvoir se résoudre à en achever le cours.

Le récit des aventures du sieur Antoine de Pintero, diplomate et libertin, touchait à sa fin. L'œuvre à tiroirs, mêlant la relation d'exploits fantastiques qui défiaient les règles du temps et de la vraisemblance à l'évocation des souvenirs les plus intimes de son auteur, rendait justice à l'image qu'il désirait offrir à la postérité de son existence protéiforme. Mais elle lui donnait aussi l'impression d'avoir enquêté en pure perte, de s'être abîmé davantage au profond de secrets indicibles. Son imagination l'inquiétait. N'avait-il pas, une fois encore, joué à cligne-musette avec les palpitations de la vérité et les éblouissements du mystère ?

Une chose demeurait sûre : l'autre versant de son entreprise devenait maintenant une présence bien réelle. Patiemment limée, la bille d'argent était prête à prendre place dans le canon de son pistolet.

Les hésitations suscitées par un constat si contradictoire incitèrent le Comte à manquer à sa parole. Un ultime voyage, se dit-il, était nécessaire. Il tergi-

Un dernier soir avant la fin du monde

versa quelque temps, se demandant dans quelle direction il engagerait sa quête. Tenté un moment par l'Egypte et la Syrie, il renonça à cette idée, craignant de s'égarer dans l'impasse de sortilèges épuisés. Il n'avait plus à se convaincre de l'admirable fertilité du genre humain. C'était plutôt de sa capacité de destruction dont il devait enfin parvenir à s'accommoder. Il décida donc de retourner sur ses pas.

Marcher dans les traces abandonnées parmi les neiges ensanglantées du vieil empire d'Autriche, sur les terres chaudes et sensuelles du royaume de Naples, aux carrefours de carnavals vénitiens et de bacchanales portuaires, sur les pentes des sierras désolées ou dans les couvents de Castille peuplés de jeunes et galantes béguines, lui apporterait, pensait-il, la force de combattre le mal qui allait, sinon, lui voler le dénouement de sa propre histoire. S'il n'y mettait bon ordre, la souffrance lui interdirait bientôt le choix des armes.

Aux premiers jours du printemps, Podolski reprit la route. Il regrettait seulement que la Chula ne fût pas du voyage. La jument était trop vieille pour cette nouvelle aventure. Le Comte aurait tant voulu lui rendre un dernier hommage : mourir ensemble dans une de ces auberges d'Andalousie où le pèlerin ne se nourrit que de rêve et de mémoire.

*
* *

Le roman parallèle

Marc-André Jonas, d'un trait de plume, raya les deux pages qu'il venait de griffonner sur le papier à en-tête de l'hôtel. Il n'était pas sûr de les reporter, plus tard, sur la disquette de son portable pour les intégrer au texte principal. Elles sentaient trop la haute voltige et l'avaient, d'ailleurs, entraîné à un excès de ratures suspectes. A quoi bon singer encore Arnaldo de Suma ? Cette partie du livre n'était plus de saison. Il n'avait plus rien à se prouver de ce côté-là. Désormais, comme le comte Podolski, il ne devait compter que sur lui-même. Plus de béquilles ! Guéri, il fallait aller jusqu'au bout.

Pour boucler la boucle, il avait failli prêter au cavalier polonais l'un des *Proverbes d'Enfer* de William Blake. Content de l'avoir omis, il se le répéta à haute voix, pour son usage personnel : « *Celui qui désire mais n'agit pas enfante la pestilence.* »

Cela faisait trop longtemps, pensa-t-il, qu'il déambulait.

Réunir les fils de son histoire était bien. Se laisser, araignée se délectant de sa propre métaphore, piéger à nouveau par l'attente inutile risquait de compromettre l'ensemble de l'entreprise.

Il avait lambiné en route. La solitude, accrochée aux seules exigences des jours qui passaient, s'accommodait de cette lenteur. Au volant de sa voiture, Marc-André avait sillonné la France. Après avoir retraversé la frontière au Perthus, d'étape en étape, il était revenu sur tous les lieux nécessaires à

Un dernier soir avant la fin du monde

l'intrigue de son roman. D'instinct, sans méthode... La côte catalane pour saluer Walter Benjamin, le philosophe allemand mort à Port-Bou en 1940 avant d'avoir atteint l'Espagne, et rendre hommage au poète sévillan Antonio Machado, décédé en 39 à Collioure où il venait d'échouer en compagnie des misérables réfugiés républicains décrits par Thérèse Avril-Jonas dans sa confession. Là, Marc-André éprouva le besoin de relire les vers de celui qui avait écrit un poème sur le crime de Grenade, l'assassinat de Garcia Lorca par les fascistes. *« Federico parlait et courtisait la Mort. Elle écoutait. »* Se souvenant que sa mère avait traduit des textes de Miguel Hernandez, de Rafael Alberti, de Vicente Aleixandre, et de Cesar Vallejo relatifs à la guerre civile, le romancier n'eut de cesse de les dénicher dans les librairies ou les bibliothèques de Perpignan et de Montpellier. Il avait besoin de remparts et de rappels à l'ordre. Ses déplacements à travers le monde, ses entrechats désinvoltes de diplomate l'avaient tenu à l'écart des réalités françaises contemporaines. Xénophobie et nostalgies totalitaires se réveillaient dans ce pays. L'Histoire hoquetait, lamentable... Reconstruire mentalement la chanson de geste des combattants de la liberté ne menait à rien, à vrai dire. Et pourtant, comme il était réconfortant de se bercer encore un peu de l'illusion lyrique ! Un soir, à Aix-en-Provence, comme il prenait un café à la terrasse des Deux Garçons, sur le cours Mirabeau, deux vers de Jules

Le roman parallèle

Supervielle lui revinrent en mémoire, peut-être pour faire la part des choses : « *Un son plus triste de guitare / Que s'il venait des doigts d'un mort...* »

Le lendemain, il explora la campagne autour du mas où, enfant, il avait séjourné avec ses grands-parents maternels.

De là, il repartit vers l'Ouest, en direction de Toulouse et du Lot. Il s'était arrangé pour bénéficier encore une semaine ou deux de la maison de Victoria. C'était là, avait-il décidé, qu'il mettrait le point final à son livre. Elle ne pouvait pas lui refuser cette faveur. On échangea des télécopies. Victoria s'éloignait chaque jour des préoccupations concrètes de Marc-André, mais il n'imaginait pas une seconde qu'il pût vivre sans garder le contact avec elle. Comme si, en ce début d'automne de l'année 1999, la jonction Thérèse-Victoria lui était indispensable... Le temps avait suffisamment passé pour que la présence simultanée de ces deux femmes dans sa vie devînt tolérable.

Au-delà du voyage qui s'achevait, il se sentait capable de tout.

Il tira des plans.

L'itinéraire allait bientôt le conduire à reparcourir les continents et les mers. Cette fois, il ne serait question ni de fuite ni de consolation.

Il imagina des histoires d'amour où la passion de Thérèse déteindrait sur lui. Il s'y laissait séduire, captiver.

Il envisageait un avenir presque heureux.

Un dernier soir avant la fin du monde

Il pouvait aimer Victoria.

Le corps absent surgissait, trop réel, sous ses yeux attendris. Il n'hésitait pas à le rejoindre. Il se voyait planté en lui. Son sexe pénétrait celui de la jeune femme. Fermant les yeux, il affrontait la scène, sans peur, sans hargne. Ce n'était pas une idée fixe. Juste une certitude.

Il se vit aussi sans mémoire. Nu. Et là, il rejeta derechef l'angoisse aux oubliettes.

Il rêva le baiser de Victoria. Il arrivait à Hobart. Forçat libéré, l'ancienne Terre de Van Diemen l'accueillait, libre. Il avait purgé sa peine. Et Victoria l'attendait sur le quai. C'était l'été austral. Le soleil éternel. Elle était splendide dans sa robe blanche inondée de lumière. Et l'écrivain, serein, admettait la beauté du chromo.

Il créa des mondes. Passé et présent se recoupant en une assourdissante symphonie lui procurèrent des visions extraordinaires : catastrophes inévitables, tribus guerrières prêtes à en découdre, masques grimaçants, sociétés défaites, femmes en pleurs... Lui apparurent, plus fulgurantes, les images d'univers bizarres, de planètes parallèles peuplées de mutants de notre espèce. Ces héritiers, maîtres du temps et de l'espace, jonglaient avec le virtuel, impatients de découvrir le secret de l'immortalité. Seuls parmi eux, des sorciers hérétiques maintenaient que jamais l'on n'y parviendrait.

Après tout, se dit Marc-André, je pourrais tou-

Le roman parallèle

jours être père. Ce constat répété lui tira des sourires. Avoir des enfants était bien plus qu'une fiction acceptable.

Etait-il possible, à son âge, de changer à ce point ? L'interrogation, qu'il souhaitait sans réponse, provoquait des hurlements de joie et de rage mêlées.

Le moment était donc venu d'inventer le sujet d'un autre livre.

Un roman encore à naître et qu'il ne finirait peut-être pas, celui-là.

*
* *

Le 2 novembre, jour des Morts, Marc-André pénétra dans la chambre 202 de l'institution où sa mère attendait son retour.

Après les escarmouches livrées dans le couloir pour dissuader l'intrus de mettre sa menace à exécution, le personnel disponible se tenait figé, arrêté dans son élan, éberlué par l'audace de l'entreprise. Jonas était arrivé à la maison de retraite après l'extinction des feux, par surprise. La porte d'entrée étant verrouillée, il avait fait carillonner la sonnette de nuit jusqu'à ce que la directrice vînt lui ouvrir.

« Vous ?

— Oui, le fils de madame Avril-Jonas.

— Mais qu'est-ce que vous faites ici ?

— Je vous avais dit que je reviendrais.

Un dernier soir avant la fin du monde

— Je sais... Depuis des mois, votre mère n'a cessé de répéter que vous alliez venir la chercher. Nous n'avions pas de nouvelles, alors...
— Je l'emmène, en effet.
— Pardon?
— Elle part. Là. Ce soir. Avec moi.
— Enfin, vous plaisantez?
— Non.
— Ce n'est pas possible. Pas comme ça. Revenez demain et nous parlerons calmement, monsieur Avril-Jonas.
— Jonas.
— Comment?
— Avril-Jonas, c'est ma mère. Moi, c'est Jonas, tout court.
— Oui, bon, monsieur Jonas, on ne fait pas des choses pareilles, voilà!
— Voulez-vous que l'on interroge Thérèse pour savoir auquel de nous deux elle obéira? Elle a son mot à dire dans cette histoire, je suppose. A moins que vous ne considériez qu'elle vous appartient, qu'elle fait partie des meubles.
— Puisque vous le prenez sur ce ton, permettez-moi de vous dire que quand on tient à ses affaires, on commence par ne pas les jeter à la poubelle!
— Ah, parce que vous vous considérez comme une poubelle? Moi, je serais plutôt tenté de vous remercier de vous être occupée d'elle, d'avoir su la maintenir en vie.
— Heuh... Une dernière fois, je vais vous de-

Le roman parallèle

mander de bien vouloir vous en aller et de revenir demain, à partir de neuf heures. Je vous recevrai dans mon bureau, avant que vous ne fassiez des bêtises.

— Je vous ai déjà indiqué que c'est à ma mère d'en juger.

— Vous n'en démordez pas, n'est-ce pas ?

— S'il s'agit d'une question d'argent, dites-le-moi.

— Arrêtez de faire du scandale dehors. Vous allez réveiller nos pensionnaires.

— Et alerter les voisins... ?

— Je pourrais appeler la police !

— Vraiment ? Il y a déjà deux infirmières et le cuistot qui sont venus à la rescousse. Regardez derrière vous. »

La directrice de l'établissement se retourna. Marc-André en profita pour la bousculer et se précipiter dans le vestibule.

« Je vous interdis ! »

Deux filles en blouse blanche lui barraient la route. Marc-André sortit son carnet de chèques et le brandit sous le nez de sa poursuivante.

« Et si nous passions dans votre bureau ? lui dit-il.

— Par ici. Suivez-moi... Votre mère nous paye régulièrement tous les mois.

— Je sais. Elle a de quoi. Alors, mettons que nous allons régler ça. Pour solde de tout compte.

— Bien, dans ce cas... Mais il faut que vous sa-

Un dernier soir avant la fin du monde

chiez les risques que vous prenez. Depuis quelque temps, madame Avril-Jonas s'est beaucoup affaiblie. Elle ne mange presque plus. Elle parle avec difficulté. Les soins sont constants. La semaine dernière, j'ai dû solliciter l'intervention du médecin par deux fois. Une bronchite longue à disparaître... Qu'allez-vous en faire ? Comment vous occuperez-vous d'elle ? Elle peut ne pas supporter ce à quoi vous la préparez.

— Ça, c'est entre elle et moi. Elle tiendra le coup, je vous assure. Elle tiendra aussi longtemps qu'elle l'aura décidé. »

Dans la chambre, Thérèse était couchée dans l'obscurité.

Elle ne dormait pas.

Les yeux grands ouverts, elle écoutait les voix qui s'approchaient dans le couloir. Un sourire dérida la courbe déformée de ses lèvres et son visage tourmenté s'apaisa soudain. Comme si elle allait mourir.

« De plaisir », se dit-elle, en reconnaissant, d'instinct, le pas de son fils. « Il est là. Enfin ! »

Marc-André l'embrassa sur le front. Le doux baiser l'électrisa et elle sentit une chaleur qui montait à ses joues d'ordinaire si froides. Elle rougissait telle une collégienne prise en défaut...

Puis, elle fut soulevée dans les bras de son ravisseur. Il lui murmurait : « Accroche-toi à mon cou. Je vais te porter. Tu es si légère... »

Au garde-à-vous, silencieuses, la directrice et les

Le roman parallèle

infirmières firent une haie d'honneur au couple enlacé. L'une d'elles se précipita pour ouvrir les portes sur leur passage. L'autre emmena un fauteuil roulant jusqu'à eux. Marc-André déclina la proposition, se contentant de réclamer des couvertures pour envelopper Thérèse et l'installer dans sa voiture garée tout près, sur le parking de l'institution.

« Et ses vêtements ? cria la directrice. Sa valise ? Son nécessaire de toilette ? Sa boîte à bijoux ?

— Gardez-les. Là où je l'emmène, elle n'en aura pas besoin. Donnez-les aux œuvres, si vous voulez !

— Vous me signerez une décharge ?

— Oui, je repasserai.

— Et ses papiers ? Passeport, carte d'identité, de sécurité sociale, etc. que sa bonne avait apportés à l'hôpital, le jour où elle a eu son attaque, et que nous avons récupérés ensuite ?

— Regroupez-les. Je les prendrai demain. Pour l'heure, madame Avril-Jonas rentre coucher chez elle. »

Épilogue

Je n'ai jamais pu éclaircir, avec certitude, dans quelles conditions Marc-André et sa mère avaient réussi à voyager jusqu'à notre archipel.

Arriver jusqu'ici n'est déjà pas si simple quand on est seul et en bonne santé. Y transporter une vieillarde invalide est une autre affaire. Le risque de la faire claquer, la pauvre, en plein aéroport ou pendant un vol transcontinental aurait dû donner à réfléchir à mon ami. Lui poser des questions à cet égard s'achevait toujours par des mots aigres-doux, des à-peu-près inintelligibles. Passe encore le sermon sur le confort de la classe « club ». Ils ont dû avoir le choc de leur vie, les businessmen! Admettons que j'arrive à imaginer la scène. Marc-André aux petits soins, bavoir en bandoulière, une cuiller pour papa, une cuiller pour maman... Il fallait qu'il ait les tripes, le bougre! Mais, ce n'est rien à côté de ce qui les attendait au-delà de la Nouvelle-Calédonie. De Nouméa, un avion assure, si l'on peut dire, la liaison avec Port-Vila sur l'île de Vaté. De là, un hypothétique ferry permet de gagner

Un dernier soir avant la fin du monde

Santo. Après, c'est l'aventure : caboteurs, bateaux de pêche, vedettes de contrebande et, deux fois par semaine, un infâme coucou à hélices qui transporte la poste, quelques marchands ou militaires accompagnés d'une poignée de touristes en mal de sensations extrêmes.

Quoi qu'il en soit, Marc-André et sa mère débarquèrent chez moi la veille de Noël 99. Un an pile s'était écoulé depuis son départ. Cette exactitude au rendez-vous – hasard ou préméditation ? – me stupéfia bien davantage que la présence accablante de cette double charge. Qu'allions-nous faire d'eux ? Nous aurions pu les héberger ; la maison de Cora était assez grande pour nous tous. Scandalisée, ma femme s'était précipitée pour installer la malade dans une chambre inoccupée du rez-de-chaussée. En aparté, elle m'avait soufflé : « Elle va nous clapoter entre les mains ! Marc-André est pire qu'avant. Dans cette histoire, je suis sûre qu'il ne pense qu'à lui ! »

Mon ex-patron désamorça ma panique.

« Mon intention, dit-il, n'est pas de vous envahir. Thérèse et moi allons nous installer dans ton ancien bungalow près de la plage. Juste pour quelques jours... Je suppose que tu l'as conservé, n'est-ce pas ? Même père de famille, je te vois mal, Eric, abandonner la pêche et les sports nautiques ! »

Trop content de m'en tirer à si bon compte, je sautai sur l'occasion. « Evidemment, mon vieux ! Il est à toi. Pour aussi longtemps qu'il te plaira. »

Épilogue

Cora s'énerva et nous traita tous les deux de pauvres types. Elle quitta le salon, où nous buvions un whisky, en claquant la porte.

L'homme en face duquel je demeurai n'était plus celui que j'avais connu. Dès l'abord, j'avais éprouvé un sentiment d'étrangeté. Celui dont j'avais été l'intime me paraissait flotter au loin, lumignon à peine visible dans le brouillard de sa différence. Même son physique avait changé. Il avait maigri. Les mèches grisonnantes de ses cheveux lui tombaient jusqu'aux épaules, à la manière des indigènes de l'île. Bronzé, vêtu d'un jeans et d'une chemisette, il conservait néanmoins ce port de gentleman qu'il avait toujours affecté.

Devançant mon étonnement, il ironisa sur son allure :

« Il aura fallu que je rentre en Europe pour que je me métamorphose en adepte de la vie naturelle !

— Ton goût du paradoxe, sans doute... »

Ma repartie le fit rire. Tendu, j'aurais été en peine de me joindre à son hilarité. Je ne comprenais rien de ce qu'il me racontait.

Il buvait toujours autant, me sembla-t-il. Mais là encore, je ne voulais pas me laisser abuser par les apparences, car sa façon de picoler était elle aussi méconnaissable. A l'avidité, à la fébrilité de naguère avait succédé une espèce d'élégance tranquille. Ses éternels cigarillos ne lui collaient plus aux doigts et aux lèvres : il jouait avec, tel un prestidigitateur manipulant des objets promis à la disparition.

Un dernier soir avant la fin du monde

Exacerbés, ses défauts comme ses qualités me provoquaient à chaque instant. Parfois, je me suis demandé s'il ne se moquait pas de moi en me présentant cette caricature de lui-même. Et cependant, malgré des propos et des postures insondables, il avait l'air si heureux. Incroyable ! Autrefois, j'aurais deviné sa pensée, anticipé ses paroles. Marc-André et ses faux mystères avaient, à l'époque, relevé de l'illusionnisme. En réalité, son personnage n'avait jamais cessé d'être prévisible. Il m'échappait désormais.

Au cours des heures et des jours qui suivirent, nos conversations furent rares, entrecoupées de mises au point et de rappels à l'ordre. Pour ma part, il valait mieux qu'il en fût ainsi. Je ne voulais pas que l'ami que j'avais tant admiré devînt un obstacle, un poids insupportable. Son irruption dans ma vie nouvelle représentait un danger. Je n'osai pas le lui avouer. Moi aussi j'avais changé. J'avais tourné la page, échappé à la longue guérison du mal d'adolescence si caractéristique des hommes de ma génération. Ce soin pris à fuir les responsabilités, cette haine de soi, cette obsession du statu-quo expliquaient en grande partie le jeu trouble d'attraction-répulsion auquel je m'étais livré avec l'écrivain-diplomate. Comme s'il m'avait renvoyé l'image d'un idéal inaccessible et sclérosé... Quant à lui, il devait me considérer comme un fantôme, un revenant ressassant les chimères d'un passé révolu. Il était sur ses gardes. Eussé-je tenté une ma-

Épilogue

nœuvre pour percer le secret qui l'habitait, il aurait sorti les griffes. D'un commun accord implicite, il semblait que nous eussions décidé de respecter une ultime trêve. Le combat du vampire et du spectre n'aurait pas lieu. Peut-être, nous sentions-nous assez forts pour conjurer tout simulacre.

Il fallut d'abord régler la question de Cora. Dans un premier temps, j'avais accueilli avec soulagement le désir de Marc-André de séjourner au bungalow. Mais comment aurais-je pu oublier que c'était en cet endroit qu'il avait, la première fois, couché avec Cora ? De mèche, j'avais assumé, alors, le rôle du larbin, du vassal et du complice. En lui passant les clés, en le conduisant moi-même avec sa mère jusqu'à la plage, en garnissant au préalable le réfrigérateur de victuailles et de boissons, j'avais, cette fois, en ce jour de Noël, l'impression de rejouer la scène de l'entremetteur. Car, en définitive – et Cora, entre-temps, me le reprocha –, mon attitude dans cet épisode grotesque survenu trois ans plus tôt tenait de la démission sacrificielle. Je m'étais immolé devant l'idole. En offrande, je lui avais donné la femme vers laquelle allait mon cœur. N'osant m'engager, lui préférant les fredaines d'aventures sans lendemain, je l'avais jetée entre les bras de Marc-André. Cora désespérait d'attirer mon attention. Par dépit, dans un cruel et dernier élan pour attiser ma jalousie, elle avait accepté le manège de séduction de mon meilleur ami. Ce fut tout juste si lui ne me présenta pas la

Un dernier soir avant la fin du monde

chose comme une aubaine, un service qu'il me rendait afin de me débarrasser d'une garce corrompue. Aujourd'hui seulement puis-je comprendre à quel point Jonas avait peur des femmes...

Un événement était, par bonheur, venu bouleverser l'échiquier. Sans cela, je ne sais pas comment Marc-André et moi aurions négocié ces retrouvailles à quatre... Nous avions un bébé. Cinq mois auparavant, Cora m'avait donné un fils.

« Excellente nouvelle ! » s'exclama Jonas. Il semblait sincère.

« Il s'appelle Marc, dis-je. Cora et moi avons pensé que ça te ferait plaisir.

— Oh, merci ! »

C'était inespéré, ce soupir de satisfaction. Pourtant, quelques secondes après, son visage se rembrunit et il contre-attaqua, amer.

« Le second prénom est Antoine, je suppose ? Marc-Antoine, ça lui irait comme un gant à ce pur produit de la beauté et de la sagesse ! Car, bien sûr... toi Cassius, mon noble ami, et moi Brutus, nous sommes des hommes honorables, n'est-ce pas ? »

Je n'avais pas besoin d'explication de texte pour le reconnaître tel qu'en lui-même. Dans nos soirées de beuveries tristes, les tirades de Marc-Antoine en défense de Jules César assassiné avaient été l'un des morceaux de bravoure de notre répertoire. Je me souviens d'une équipée en direction du bordel du Volcan où nous avions fait retentir les vers de

Épilogue

Shakespeare sur les champs de lave alentour, déclamant à tue-tête dans la nuit. Nous nous moquions bien, alors, des hommes honorables, de leur justice, de leur sens du devoir, de leurs fausses valeurs et de leurs guerres lamentables. Nous étions comme des dieux déchus, prêts à mourir un verre dans une main, un sein de femme dans l'autre ! Que le feu enfoui dans les entrailles de la montagne vénérée par les indigènes s'abattît sur nous et nous serions transformés en statues immortelles ! Cette sombre comédie suffisait, sur le moment, à soulager notre ennui et nos angoisses. Nous savions que le réveil n'en serait que plus rude.

Bien qu'il eût évité les occasions de s'expliquer sur ses projets, et notamment sur ses intentions à l'égard de Mme Avril-Jonas, Marc-André dut répondre à quelques-unes de mes questions. Il fallait résoudre un minimum de problèmes matériels, non ? Je lui avais proposé de commencer par passer la journée de Noël avec nous. Il avait refusé net.

« J'ai une promesse à tenir, me dit-il.

— Réunir le clan Jonas ?

— Ah, tu te rappelles !

— On n'oublie pas des excentricités pareilles, mon ami. J'en avais pris bonne note, il y a un an, avant ton départ.

— Mission accomplie, hein ?

— Oui, je me suis occupé de tes affaires pendant ton absence. Tout est en ordre.

— Je pourrai y jeter un coup d'œil ?

Un dernier soir avant la fin du monde

— Tu plaisantes ! C'est à toi. Tu peux en disposer à ta guise.

— Eric, tu vas tout conserver. Et, d'ailleurs, je t'ai apporté mon dernier manuscrit. Je te le confierai dans quelques jours. J'en ai encore besoin pour l'instant.

— Tu vas cesser d'écrire ?

— Mais qu'est-ce qui te fait croire une chose pareille ? Je n'ai pas dit ça ! Demain, s'il le faut, j'écrirai encore sur le ciel. Je me sens de taille à griffer l'absolu. Par dernier, j'entends celui que je viens d'achever. Enfin presque...

— Et tu veux que j'en fasse quoi ?

— Lis-le. Plus tard, on verra. Je t'enverrai des instructions.

— Tu vas repartir ?

— Oui.

— Et ta mère ?

— Elle est venue ici pour mourir.

— Euh... mais... excuse-moi... ça pourrait prendre un certain temps...

— Non.

— Elle est solide.

— Oui... Est-ce que je pourrais récupérer mon revolver ?

— Marc-André ! Enfin ! Pas ça ! Non !

— Arrête. Tu ne vois pas que je me fiche de toi ? Comme au bon vieux temps... Sacré Eric ! Garde-la, cette pétoire, et tu l'offriras à ton fils quand il sera grand, en souvenir de moi. »

Épilogue

Le 27 décembre, en sortant du bureau, je pris la route du bungalow pour rendre visite aux Jonas. J'avais entassé dans ma Jeep des produits de première nécessité et des provisions leur permettant de tenir plusieurs jours. Pour faire bonne mesure, j'avais ajouté deux boîtes d'un excellent foie gras que l'on m'envoyait de France, ainsi qu'un magnum de champagne. Cora avait regimbé à l'idée de m'accompagner. « Vas-y, toi, si tu veux. Moi, pas question que je participe à cette mascarade. On ne joue pas avec la mort. Ce n'est pas digne d'un chrétien ! » En revanche, c'était elle qui avait pensé à ajouter le Champagne.

L'été austral battait son plein. Un soleil lourd plombait l'atmosphère de l'île. Encore un Noël que nous aurions pu passer à la plage. A cause du bébé, ce vendredi 24 décembre, Cora n'avait pas voulu quitter la fraîcheur de la maison avant cinq heures du soir. J'étais allé, seul, me balader du côté de la crique où se nichait le bungalow, incapable de résister à une envie d'espionner Marc-André et sa mère. De loin, j'avais observé mon ancien repaire, guetté des ombres derrière l'écran des cocotiers. J'en fus pour mes frais car rien ne vint trahir la moindre activité autour du cabanon retiré à sept kilomètres des premières habitations de la ville. Je me demandais ce qu'ils pouvaient bien fabriquer.

Trois jours plus tard, donc, tandis que je roulais sur la route côtière, la chaleur était encore plus suffocante. Mais le ciel, bleu jusque-là, s'était

Un dernier soir avant la fin du monde

chargé d'un voile épais de nuages bas. Enveloppée d'une humidité poisseuse, l'île ressemblait à une marmite en train de bouillir. La météo annonçait d'ailleurs une aggravation du temps pour la fin de semaine, avec un risque de dépression tournant au cyclone.

Le week-end passé, dès le lundi, j'avais décidé d'intervenir. Je me sentais coupable d'avoir abandonné mon ami à son sort pendant cette période de fêtes. Et s'il était arrivé un malheur ? Comment soignait-il sa mère malgré l'imposante cargaison de médicaments qu'il m'avait mise sous le nez afin de couper court à mes interrogations ? Et, d'autre part, me poussait une espèce de réflexe de curiosité malsaine. Marc-André m'intriguait trop, me mettait en danger.

Alors, cette fois, je garai mon 4 x 4 dans l'allée du jardin que j'avais laissé, depuis plusieurs mois, envahir par la luxuriance de la flore exotique. Comme je me dirigeais vers la porte vitrée de la véranda, une symphonie d'essences aromatiques et de parfums violents m'enveloppa. Moi qui avais tellement aimé les odeurs capiteuses de cette terre du bout du monde, j'avais maintenant l'impression douloureuse de pénétrer dans un Eden ravagé et puant la pharmacie.

J'entrai sans bruit dans la pièce où j'avais fait installer une confortable et grande cuisine d'été. Pas un signe de vie, à part les assiettes sales empilées dans l'évier. Sans savoir pourquoi, je

Épilogue

n'annonçai pas ma présence. Je passai dans le salon plongé dans l'obscurité. Marc-André n'avait même pas songé à ouvrir les volets. Si ce n'était pour les valises ouvertes, encore à moitié pleines, les vêtements étalés sur le canapé et le fauteuil roulant contre lequel je butai, la baraque aurait pu sembler déserte. Je tendis l'oreille. On parlait au fond du couloir, du côté de la chambre. Une seule voix assourdie. Je m'approchai à tâtons. C'était Jonas. Des bribes de ses paroles arrivaient jusqu'à moi : « Dire que Victoria me manque serait un mensonge... Souvent, j'ai laissé tomber une femme... Je suis un... cours apaisé... »

J'écoutai longtemps. Sans broncher. Il ne dut s'écouler qu'une dizaine de minutes, en réalité. Il est des circonstances où un petit quart d'heure prend des allures d'éternité, dit-on. Comprendre que Jonas était en train de lire son livre à sa mère n'était pourtant pas sorcier. L'ayant lu moi-même depuis, et sachant aujourd'hui ce qui devait advenir dans les jours qui ont suivi cet épisode, je ne peux m'empêcher d'éprouver une certaine honte à l'idée que je suis resté là, planqué comme un maraudeur, à leur voler quelques pépites de leur trésor intime.

A un moment, je crus percevoir un rire aigu de femme, vite recouvert par le monologue du récitant. « Le moins que l'on puisse dire est que je ne suis pas un champion du renoncement... la caresse des doigts de Victoria... lèvres... peau... corps enflammé... désirs... Thérèse, ma mère, se retrouve expulsée de mes pensées... » Nouveau rire, crachotant, hystérique.

Je transpirais, me sentais plutôt mal. Cet abruti de Marc-André n'avait même pas mis en service les ventilateurs électriques, lui qui, naguère, se moquait de mon avarice et de mon hostilité écologique aux climatisations modernes... Je battis en retraite. Il ne me restait plus qu'une chose à faire : retourner décharger la Jeep et ranger, comme si de rien n'était, les provisions dans le frigo de la cuisine que j'avais, Dieu merci, rebranché le jour de l'installation des Jonas au bungalow. Pendant que je me livrais à ce remue-ménage, je n'hésitai pas à faire du boucan, dans l'espoir que cela suffirait à signaler ma présence. J'ignore si Marc-André m'entendit. Il ne se dérangea pas, en tout cas. Sur un morceau de papier d'emballage, je griffonnai un message à son attention, que je laissai bien en vue au milieu de la table. Il pouvait m'appeler s'il avait besoin de quoi que ce soit.

Le 29, il me téléphona à la légation, dans la matinée.

« Allô, Eric ? Est-ce que tu pourrais venir me chercher ?

— Il y a quelque chose qui ne va pas ?

— Non... Je n'ai plus de cigarillos. Tu peux m'en acheter quatre boîtes. Tu te souviens de la marque, n'est-ce pas ? Et puis, il faut que je te donne mon manuscrit.

— Tu n'en as plus besoin ?

Épilogue

— Non. Pourvu que tu le ranges avec les autres papiers que je t'ai laissés ou fait parvenir...

— J'espère que tu en conserves un double.

— Ne t'inquiète pas. Je garde une disquette. Et je saurai toujours où te trouver, pas vrai, mon vieux ?

— Pour sûr... Dis-moi, Marc-André, dans deux jours, c'est la Saint-Sylvestre. Cora et moi aimerions vous avoir à la maison, ta mère et toi. C'est quand même un événement, tu ne crois pas ? La dernière nuit avant le passage à l'an 2000...

— Ça ne compte pas. Le troisième millénaire ne commencera pour de bon que le 1er janvier 2001.

— Merde, Jonas, arrête de jouer au con ! Je n'en peux plus de ta surenchère ! Qu'est-ce que tu es venu foutre ici, hein ? Je ne te demande pas une confession. Je respecte ta vie privée, tes secrets. Mais figure-toi qu'avec Cora et mon gosse, j'ai bien l'intention de vivre en paix. Je sais que tu n'exiges rien de moi. Tu me gonfles, voilà ! Tu me fous les nerfs en pelote, tu comprends ? Alors, vendredi, ce sera la fête. Tu viendras ou pas ?

— Ça me ferait plaisir... Pourtant, ce n'est pas possible. J'attends quelqu'un.

— Victoria ?

— Oui, en un sens...

— L'invitation tient pour tous les trois, bien entendu. Elle compte cette Victoria, j'ai l'impression. Plus que les autres, non ?

— Je ne sais pas.

— Et c'est ça qu'il te faut découvrir ?

Un dernier soir avant la fin du monde

— Oui. Excuse-moi, Eric... Ce réveillon ne sera pas comme les autres. Sur ce point, au moins, tu as raison. Et, après tout, je ne serai pas seul.

— O.K., Marc-André... Je jette l'éponge. Fais comme il te plaira... Ecoute, buvez au moins le champagne à notre santé, ce soir-là.

— Je voulais te remercier pour ça aussi. Et puis je te dois du fric.

— Tu plaisantes ou quoi?

— De toute façon, il faut que je te voie à la mission, monsieur le ministre plénipotentiaire. Souvenirs diplomatiques obligent!

— Je serai au bungalow d'ici une heure, ça te va?

— Je serai prêt. »

Marc-André s'amusa beaucoup de me voir installé dans son ancien domaine que j'avais fait aménager à mon goût. Malgré la faible dotation budgétaire de cette légation d'opérette, j'avais enfin réussi à remplacer l'antique ventilateur à pales par l'air conditionné. Un comble qui raviva les commentaires ironiques et plutôt tendus de mon visiteur. Emu, je lui offris le tour du propriétaire afin qu'il pût constater que rien n'avait vraiment changé. L'entrevue dans mon bureau fut solennelle. On se serait cru à une cérémonie officielle de monument aux morts. Comme si la fausse dignité des lieux, le caractère représentatif de l'institution nous avaient donné mandat d'être à la hauteur de la situation... Marc-André Jonas et Eric Laster n'avaient-

Épilogue

ils pas toujours su tenir leur rang ? Relégués à des tâches subalternes, en ce coin perdu des antipodes, ne s'étaient-ils pas, quelles que fussent les circonstances, comportés en braves porte-drapeau de la culture française ? Diable, nous n'allions pas nous priver du plaisir de signer enfin l'armistice, d'établir les conditions de règlement d'un trop long conflit et de négocier une charte pacifique. Qu'au moins, notre fonction nous servît, une dernière fois, de bouclier, et notre légation, de bunker à l'abri des tracas personnels. Pour une véritable passation de pouvoirs...

Quand Marc-André me tendit le classeur à couverture rouge enserrant la liasse des feuillets de son roman, ce fut un traité de paix que je reçus entre mes mains.

Avant de me quitter, il me prit dans ses bras et nous nous étreignîmes longtemps.

Le 31 décembre, le ciel se couvrit encore davantage. Les alizés qui, d'ordinaire, chassaient les nuages, semblaient s'être donné rendez-vous, saisis d'une folie subite, pour amasser au-dessus de l'île des strates pagailleuses d'horizons noirs et agités. Dès la fin de la matinée, il se mit à pleuvoir. Une pluie d'orage, brutale et chaude. Tout au long de l'après-midi et de la soirée, les vents redoublèrent, renforçant la puissance du déluge. La ville s'était barricadée. Du côté du port où nous habitions, le mugissement de l'océan anéantissait le tapage des fêtards cloîtrés dans leurs maisons.

Un dernier soir avant la fin du monde

La queue d'un typhon, dont l'œil se fixa, par bonheur, sur les étendues désertes du grand Pacifique, était venue balayer l'île. Bien au-delà des douze coups de minuit, pendant lesquels le baiser vorace de Cora engloutit mes lèvres et ma langue comme si elle s'était imaginée que nous n'allions plus nous revoir, la tempête imprégna cette nuit de réjouissances d'une atmosphère délétère. Conformes au rituel, gestes et paroles prenaient des airs de défis scabreux. Insolente, Cora jurait que rien ne dérangerait nos plans. Nos invités de la minuscule colonie française avaient annulé au dernier moment. Qu'importe, nous mettrions les petits plats dans les grands et l'ordonnancement du menu serait respecté jusqu'au bout. Nous dansâmes tous les deux, corps à corps. Elle me déshabilla au rythme d'un slow envoûtant. Nous fîmes l'amour sur la table du salon, au milieu du festin qu'elle avait préparé pour nos convives. Jamais je ne m'étais senti aussi excité et impudique.

Je ne pouvais m'empêcher de penser à Jonas et à sa mère. Etaient-ils en danger ? Comment le bungalow avait-il supporté l'agression des éléments en furie ?

J'essayai de m'en tirer par des boutades, sollicitant des souvenirs. Marc-André avait des mots bien à lui pour enterrer ceux de nos raouts qui, pour une raison ou pour une autre, finissaient par tourner mal : « *fiesta aguada* », disait-il en espagnol, ce que je traduisais, non sans malice, par « soirée trop arrosée ».

Épilogue

Vers trois heures et demie du matin, nous sommes allés embrasser le petit Marc dans son lit. Il dormait. L'innocence était donc capable de résister à tous les vacarmes. Ce constat atténua quelque peu ma mauvaise conscience. Cora prit son fils dans les bras, sans le réveiller, et l'emmena se coucher avec elle dans notre chambre.

Je restai seul.

Dehors, les échos de la tornade avaient faibli. Le plus gros était passé. J'entendais encore le ruissellement de la pluie, mais le vent semblait être tombé.

Je me servis un verre de champagne.

J'avais déjà trop bu. Pourtant, je n'éprouvais ni somnolence ni griserie. Au contraire, montait en moi un sentiment d'exaltation qui m'incitait à la vigilance. Je ne plongeais dans une espèce d'extase que pour mieux rebondir vers des éclairs de lucidité véhémente.

Je me rhabillai.

Et, soudain, je sus ce que je devais faire.

Lorsque je sortis la Jeep du garage, mes essuie-glaces chassèrent sans difficulté le rideau de pluie qui se précipita à ma rencontre. Je constatai avec satisfaction que mes phares arrivaient à percer l'écran de la nuit sur le point de s'achever. D'ici trois quarts d'heure, les premières lueurs du jour allaient se lever sur les ravages de cet épouvantable réveillon. Les trombes diluviennes avaient cédé la place à des averses presque bienfaisantes. En pas-

Un dernier soir avant la fin du monde

sant sur les quais, je scrutai les eaux noires, craignant le pire. Des bidons et des planches jonchaient le bitume. Prudent, je dus me livrer à un savant gymkhana autour des obstacles. Dans le port, gréements et mâtures sonnaient encore la sarabande. Mais je devinai que les dégâts seraient moins importants que prévu. Nous nous étions fait une belle frayeur. Histoire d'exacerber nos fantasmes et nos désirs avortés, sans doute...

Ensablée, la route longeant le lagon aurait présenté un problème pour une voiture normale. Pas pour mon quatre roues motrices. J'avalais bosses et trous de toute la puissance de mon moteur. La pluie s'était arrêtée maintenant. Seules quelques grosses gouttes s'écrasaient de temps en temps sur le pare-brise. Je prenais mon pied. Heureux. Impatient aussi d'arriver au bungalow.

Je m'arrêtai au sommet du promontoire qui domine la crique. A l'Est, l'océan obscur s'irisait des flèches timides de l'aube naissante. Le voile de nuages qui barrait encore l'horizon se déchirait aux extrémités. Nous allions avoir une belle journée. Un vrai Nouvel An d'été !

De mon poste d'observation, je vérifiai, soulagé, que le cabanon n'avait pas trop souffert de la tempête. D'où je me trouvais, je surplombais le bâtiment, le jardin et le front de cocotiers qui les séparait de la plage. En revanche, je savais que du bas, les occupants, eux, ne pouvaient me voir. Car ils devaient bien être là, les Jonas, non ? Je jetai un

Épilogue

coup d'œil à ma montre : cinq heures dix. Qu'auraient-ils fait sinon dormir à une heure pareille ? Qu'est-ce que je fabriquais, planqué derrière des eucalyptus, à espionner une scène vide d'acteurs sur laquelle les premiers rayons du soleil venaient braquer leurs projecteurs ? Partagé entre l'angoisse et la curiosité, j'hésitai à rebrousser chemin. La petite expédition m'avait rendu toute ma raison, du moins le croyais-je.

Avais-je la berlue ? De quelle hallucination maléfique étais-je victime ? Etait-ce le prix à payer pour une nuit trop longue à digérer ?

Quelqu'un avait poussé la porte ouvrant du côté de l'océan. Une silhouette étrange, dont je ne parvins pas tout de suite à identifier le contour, se présenta à contre-jour. Elle avança de quelques pas lents dans le sable. C'était Marc-André. J'avais reconnu son jeans, sa chemisette à carreaux, et son allure martiale, surtout, en dépit du fardeau qui pesait sur ses bras. Que faisait-il ? Où allait-il ? Les yeux écarquillés, je ne pouvais détacher mon regard de ce spectacle troublant. Il était parvenu à la triple rangée de cocotiers et, l'espace d'un instant, je le perdis de vue. Puis, il déboucha à découvert sur la plage. Il continuait d'avancer en direction de la mer. Bien davantage que la charge qu'il transportait, seul le sol détrempé et meuble semblait opposer quelque résistance à sa progression.

Je me suis rappelé alors que mes jumelles ne quittaient pas la boîte à gants de mon véhicule.

Un dernier soir avant la fin du monde

Avant de décider quoi que ce soit, il fallait que j'en aie le cœur net.

Ce que, dans mon aveuglement, j'avais pris pour un sac-poubelle ou un paquet de linge sale, n'était autre que le corps de Mme Avril-Jonas, enveloppé dans un drap blanc. Avait-elle succombé pendant la nuit ou était-elle encore en vie ? Si, aujourd'hui, on me demandait de jurer sous serment, je pencherais sans hésiter pour une Thérèse vivante. Sur le moment, je m'énervai sur le réglage de la focale. Un avant-bras se dégagea du linceul pour aller reposer, ballottant, sur l'épaule de Marc-André. J'observai son visage. Fermé, impénétrable. Etait-ce une larme qui coulait sur sa joue mal rasée ?

Je ne sais plus ce que je dis.

J'étais fasciné. Incapable du moindre sursaut. Inadapté à la situation.

Quand mon ami pénétra dans l'eau et que ses jambes commencèrent à essuyer la montée des flots encore agités, plus rien n'aurait dû m'empêcher d'agir. Mais je restai figé, le gardant bien en ligne de mire, comme un capitaine pirate guette sa proie avec gourmandise en prévision de l'abordage.

Le jour était levé. Une lumière dorée se projetait à la rencontre du couple enlacé. L'onde dont, du blanc au vert, les reflets déployaient toute la palette du jade, atteignait la ceinture de Marc-André et, à chaque passage, les déferlantes éclaboussaient d'écume étincelante le corps allongé de sa mère. Profitant de l'accalmie entre deux vagues, il le posa avec

Épilogue

douceur en surface et le poussa vers le large. Au reflux du mascaret, il plongea dans le tourbillon pour redonner une impulsion à celle qu'il voulait – c'était clair – livrer aux profondeurs. Et ainsi de suite, à plusieurs reprises, durant des minutes intenables...

Je finis par abaisser les jumelles et détourner les yeux.

Un peu plus tard, avant de regagner ma Jeep et de fuir loin, loin de cette horreur, à mille lieues de cette odieuse beauté, j'osai un ultime regard. Marc-André était seul sur la plage ensoleillée, à plat ventre, face contre terre, les bras en croix. Derrière lui, l'océan était vide.

Je suis allé me cacher dans mon bureau à la légation. Je n'avais aucune envie de rentrer à la maison, de dormir ou d'affronter les questions de Cora. Me promettant de lui téléphoner dès que l'heure le permettrait, je me suis mis à lire le manuscrit de Marc-André.

Je ne voulais plus penser au rituel macabre auquel je venais d'assister. Ni à ses conséquences. Normalement, j'aurais dû faire quelque chose, alerter la police, solliciter le sauvetage en mer, organiser moi-même une expédition de secours... ce qui n'aurait servi à rien puisque, à cette heure, c'étaient les requins qui se régalaient de la dépouille de Thérèse Avril-Jonas. A défaut, j'aurais pu prendre soin de mon ami. Empêché, je me répétais – non par lâcheté, mais par respect de son

Un dernier soir avant la fin du monde

geste – qu'il avait choisi la solitude de manière délibérée. Cette fille invisible, la Victoria, dont il avait suggéré la venue, n'existait peut-être que dans son imagination. Allez savoir ! Je l'espérais en paix avec lui-même.

Ensuite, je n'ai plus eu de ses nouvelles et n'ai pas cherché à en avoir. Il était parti sans crier gare.

Je n'avais pas dit un mot à Cora de ce qui était arrivé. Deux jours plus tard, elle me fit presque une scène, me reprochant de ne pas me soucier du sort des Jonas. Je pourrais, au moins, leur téléphoner et prendre des nouvelles. « Si tu ne t'en occupes pas, je vais y aller, moi. » Je me rendis donc au bungalow, certain de le trouver abandonné. Marc-André avait bel et bien décampé. Laissant derrière lui un foutoir extraordinaire. Je passai près de trois heures à nettoyer et à ranger. Et même pas une ligne de remerciement, un message d'explication... Le ménage comptait peu à côté du bazar affectif dont il m'obligeait à accepter l'héritage. Plus que de papiers et de livres, plus que du manuscrit d'un nouveau roman et d'un vieux revolver, je devenais le dépositaire d'une mémoire.

Six mois s'écoulèrent sans que je fusse capable de savoir au juste comment gérer ce legs encombrant. Cora attendait un nouvel enfant qui allait naître aux alentours du Noël suivant.

Un jour d'hiver austral, une carte postale arriva. La photo représentait le port de Hobart en Tasmanie. Une vue générale prise du sommet du mont

Épilogue

Wellington. Le texte, laconique, me donna la chair de poule. Malgré l'absence de signature, l'identité de l'expéditeur ne faisait aucun doute.

Il me disait simplement : « *Tiens ta promesse ! Achève mon livre !* »

TABLE

Prologue 11

1. Journal de Marc-André (1) 21
2. Le roman parallèle (1) 41
3. Journal de Marc-André (2) 57
4. Histoire de Thérèse (1)....................... 75
5. Le roman parallèle (2) 89
6. Histoire de Thérèse (2)...................... 119
7. Journal de Marc-André (3) 169
8. Le roman parallèle (3) 185
9. Journal de Marc-André (4) 203
10. Histoire de Thérèse (3)...................... 219
11. Journal de Marc-André (5) 249
12. Le roman parallèle (4) 259

Épilogue 297

Cet ouvrage a été réalisé par la
SOCIÉTÉ NOUVELLE FIRMIN-DIDOT
Mesnil-sur-l'Estrée
pour le compte des Éditions Grasset
en janvier 1998

Imprimé en France
Dépôt légal : janvier 1998
N° d'édition : 10628 - N° d'impression : 41421
ISBN : 2-246-53101-2